KB272688

Fantasy Frontier Spirit

김운영 판타지 장편 소설

흑사자

Dark Leonal

黑獅子

흑사자 1
김운영 판타지 장편 소설

초판 1쇄 찍은 날 § 2005년 10월 4일
초판 1쇄 펴낸 날 § 2005년 10월 14일

지은이 § 김운영
펴낸이 § 서경석

편집장 § 문혜영
편집책임 § 최하나
편집 § 장상수 · 서지현

펴낸곳 § 도서출판 청어람
등록번호 § 제1081-1-89호
등록일자 § 1999. 5. 31
어람번호 § 제1-0639호

주소 § 경기도 부천시 원미구 심곡1동 350-1 남성B/D 3F (우) 420-011
전화 § 032-656-4452 팩스 § 032-656-4453
http://www.chungeoram.com
E-mail § eoram99@chollian.net

ⓒ 김운영, 2005

ISBN 89-5831-760-4 04810
ISBN 89-5831-759-0 (SET)

절대강자
1

Fantasy Frontier Spirit

김운영 판타지 장편 소설

흑사자 Dark

黑獅子

도서출판 청어람

CONTENTS

이 글은 영지 발전과 정복에 의한 제국 건립을 주제로 하고 있습니다.

테마는 위대함.

다시 말해서 선과 악의 개념보다는 대륙과 역사의 흐름 중에 나타난 한 인물에 대해 쓴 글입니다.

알렉산더 대왕과 징기스칸 같은 인물을 표현하고 싶습니다.

그런 사람들은 보통 사람들과는 어떻게 다를까요? 무엇을 생각하고, 무엇을 걱정할까요?

주인공인 레오는 강한 존재입니다.

그는 강하기 때문에 고민합니다. 약한 자를 이해하지 못하고, 그들과의 차이점 때문에 힘들어합니다.

그러나 레오에게는 해야 할 일이 있습니다. 그는 그것들에 대해 정면으로 도전합니다.

강한 자의 생각, 상식, 권리, 그리고 의무! 그것은 보통 사람들이 보기에는 선망의 대상일 겁니다만, 결코 쉬운 길은 아닐 겁니다.

이 글은 왜 강한가에 대한 이야기가 아닙니다. 어떻게 강해졌는가에 대한 것, 즉 수련이나 기연 등은 중요하지 않습니다.

단지 흑사자라는 강자가 세상에 존재하는데, 그는 과연 무엇을 하는가?
그리고 주변의 강하지 않은 자들이 어떻게 그것을 받아들이고 대응하는가
에 대한 고찰이 주된 내용입니다.

느끼십시오! 흑사자가 얼마나 강한가를!
지켜봐 주십시오! 그가 무엇을 하는가를!

2005년 가을
김운영 올림.

세상에는 수많은 강자가 존재한다.

한 자루 검으로 거대한 마물을 능히 상대할 수 있는 소드 마스터.

마나를 자유롭게 다루어 온갖 신비한 힘을 발휘할 수 있는 대마법사.

신의 선택을 받아 기적 같은 신성력을 행하는 고위 성직자.

단신(單身)으로 국가의 운명에까지 영향을 미칠 수 있는 자들도 있다.

그러나 이들도 어렸을 때에는 약했다.

인간인 이상, 태어나서 몇십 년간은 성인의 힘을 이길 수 없다.

강해진 자들은 하나같이 오랜 세월 동안 남들이 이해하기 힘든 노력과 경험을 쌓아온 자들이다.

그러나 난 달랐다. 난 어렸을 때부터 강했다.
내게는 그 어떤 수련도 경험도 필요없었다.

난… 사자다.

❖ Chap 1 ❖
가이안 영지의 이공자

가이안 영지의 이공자

레오가 눈을 떴을 때에는 이미 날이 밝아 있었다.

당연한 일이다. 어렸을 때부터 아침 일찍 일어나 본 적이 없는 그였다.

"으음."

몸을 일으키니 뒷목이 뻐근했다. 푹 자고 일어났는데도 머리가 무겁다. 하지만 더 자고 싶지는 않았다.

힘이 넘쳐 주체하지 못하는 그가 하루 중 유일하게 힘이 없을 때가 바로 막 잠에서 깨어난 직후였다.

레오는 침대에서 벌떡 일어나 물주전자를 들어 입을 대고 들이켰다.

벌컥. 벌컥.

차가운 물이 목을 타고 넘어가면서 몸 전체가 깨어나는 것 같았다.

뚜둑, 우드득.

고개를 몇 번 흔드니 굳었던 목이 풀리고 머리가 가벼워졌다.

나른한 느낌이 사라지고 전신에 활력이 돌기 시작했다.

방에 딸려 있는 욕실로 가서 찬물을 머리 위에 몇 차례 쏟아 부었다. 검은 머리카락 위로 사정없이 쏟아진 물은 목과 어깨를 가리지 않고 전신을 유린했다.

시원한 물의 감촉이 전신을 쓰다듬으며 흘러내렸다. 이제는 막 잠에서 깨어났을 때의 무기력증 같은 것은 조금도 남아 있지 않았다.

욕실을 나선 레오는 물기를 대충 닦은 후 옷장을 열고 가지런히 접힌 옷을 꺼내 들었다. 검은 색의 셔츠를 머리부터 밀어 넣고 대충 끌어당긴 후 가죽으로 된 바지에 다리를 밀어 넣는다.

셔츠를 바지 안으로 넣어 정돈한 후 허리띠를 묶었을 때 방문을 두드리는 소리가 들렸다.

똑, 똑, 똑.

"누구지?"

"저 메이에요. 공자님, 일어나셨나요?"

메이의 대사는 날마다 똑같은 내용이다.

'일어났으니까 대답을 하지. 안 그러면 두들겨 패도 잠에서 깨지 않는다는 것은 이미 잘 알고 있을 텐데.'

레오는 그렇게 생각하면서도 역시 매일 반복되는 대답을 들려주었다.

"들어와."

조심스러운 동작으로 문을 열고 들어서는 메이는 레오에게 배정된 전속 하녀이다.

올해 14세로 명랑하고 낙천적인 성격이 상당한 장점이라고 할 수 있

다. 거기에 나름대로 임기응변에도 뛰어난 편이라, 이미 이 년째 레오
의 변덕스러운 일상생활을 잘 관리해 주고 있었다.

방 안으로 들어선 메이는 생긋 웃으면서 아침 인사를 하고는 창문을
열어 묵은 공기를 몰아냈다. 의자에 대충 걸쳐 있던 전날 옷들을 손에
들고는 평상시와 같이 레오에게 말했다.

"식당에 아침 식사를 준비할까요?"

"됐어. 그냥 간단하게 이곳에서 먹지."

"네, 그러세요."

그녀는 곧 커다란 쟁반에 빵과 거기에 곁들일 베이컨, 우유, 그리고
몇 개의 과일을 담아가지고 들어왔다. 별일이 없는 경우 레오의 아침
식사는 이렇게 이루어지기에 미리 준비를 해둔 것이다.

레오는 테이블에 앉아 여유있게 식사를 시작했다. 잠이 깬 직후엔
식욕이 없다는 일반설은 레오에게는 전혀 해당되지 않았다.

방 안에는 듣는 것만으로 군침이 돌 듯한 식사에 따른 작은 소리들
만이 한동안 계속되었다.

과일을 깎고 새로운 빵에 베이컨을 끼우며 식사 시중을 들던 메이가
조심스럽게 레오에게 말했다.

"한 시간 뒤에는 역사학 선생님이 오십니다만……."

레오는 빵을 먹던 동작을 멈추고 메이를 쳐다보았다. 황금색이라고
표현할 수밖에 없는 레오의 눈동자와 시선이 마주치자 메이는 얼른 고
개를 숙였다.

잠시 동안의 정적이 흘렀다.

이윽고 레오는 고개를 돌려 창문 쪽을 바라보았다. 열린 창문 너머
로 구름 한 점 없는 파란 하늘이 보인다.

“날씨가 너무 좋군. 오늘은 사냥을 나가야겠어.”

“네.”

메이는 체념의 기색이 역력한 어조로 대답했다.

*　　　*　　　*

한 시간 후에 도착할 역사학 선생과 마주치고 싶은 생각이 없었던 레오는 식사를 마친 후 바로 집을 나섰다.

영주의 저택인 그의 집을 나서면 문 오른쪽으로 훈련장이 위치하고 있다.

레오가 나가자마자 훈련장 입구에서 한 명의 기사가 헐레벌떡 뛰어와 정중하게 예를 갖추어 인사를 했다. 레오의 담당 기사인 라이안 경이었다.

“레오 공자님, 나오셨습니까?”

“라이안, 난 사냥을 하러 나가겠다. 발렌 경에게는 말하지 말도록.”

레오는 선수를 쳤다. 그냥 말하게 놔두면 역사학 수업 얘기가 또 나올 것이 뻔했기 때문이다.

“알겠습니다. 사냥 잘 다녀오십시오!”

기사들 중 가장 젊은 축에 속하는 라이안 경은 절도있게 대답했다. 그는 레오가 한 번 꺼낸 말은 절대로 바꾸지 않는다는 것을 잘 알고 있었다.

“경도 같이 갈 텐가?”

“저는 남아서 수련을 하겠습니다. 혹시 발렌 경이 이공자님을 찾으면 어떻게 할까요?”

"침묵은 몰라도 거짓말은 기사의 덕에 어긋나지. 그가 물으면 사실대로 말해도 좋아."

"옛!"

라이안은 다행이라는 표정을 숨기지 않고 힘차게 대답했다.

레오는 그의 반응에 가볍게 고개를 저었다. 이 기사는 너무 고지식해서 나름대로 상대하기 힘들다. 아니, 힘들다기보다는 좀 피곤하달까? 물론 영주인 아버지는 아마도 이 점을 노리고 자신의 담당 기사로 임명했을 것이다.

"참, 휴케바인 경은 어디 있지?"

"휴케바인 경은 아직 나오지 않았습니다."

"그럼 서쪽 문에서 기다리면 만나겠군."

휴케바인은 영지의 기사라기보다는 레오의 기사라고 할 수 있으며, 스스로도 그의 제일 부하로 자처하고 있다. 평민 출신으로 기사가 된 그는, 기사로 임명된 후에도 자신의 아버지와 함께 성 밖에서 생활하고 있었다.

레오는 기사의 예를 따라 뒤에서 꼿꼿이 서서 배웅하는 라이안을 뒤로 하고 서쪽 성문을 향해 여유롭게 걷기 시작했다.

사냥이라고 해도 수업을 빼먹기 위한 핑계에 불과하다. 굳이 서두를 이유도, 그럴 필요도 없었다.

레오의 아버지이며 영주인 구스타프 자작이 수도로 간 지 벌써 일 년이 지났다. 그동안 레오를 위해 준비된 역사학과 정치학, 그리고 행정학 수업은 한 번도 실행된 적이 없었다.

레오는 이런 종류의 수업을 듣지 않겠노라 이미 결심한 터였다.

*　　　　*　　　　*

발렌 타이먼이 가이안 영지에 온 것은 육 개월 전이었다.

원래 자유 기사였던 그는 우연한 기회에 수도에서 가이안의 영주인 구스타프 가이안 자작을 만나 그에게 충성을 맹세하게 되었다.

그의 실력을 확인한 구스타프 자작은 놀랍게도 그를 바로 기사단장으로 임명했다. 단번에 영지의 기사와 병사를 통솔하는 직위를 내린 것이다.

그런 그의 배포에 감복한 발렌은 자신의 모든 것을 이 영지를 위해 바칠 것을 맹세했다.

수도에서 이곳으로 와서 구스타프 자작의 임명장을 보이고 기사단장이 된 후, 그는 최선을 다해 젊은 기사들을 교육시켰다.

그렇게 생활한 지 벌써 반년, 발렌은 영지의 거의 모든 것에 나름대로 만족하고 있었다.

그럼에도 그의 마음 한구석은 늘 찜찜했다. 바로 거의 모든 것에 속하지 않는 문제가 늘 신경을 건드리고 있었다.

그도 그럴 것이, 그 문제란 바로 구스타프 자작의 후계자들에 대한 것이었기 때문이다.

후계자는 아주 중요했다. 지금의 영주인 구스타프 자작이 아무리 걸출한 인물이라고 해도 후대가 그 뒤를 받쳐 주지 못하면 결국 도로아미타불이 되기 때문이다.

특히 공작이나 후작 같은 왕족이 아닌 실무 세력인 백작, 자작, 남작의 경우 그 중요성은 더욱 커진다. 후계자가 잘못해서 기존의 영지조차 유지하지 못하게 되는 경우도 드물지 않았다.

자작의 지위로 슈란 왕국에서 열 손가락 안에 드는 군사력을 지닌 구스타프 가이안 자작이라 해도 예외가 될 수는 없다.

장남인 다인 가이안, 현재 정식 후계자이다. 사실 발렌은 그에게는 별 불만이 없었다.

검술에 대한 재능은 천재적이고, 정치 감각도 뛰어나다. 인품도 좋고, 수하에 대한 배려심도 갖추었으니 그야말로 보기 드문 인재라고 해야 할 것이다.

그러나 불행히도 첫째 공자이자 후계자인 다인은 심장이 약했다. 모처럼 타고난 검술의 재능마저도 이러한 신체적인 약점 탓에 꽃을 피우지 못하고 있었다.

격렬한 움직임에 들어가면 한 시간도 견디지 못하는 신체의 한계는 영주 후계자로서 결정적인 단점이 아닐 수 없다.

특히 무력이 중시되는 이러한 외곽 영지에서 견뎌내기는 더욱 힘들다.

그리고 둘째 공자, 그의 경우는…….

"후우, 어째서 그 완고한 영주님께선 둘째 아들에게는 왜 그토록 관대하신 거지?"

생각이 여기에 이르자 감정이 북받친 나머지 저도 모르게 혼잣말이 튀어나왔다. 이제는 둘째 공자를 떠올리기만 해도 자동으로 머리가 아파지는 발렌이었다.

"발렌 경, 전령이 도착했습니다. 영주님께서 돌아오신답니다. 도착 예상 시간은 오늘 저녁이 될 것 같습니다."

수하 기사가 달려와 그에게 보고했다.

발렌은 즉시 기사들이 모여 있는 곳으로 시선을 돌렸다.

"레오 이공자는?"

발렌의 시선이 머문 곳에는 라이안 경이 있었다. 그는 바로 둘째 공자인 레오 가이안의 담당 기사이다.

발렌은 개인적으로 라이안에게 동정심을 가지고 있었다. 골칫덩어리 둘째 공자의 담당이라니, 그야말로 최악의 보직이 아닐 수 없다.

발렌의 이러한 단정을 뒷받침하듯 라이안은 난처한 기색을 살짝 드러내면서 보고했다.

"둘째 공자님께서는 성 밖으로 나가셨습니다."

"왜 나에게 알리지 않았지?"

"알리지 말라고 하셨습니다!"

뿌득.

매번 이런 식이다. 발렌은 무의식 중에 이를 갈았다.

그 백수건달 같은 둘째 공자가 뭐가 좋은지 영지의 기사들과 병사들은 모두 그의 말이라면 두말없이 따른다.

직속 상관이자 기사단장인 자신보다 정식으로는 아무런 상하 관계도 없는 이공자의 말을 우선하는 기사라니?

그것도 잘 훈련된 정예 기사단에서도 가장 융통성이 없는 놈의 태도가 저 모양이다.

라이안에 대한 동정심이 순식간에 사라져 버린 발렌의 눈이 흉흉하게 빛났다.

"영주님께서 돌아오실 때까지 전신 갑옷을 입고 연병장을 돌게."

"옛!"

다다다닥.

젊은 기사는 당연하다는 듯 그대로 뛰어나갔다. 그의 뒷모습을 보는 발렌은 기가 막혀서 저절로 한숨이 나왔다.

하지만 어떤 경우든 할 일은 하는 것이 발렌의 성격이다.

영주가 성에 돌아왔을 때 그의 자식들이 없다는 것은 말이 되지 않는다.

결국 발렌은 기사단장의 숙소를 나와 성문을 향해 걸어가기 시작했다.

이공자를 확실하게 데리고 들어오려면 자신이 직접 가야 한다. 이 일에 관한 것만큼은 수하 기사들 중 누구도 믿을 수 없었다.

"발렌 경 아니십니까? 무슨 바쁜 일이라도 있으신가 봅니다?"

연병장을 나가는 출구 바로 앞에서 그에게 말을 걸어온 남자가 있었다.

발렌보다 머리 하나 이상 큰 거구의 기사였다. 그는 오른손에 기사를 상징하는 대표적인 무기인 롱 소드를 들고, 왼손에는 그의 몸에 어울리는 커다란 카이트 실드를 장착하고 있었다.

보기만 해도 압도당할 정도의 기세가 그의 몸에서 자연스럽게 뿜어져 나왔지만 발렌을 전혀 동요하지 않았다.

오히려 발렌은 말을 건 사람이 누군지 알고는 그나마 운이 좋다고 생각했다.

"휴케바인 경! 혹시 이공자께서 어느 쪽으로 나가셨는지 알고 있소?"

이 괴물 같은 체격의 기사는 휴케바인이다. 영지 최고의 장사이고, 괴력과 더불어 뛰어난 검의 재능으로 사람들의 인정을 받고 있다.

원래는 평민이었다고 하나 이 영지에서는 그런 것을 따지는 사람이 없었다.

강하면 최고다! 그것이 바로 가이안 영지에 전통적으로 내려오는 말이다. 이곳과 같이 숲과 인접하여 마물이 출몰하는 영지에서는 출신보다는 실력이 우선이었다.

발렌이 그를 보고 기뻐한 것은 휴케바인이 자칭 이공자의 오른팔이기 때문에, 그라면 내키는 대로 돌아다니는 이공자의 위치를 알고 있을 것이다. 다행히 휴케바인은 그러한 발렌의 기대를 저버리지 않았다.

"레오님 말입니까? 음, 아마도 서쪽 숲으로 가셨을 겁니다. 요즘은 사냥철이니까요."

영주의 숲이다.

이공자가 그곳에서 사냥을 하면서 노는 것은 별로 상관이 없다. 아니, 사냥이라도 직접 한다면 나름대로 수련이 될 수 있을 거라고 발렌은 생각했다.

하지만 이공자는 대부분 자신의 동네 부하들을 시켜 사냥감을 잡는다. 그리고 사냥 후에는 성의 술 창고에서 마음대로 꺼내간 술과 함께 야외 파티를 연다.

한마디로 아무것도 안 하고 놀고먹는 것이, 바로 이공자의 생활의 전부인 것이다.

"같이 갑시다. 저녁 전에 이공자를 성으로 데려와야 하오. 영주님께서 돌아오신다는 전갈이 왔소."

"아! 영주님께서 돌아오시는군요? 그럼 당연히 레오님도 성에서 대기해야겠지요."

휴케바인은 호탕하게 웃으며 오른손에 들었던 검을 검집에 꽂았다.

그리고는 그 전신 갑옷 차림 그대로 발렌을 따라 나섰다. 심지어는 방패도 그대로 낀 상태였다.

"불편하지 않소? 상당히 무거울 텐데."

"별로요. 기껏해야 50㎏도 안 되는 무게가 아닙니까? 움직임이 불편하면 실전에서 실수할 수도 있기에 되도록이면 이 무장에 익숙해지려고 하는 편입니다."

휴케바인의 말에 발렌은 피식하고 웃었다. 방패까지 합해서 50㎏ 정도의 무게를 '기껏해야'라고 표현하는 남자는 그의 평생 이자가 처음이었다.

갑옷 때문에 움직임이 제한되어 실전에서 실수할 수 있다는 휴케바인의 의견에는 발렌도 동의한다. 기사는 일단 무조건 갑옷을 입고 움직이는 데 익숙해져야 하며, 누구나 그러기 위해 노력한다. 하지만 실제로 실전용 갑옷을 입고 이렇게 손쉽게 일상에서 움직일 수 있는 기사는 드물었다.

일례로 그가 라이안에게 제시한 벌도 갑옷을 입고 연병장을 돌라는 것이 아니었던가?

발렌은 이 거한의 남자가 앞으로 십 년만 있으면 왕국 내에서도 손꼽히는 기사가 될 것이라고 생각했다.

"그런데 한 가지 묻고 싶은 게 있소."

발렌은 문득 고개를 돌려 휴케바인을 보며 말했다.

"무엇입니까?"

"어째서 이공자의 제일 부하임을 자처하는 것이오? 솔직히 경 같은 사람이 그를 따라다니는 이유를 이해하기 힘드오."

"어? 아! 그러고 보니……."

휴케바인은 발렌의 의외의 질문에 놀란 표정을 지었다가 갑자기 무엇인가 깨달은 표정이 되었다.

"푸흐흐흐."

다음 순간 그는 약간 음흉하게 웃기 시작했다. 그리고는 잠시 우물쭈물하다가 할 말이 생각난 듯 자신을 의아한 눈으로 보는 발렌에게 대답했다.

"그러니까 말입니다. 제가 평민일 때, 저를 기사로 만들어주신 분이 바로 이공자님입니다. 그러니 충성을 바쳐야지요."

"그런 사연이 있었구려."

발렌은 납득했다는 듯 고개를 끄덕였다.

그리고는 속으로 생각했다.

'이공자가 영지에 한 가지 좋은 일을 한 것은 있었군. 이 정도의 인재를 발굴한 것은 결코 작은 공이 아니지. 흠, 그럼 그는 선천적으로 운이 좋은 걸까?

사실 영주의 아들이라는 점을 제외하고 생각해 보면 그의 인간성은 그다지 나쁘지 않다는 생각도 들었다. 발렌은 만약 그가 평민이었다면 호감을 가졌을지도 모른다는 생각을 하다가 얼른 고개를 저었다.

만약이란 존재하지 않는 가정일 뿐, 이미 운명은 그에게 영주의 차남이라는 신분을 내렸다.

그래서 발렌은 이공자를 좋아할 수가 없었다.

서쪽 문으로 나가 성벽을 따라 쭈욱 가면 그다지 넓지 않은 평야 지대가 있다. 평야의 끝은 숲이 우거진 비타 산으로 이어진다.

이 산은 대륙 중앙을 좌우로 가로지르는 하이얀 산맥에서 뻗어 나온 지류로 남쪽 사막 지역까지 뻗어 있다.

산의 외각 쪽은 영주의 숲으로 완만한 구릉지로 되어 있지만 안쪽으로 들어가면 제법 지세가 험하다. 그리고 험한 만큼 위험하다.

발렌과 휴케바인은 숲에 들어섰다. 이쯤이면 사냥을 하는 이공자의 부하들이 눈에 띄어야 하건만 주위에는 인기척조차 없었다.

휴케바인이 주변을 두리번거리면서 고개를 갸웃거렸다.

"어? 이상하군. 오늘 한다고 했는데?"

"확실하오?"

발렌이 다짐하듯 재차 확인하자 휴케바인은 확신에 찬 어조로 덧붙였다.

"저녁 고기 파티에는 저도 참가하기로 되어 있었습니다. 솔직히 고백하자면, 제가 술통을 들고 가기로 했지요. 하하하!"

"……."

별로 할 말이 없었다. 발렌은 입을 다물고 이공자와 그의 부하들을 찾는 데 전력을 기울였다.

그리고 그 보람이 있었는지 드디어 숲 안쪽에서 한 명의 마을 청년을 발견했다.

휴케바인이 그를 보고 외쳤다.

"이봐, 마크! 레오 공자님은 어디 계시나?"

마크라고 불린 청년은 이쪽으로 고개를 돌려 발렌과 휴케바인을 발견하고는 역시 목청을 높여 대답해 왔다.

"마을 쪽에 오우거가 나타났어요! 레오 공자님께서는 그쪽으로 가셨어요!"

"뭐라고?"

발렌은 놀라서 옆에 있는 휴케바인을 보았다. 그도 자신을 보고 있
었다.

"어서 가보세."

"그러지요."

둘은 달리기 시작했다.

발렌은 급했다.

철없는 이공자가 오우거가 나타난 곳으로 스스로 가다니?

그에게 무슨 일이 있기 전에 오우거가 나타난 곳으로 가야 했다. 말
을 타고 오지 않은 것을 후회하면서 곧바로 뛰기 시작한 발렌의 뒤를
무거운 갑옷을 철컹거리면서 휴케바인도 따라나섰다.

한참을 전력으로 달리니 숲이 끝나고 마을이 나타났다. 그리고 옆쪽
으로 펼쳐진 산의 구릉 쪽으로 수십 명의 사람들이 모여 있는 모습이
보였다. 윤곽이 확인된다고 해도 아직은 꽤 달려야 할 거리임을 발렌
은 잘 알고 있었다.

"저곳이군! 어서 가세."

발렌은 다리에 더욱 힘을 주어 달렸다. 철저한 수련으로 단련된 그
의 몸은 오랜 질주를 견딜 체력을 보유하고 있었다. 휴케바인은 놀랍
게도 그러한 그에게 보조를 맞추어 함께 달리고 있었다.

발렌이 구릉 지역 가까이에 도착했을 때 상황은 상당히 급박하게 돌
아가고 있었다.

쿠오오오.

"막아! 마을 안으로 들어가면 끝장이다!"

두 마리의 오우거는 쉬지 않고 괴성을 지르며 자신들을 둘러싸 경계

하고 있는 병사들을 사정없이 공격했다.

키가 3m에 달하는 거대 마물, 보통 사람의 몸통보다 두꺼운 다리와 그것과 거의 비슷할 정도의 굵기를 자랑하는 팔뚝은 칙칙한 회색빛을 발하며 꿈틀댔다.

그리고 그들이 들고 있는 거대한 나무 몽둥이, 몽둥이라기보다는 통나무와도 같은 그것의 두께는 기둥만큼이나 굵었다.

위잉, 쾅.

크워어어어!

오우거의 몽둥이가 휘둘릴 때마다 사람들은 기겁하며 뒤로 피했다.

장창으로 계속 오우거를 견제하고 있지 않았다면 이미 수많은 사상자가 발생했을 것이다.

오우거의 흉성은 이미 극에 달했는지 상처를 두려워하지 않고 병사들에게 덤벼들려 하고 있었다.

그때 재수없게 한 명의 남자가 병사들의 대오에서 떨어져 오우거 사이에 끼어버렸다.

위기에 처한 남자는 용병인 모양이었다. 아직 신입의, 그럼에도 불구하고 자신의 실력에 어느 정도 자신을 가진 풋내기임에 틀림없었다. 그러지 않고서야 어떻게든 피하려 하지 않고 창마저 버린 채 자신의 등에 매달린 그레이트 소드를 뽑아 들 리가 없었다.

힘에 자신이 없으면 사용하지 못하는 거대 양손검을 쓰는 것으로 보아 완력에 자신이 있는 자 같았다. 체격도 커서 키가 거의 190㎝나 되었다.

"저런! 위험하다!"

안타까운 외침이 누군가의 입에서 터져 나왔다. 연륜이 있는 용병들은 소리를 지르면서도 장창을 든 대오에서 벗어나지 않았다. 이탈하는 순간 그들의 목숨은 물론이고, 마을이 위험해지기 때문이다.

오우거에게는 인간의 체격이란 다 거기서 거기다. 도토리 키 재기와도 같다.

쿠워어어어!

오우거 한 마리가 낙오된 용병을 향해 흉측하게 입을 벌려 포효했다. 용병은 그런 오우거의 입속에 자신의 그레이트 소드를 박아주겠다는 듯 몸을 앞으로 날리며 온 힘을 다해 검을 찔러갔다.

"저런 멍청한! 오우거가 덩치만 크고 둔한 괴물이라고 생각하는 건가?"

노련한 용병이나 병사들은 기가 막혔다. 최강의 전투 마물이라고 불리어지는 오우거를 한 번도 본 적이 없는 놈이 틀림없다.

무엇보다 그레이트 소드 같은 무거운 무기로 오우거를 상대하는 것으로 보아 정말로 힘만을 믿고 살아온 풋내기 용병인 것 같았다.

인간에게는 통할 것이다. 그러나 오우거에게 힘으로 당할 인간이 어디 있겠는가?

크워!

위이이잉, 퍽.

역시 우려하던 대로 오우거의 거대한 몽둥이가 휘둘러짐과 동시에 그레이트 소드는 하늘로 튕겨 올랐고, 그 용병의 머리가 통째로 날아가 버렸다.

첫 번째 전사자다.

개인의 실력을 믿고 마물에게 혼자 덤벼든 대가로는 당연하다 할 수 있었다. 하지만 이를 보는 인간들은 누구라고 할 것 없이 분노와 무력감을 느끼게 되었다.

발렌이 상황을 볼 수 있는 구릉 위쪽에 도착했을 때 본 것은 바로 용병의 머리가 잘 익은 수박처럼 터져 나가는 장면이었다. 안타까웠지만 그로서도 어찌할 수 없는 거리였다.

챙.

발렌은 달리면서 자신의 허리에서 롱 소드를 뽑아 들었다. 두 마리를 동시에 상대하는 것은 당연히 무리이지만, 그는 지금 혼자가 아니었다. 그는 옆에서 같이 달리고 있는 휴케바인과 함께라면 충분히 두 마리의 오우거를 상대할 수 있다고 믿었다.

그러나 다음 순간 그는 너무 놀란 나머지 비명을 지르고 말았다.

"이공자! 위험하오!"

하늘로 튀어 올라간 그레이트 소드가 땅에 떨어지며 자연스럽게 지면에 박혔다. 그 앞에는 발렌이 찾던 이공자 레오가 서 있었다.

스윽.

레오는 아무렇지도 않게 손을 뻗어 그 그레이트 소드를 땅에서 뽑았다. 거의 레오의 키만한 대검이었다. 레오는 검자루를 한 손으로 잡았다. 그리고는 팔을 늘어뜨린 채 검신을 땅에 질질 끌며 오우거를 향해 걸어갔다.

크워어어어어어!

용병의 머리를 날린 오우거가 다시 한 명의 희생자를 찾았다는 듯 기쁨의 괴성을 질렀다.

배가 고파서 잠시 자신의 구역에서 벗어나 멀리까지 온 것은 좋았는데, 인간들이 조직적으로 대항하는 바람에 아직 한 마리밖에 잡지 못했다.

이제 또 한 마리를 잡게 되었으니 이것으로 만족하고 사냥감을 챙겨 들고 다시 자신의 구역인 산속으로 돌아갈 생각이었다.

위이이잉.

통나무에 가까운 거대한 몽둥이가 바람을 가르며 레오의 머리를 노렸다.

레오는 차분한 눈으로 그 몽둥이가 다가오는 모습을 지켜보았다. 그리고는 그 몽둥이가 자신의 머리 바로 앞까지 도착했을 때 가볍게 허리를 굽혔다.

휘익.

나무가 그의 머리카락 몇 개를 뽑으며 스쳐 지나갔다. 대부분의 사람들이 레오의 머리가 사라진 것으로 생각했을 정도로 완벽한 타이밍이었다.

허리를 숙인 상태에서 그 자세 그대로 레오의 몸이 빙글 한 바퀴 돌았다. 그의 손에 들린 그레이트 소드 역시 크게 원을 그리며 돌았다.

우이이잉.

마치 노련한 무희가 춤을 추며 회전하는 듯 아름다운 동작이었다. 그런데 그러한 움직임에서 비롯된 검의 곡선 끝에 오우거의 머리가 걸렸다.

회오리바람에 날리는 풀잎이 회전을 하면서 밖으로 퍼져 나가는 것처럼 검끝은 부드럽게 오우거의 목을 파고들었다. 그러나 그 부드러움은 인간의 허리만큼 굵은 그 목을 단번에 잘라낼 정도의 힘을 내포하고 있었다.

파칵.

뼈가 잘리는 섬뜩한 소리와 함께 오우거의 머리가 하늘로 치솟았다.

레오가 앞으로 나서는 것을 보고 소리를 질렀던 발렌은 이 광경에 저도 모르게 입이 딱 벌어졌다. 앞으로 달려나가던 발도 이미 멈추어 있었다.

레오의 키에 더하여 팔 길이와 대검이 만들어낸 사선은 정확히 오우거의 목에 명중했다. 그것만도 신기한데, 우연히 들어맞은 그 검은 너무나 손쉽게 굵은 목을 가르고 지나갔다.

휘익!

오우거의 머리가 분리되어 하늘 높이 치솟았어도 그 몸은 여전히 살아서 움직이고 있었다.

턱, 쿵.

다음 순간 둔탁한 소리를 내며 머리가 땅에 떨어지는 것과 거의 동시에 몸도 생기를 잃고 그대로 굳어지며 무너지듯 땅으로 쓰러졌다.

정식 기사들도 경시할 수 없는 거대 마물의 최후로는 너무나 허무하다고 할 수 있었다. 오우거는 단번에 목이 잘리는 바람에 비명조차 지르지 못하고 죽었다.

순식간에 일어난 일에 놀라 몸이 굳었던 것은 절망적인 상황에 발을 멈추고 멍하니 상황을 주시하던 발렌뿐만이 아니었다. 사냥을 나선 동료 오우거조차 무슨 일이 일어났는지 몰라 멍하니 서 있었다.

그러한 잠시의 정적 끝에 사냥감에 불과한 인간의 발치에 날아갔던 머리통이 떨어지면서 낸 소리가 살아남은 오우거의 청각을 자극했다.

크아아아아!

동료가 죽은 것을 뒤늦게 깨달은 오우거가 분노로 가득 찬 소리를 내질렀다.

오우거는 보통 암수 한 쌍이 같이 다닌다.

이놈이 암놈인지 수놈인지는 구분할 수 없지만 자신의 배우자가 죽은 것에 분노하고 있음은 누구나 알 수 있었다.

오우거는 레오 쪽으로 달려가면서 자신의 몽둥이를 두 손으로 잡고 위로 치켜 올렸다.

그리고 달려오던 기세 그대로를 실어 레오가 있는 지점을 향해 내려치려 했다.

그 거구로 돌격해서 내려치는 공격이다.

스치기만 해도 전신이 박살날 정도의 힘이 그 일격에 실려 있었다. 이러한 힘이 실린 일격을 막는 것은 인간으로서는 불가능하다. 힘뿐만 아니라 속도 또한 대단해서 피하는 것도 여의치 않아 보였다.

발렌은 외면하고 싶은 것을 참고 눈을 부릅떴다. 진작 다른 오우거를 상대하기 위해 나섰어야 했다. 이공자의 뜻하지 않은 무위에 놀라 굳어버린 것이 실책이었다. 그로 인해 지금 주군의 혈육이 피떡이 될 위기에 처하고 말았다.

"헛!"

레오가 그레이트 소드를 들어 올리는 것을 보고 발렌은 최악의 상황을 예상했다. 오우거가 달려들기 시작했을 때 피할 자세를 취했어도 가능성이 적은 도박이다. 무모하게 대항의 자세를 취한 대가는 바로 죽음일 수밖에 없었다.

"으음?"

발렌의 예리한 시력 앞에서 레오의 몸이 흐릿해졌다. 레오는 눈에 보이지 않을 정도의 속도로 오우거의 앞으로 파고들었다.

휘이이익, 퍽!

어떻게 된 것일까?

사람들은 오우거가 자신의 몽둥이를 아직도 머리 위에 치켜들고 있는 모습을 보았다. 그리고 그 오우거의 머리로부터 내려와 가슴까지 가르고 몸통 한가운데에 머물러 있는 그레이트 소드를 보았다.

그 검의 손잡이를 잡고 있는 사람은 그다지 큰 체격도 아닌 16세의 소년, 레오였다.

쿵.

레오가 검을 놓자 오우거는 그대로 옆으로 쓰러져 버렸다.

레오는 일말의 미련도 없이 그대로 몸을 돌려 주변을 둘러싼 병사들 밖으로 걸어 나왔다.

이 기가 막힌 광경에 병사들은 얼이 빠져 환성을 지르는 것조차 잊은 듯했다.

"믿을 수 없어! 어떻게 저럴 수가 있지?"

발렌은 충격에서 깨어나자마자 그렇게 소리쳤다.

그러자 휴케바인이 그의 등을 툭툭 치며 말했다.

"레오님의 힘에는 누구나 다 놀랍니다. 저도 힘으로 눌렀다니까요. 그냥 그저 그러려니 하세요."

"그저 그러려니라고? 말도 안 돼! 저런 움직임은 적어도 수천, 수만 번 검을 휘두르며 연습하지 않으면 불가능하다고!"

검으로 오우거의 목을 단번에 자르고 몸통을 두 쪽 내는 것은 아무리 힘이 세다고 해도 불가능하다.

발렌 경은 방금 레오의 움직임에서 일대 검호의 경지를 엿볼 수 있었다.

그래서 더욱 황당했다. 있을 수 없는 일이라고 생각했다.

그러나 휴케바인은 그게 어쨌냐는 듯 말했다.

"그러니까 그런 식으로 생각하면 발렌 경만 머리가 아파집니다. 제가 열여덟 살 때 12세의 레오님께 팔씨름으로 지고서 한 달을 꼬박 머리를 싸매고 고민했는데, 결론은 하나였지요. 그냥 현실을 현실로 받아들이는 겁니다."

사실 그것이 바로 휴케바인이 레오에게 충성을 맹세한 진짜 이유였다.

휴케바인은 12세인 지금까지 자신보다 힘이 센 사람은 한 번도 만나보지 못했다. 물론 레오 공자를 제외하고 하는 말이다.

"으으윽!"

발렌은 말을 하지 못하고 신음 소리만 냈다. 하고 싶은 말은 많은데 그것이 입 밖으로 나오지 않았다.

방금 본 상황이 힘이 세다고 가능한 것이 아님을 누구보다 잘 알고 있는 그였다. 이공자가 괴물에 가까운 신력을 가지고 태어났다고 해도 그가 본 것은 단순한 힘의 부산물이 아닌 제대로 된 검의 길이었다.

발렌은 인정할 수 없었다. 아니, 인정하기 싫었다. 그렇다면 자신이 지난 수십 년간 노력해 온 것은 무엇이란 말인가?

지금 이공자가 보여준 능력은 천재라는 말로도 설명이 불가능한 수준이 아닌가?

그때 레오가 발렌과 휴케바인을 발견하고 이쪽으로 걸어오기 시작했다. 정확하게 말하면 키가 210㎝나 되는 휴케바인을 발견했다고 할 수 있다.

휴케바인은 자신의 주군을 향해 씨익 웃어 보임으로써 인사를 대신했다. 그를 향해 눈빛으로 인사를 건넨 레오는 발렌을 향해 입을 열었다.

"발렌 경, 무슨 일로 이곳까지 나오셨습니까?"

성의 기사단장이 혼자서 마을까지 나오는 일은 흔하지 않은 일이다. 아마도 자신을 찾으러 왔으리라. 그것도 직접 나온 것으로 보아 꼭 성으로 데려갈 일이 생긴 것이다.

레오는 발렌을 보며 대답을 기다렸다.

아버지가 데려와서 그날로 기사단장으로 임명한 기사, 그럼에도 불구하고 성의 기사들은 그것에 불만을 품지 않았다.

모두에게 그 정도의 인정을 받는 것은 쉬운 일이 아니다. 실력뿐만 아니라 그의 인품 또한 보여주는 것이기도 했다. 그래서 레오는 이 발렌만큼은 어느 정도 어려워하고 있었다.

발렌은 복잡한 표정으로 레오를 응시한 채 입을 열지 않았다. 어쩌면 입을 열 수 없는 것일지도 모른다.

휴케바인은 그런 발렌의 심정을 어느 정도 이해할 수 있었던 터라 미소를 지으며 대신 말을 전했다.

"레오 공자님, 영주님께서 오늘 저녁 무렵에 돌아오신답니다. 성으로 돌아가셔서 영주님을 맞이할 준비를 하시지요."

"아버님이? 알았어."

레오는 흔쾌히 대답하고는 아직 상황을 정리하느라 부산한 병사들 쪽을 일견한 후 지나치듯 말했다.

"휴케바인, 저 중에 새로 온 병사들이 섞여 있더군."

주군의 말에 담긴 의미를 알아챈 휴케바인은 씨익 하고 웃었다.

"단단히 입단속을 시켜놓지요."

휴케바인으로서는 이런 일을 한두 번 해본 것이 아니었기에 시원하게 대답을 하고는 병사들 쪽으로 갔다.

레오는 자신의 힘이 쓸데없이 남에게 알려지는 것을 좋아하지 않았다. 이를 잘 아는 휴케바인이나 부하들은 항상 말이 퍼지지 않도록 비밀을 유지하고 있었다.

하지만 이런 식으로 마물이 나타날 때마다 레오가 나서는 경우가 많았기 때문에 이 영지에서 살다 보면 레오의 강함을 자연스레 다 알게 되는 것이다.

가이안 영지 내에서 신참들에게만 알려지지 않은 공공연한 비밀, 그것은 바로 레오의 무지막지한 능력이었다. 물론 이제 그 신참들도 이 비밀을 공유하는 일원이 되어야 했다.

가이안 영지 내에서 이공자 레오의 뜻에 거스를 이는 존재하지 않았다.

"발렌 경, 갑시다."

레오는 그렇게 말하며 앞장서서 성 쪽으로 걸어가기 시작했다, 오늘의 파티는 중지라고 투덜대면서.

발렌은 그런 그의 뒤를 따라 걷다가 결국 참지 못하고 입을 열었다.

"레오 공자님!"

"뭐지요?"

"어떻게, 어떻게 그런 일이 가능합니까? 저는 이곳에 와서 육 개월이 지났지만 공자께서 수련을 하는 것은 한 번도 보지 못했습니다! 검을 쥐는 것조차 보지 못했습니다!"

그는 정말로 궁금했다.

혹시 아무도 모르는 밤에 수련을 하는 것일까? 제발 그렇다고 말해주었으면 좋겠다고 생각했다.

그런 정도라면 정말로 희대의 천재라는 수식어를 붙여서 나름대로 억지로 납득할 생각이 있었다.

레오는 잠시 입을 다물고 발렌의 얼굴을 빤히 쳐다보았다. 발렌을 향한 그의 표정은 어딘지 화가 나 있는 듯 굳어 있었다. 평소 어느 정도 공손하던 레오의 태도가 아니었지만 발렌은 시선을 피하지 않고 대답을 기다렸다. 그만큼 그에게는 절실한 질문이기도 했다.

이윽고 굳게 다물어졌던 레오의 입이 열렸다.

"발렌 경."

"네."

"사자는 태어나면서부터 강하기 때문에 사자다."

레오는 그렇게 말하고는 그대로 몸을 돌려 성을 향해 걸어갔다.

발렌은 그저 멍하니 그런 레오의 뒷모습을 바라보았다. 늘 어느 정도의 예의를 지키던 둘째 공자가 처음으로 자신에게 반말을 했다는 것을 의식할 수도 없었다.

*　　　　*　　　　*

성안으로 돌아온 레오는 바로 집 안으로 들어갔다.

현관문을 열면 보이는 것은 홀로 사용하는 꽤 넓은 공간이고, 그 한쪽은 거실로 꾸며져 있었다.

적당한 크기의 테이블과 가죽 소파가 놓여 있는 거실은 그다지 화려하지도 넓지도 않았다.

물론 일반적인 집과 비교할 수는 없겠지만 자작보다 한 단계 낮은 작위인 남작들도 이보다는 화려하게 꾸며놓고 살 것이다.

어쩔 수 없는 일이다. 레오의 아버지인 구스타프 자작은 천성적인 무인이다. 그는 무공 수련에만 힘쓰다가 혼기를 놓쳐 결혼도 마흔이 넘어서 했을 정도의 사람이다.

요즘처럼 왕국의 분위기가 어수선한 때에도 영지민들은 적극적으로 영주인 구스타프 자작을 따르고 존경해 마지 않는다.

구스타프 자작은 모든 자금을 아끼고 아껴서 군사력을 증강시키는 데에 주력해 왔다. 그래서 가이안 영지는 이전과는 달리 마물의 피해도 줄어들고, 주변 영지들과의 외교 관계에서도 우위에 설 수 있게 되었다.

사익을 추구하지 않는 자작은 대규모 군사력을 유지하면서도 영지민을 착취하는 일이 없었다. 그 결과, 이 자작령 내에 거주하는 영지민이나 기사들과 병사들의 충성심은 특히 유별날 수밖에 없었다.

레오는 거실 소파에 앉아 있는 남녀를 보았다. 소파에 앉아 있는 사람들도 레오를 발견한 듯 그를 향해 웃으면서 오라는 손짓을 했다.

그들은 부부 사이인 듯 서로에게 가볍게 기대어 친밀감을 더했는데, 아내로 보이는 여성의 품 안에는 한두 살 정도 되어 보이는 아이가 안겨 있었다.

"형, 형수님, 먼저 와 계셨군요?"

"먼저 온 것이 아니라 아무 데도 안 나간 거다. 이 녀석, 너 또 수업을 빼먹었지?"

다인 가이안, 그는 가이안 영지의 후계자이자 레오의 친형이다. 아버지인 구스타프 자작이 영지를 비운 지금 레오를 꾸짖을 수 있는 유일한 사람이라고 할 수 있었다.

레오는 진지한 얼굴로 고개를 저으며 대답했다.

"수업은 싫어."

"뭐라고? 싫다는 이유만으로 수업을 듣지 않다니? 네 공부를 맡기고 수도로 가신 아버지께 내가 뭐라고 말씀을 드려야 하지?"

다인은 크게 화가 난 듯 목소리를 높였다.

형의 책망에 레오는 약간 고개를 숙인 채 입을 다물고 아무 말도 하지 않았다.

"레오, 네가 무력이 뛰어나다는 것은 나도 인정해. 하지만 최소한의 교양을 겸비하지 않으면 귀족 사회에서는 살아가기가 쉽지 않아."

다인이 한숨을 쉬며 다시 낮게 타이르듯이 말하자 레오는 낮은 소리로 대꾸했다.

"이름은 쓸 수 있으니까."

"그게 말이 된다고 생각하니?"

형의 목소리가 차가워지자 레오는 그가 정말로 화가 났다는 것을 알았다.

하지만 어쩔 수 없다. 이미 몇 번이나 있었던 일이다. 그는 다시 입을 다물었다.

"여보, 너무 화내지 마세요. 도련님도 일부러 그러는 건 아니잖아요."

보다 못한 형수 테레사가 남편을 말리기 시작하자 레오는 속으로 안도의 한숨을 쉬었다. 자신이 야단을 맞는 것보다 형의 건강이 더 걱정되었다. 심하게 화를 내는 것만으로도 심장에 무리가 갈 수 있었다.

"오늘 아버지가 돌아오시면 너를 벌하실 거다. 하지만 네가 공부를 안 하고 논 것은 나도 책임이 있으니 같이 벌을 받겠다."

어느 정도 가라앉은 목소리로 선언하듯 자신의 말을 마무리한 다인은 입을 다물었다. 그의 시선은 여전히 엄하게 동생을 노려보고 있었지만.

‘화를 삭이는 것인가?’

레오는 다인의 눈앞에서 얼른 사라지는 것이 낫겠다는 생각으로 최대한 부드럽게 말했다.

“방에 가서 씻을게. 아버지가 오시면 알려줘.”

말이 끝나기가 무섭게 자리에서 벌떡 일어났지만 칭얼거리는 소리에 시선이 돌아갔다. 소리의 진원지인 자신의 조카 로엔을 돌아본 레오는 조심스레 볼을 두어 번 건드려 보았다.

손가락에 살이 닿는 느낌이 거의 없을 정도로 볼은 부드럽게 들어갔다. 어른들의 소리에 잠결에 잠시 소리를 낸 듯 감은 눈을 뜰 기색은 없어 보였다.

레오의 아쉬워하는 기색을 재빨리 눈치챈 테레사는 안고 있던 아이를 조심스레 앞으로 내밀며 상냥하게 물었다.

“안아보실래요?”

그녀는 이런 식으로 형제 간의 갈등을 풀어주려고 하는 것이다. 참으로 속 깊고 좋은 형수다. 레오는 속으로 그렇게 생각하며 희미하게 미소를 지었다.

“제가 안으면 잠에서 깨어나 울 겁니다. 그럼 저는 이만 올라가겠습니다.”

“후, 녀석.”

아들과 동생, 그리고 아내로 이루어진 이 그림은 다인의 입에서도 피식 웃음을 자아냈다. 안하무인인 것처럼 보이지만 형인 자신에게는 늘 어린 동생일 뿐이다.

거기에 어린 조카를 이뻐하는 것이 눈에 보이면서도 조심스러워하는 태도에 마음이 풀리고 말았다.

레오는 형의 화가 풀린 것을 확인하곤 한결 가뿐해진 마음으로 계단으로 발걸음을 옮겼다. 그가 막 첫 계단을 디딜 즈음 거실에서 청 높은 아이의 소리가 터져 나왔다.

"응애, 응애."

"어멋!"

곧바로 형수인 테레사의 경호성이 들린다.

'로엔이 깨어났나? 흠, 좀 더 있다 올걸.'

자는 조카도 귀엽지만 깨울까 봐 조심스러웠다. 레오는 가던 계단 중간까지 올라가 거실 쪽을 바라보았다.

테레사는 로엔을 토닥거리며 다시 아이를 재우려 했지만 로엔의 울음소리는 한 톤을 높여 계속되었다.

"으아아아앙! 앙앙!"

다인은 앙증맞은 팔다리를 뻗치면서 우는 로엔을 걱정스럽게 보며 테레사에게 물었다.

"혹시 애, 일 벌인 것 아닌가?"

"그럴지도 모르겠네요. 유모! 잠시 와봐요."

유모가 달려와 기저귀를 확인하는 등 부산한 광경이 벌어졌다. 그걸로 문제가 해결되지 않았는지 로엔의 높은 울음소리는 계속 이어졌다. 그러자 주방에서 우유병이 날라지고 아이는 다시 유모에게서 엄마에게, 아빠에게로 번갈아 안겨 칭얼대었다.

레오는 그 광경을 오랫동안 지켜보았다. 형과 형수, 그리고 집이 떠나가라 우는 조카까지도 모두 행복해 보였다.

레오는 마음속으로부터 이런 가족들의 모습을 즐겼다.

형은 아버지의 대리인으로 영지의 업무를 처리하기 때문에 항상 바쁘다. 가끔씩 마주치면 그때마다 오늘처럼 자신을 꾸중하고 타이르곤 했다. 이때의 레오는 단지 형을 걱정시키는 철없는 동생에 불과할 뿐이었다.

사실 레오는 그것이 즐거웠다.

*　　　*　　　*

저녁이 되자 드디어 아버지인 구스타프 자작이 돌아왔다.

다인과 레오는 거의 일 년 만에 보는 아버지께 정중하게 인사를 했다.

"오오, 레오가 이렇게 제대로 인사를 하다니? 네가 드디어 16세가 되어 성인이 된 것을 자각한 것이냐?"

"……."

아버지의 말에 레오는 약간 쑥스러운 듯 입을 다물고 가만히 서 있었다.

사실 레오는 12세 때부터 마을 청년들을 마음대로 부렸다. 이십대의 청년들도 레오의 말에 꼼짝을 못했다.

그런 만큼 레오는 자신보다 나이가 많은 사람에게 정중하게 대하는 것에 그다지 익숙하지 못했다. 그저 아버지와 형, 그리고 형수 정도만이 그 대상이라고 할 수 있었다.

"흠, 그건 그렇고, 어디 일 년 동안 정치행정학하고 역사학 수업은 잘 받았느냐?"

올 것이 왔다. 레오는 유일한 무기인 침묵으로 일관했다.

구스타프 자작은 역시나 하는 표정으로 한숨을 쉬고는 준비한 대사를 읊었다.

"앞으로 내가 이곳에 있을 동안 넌 하루 열두 시간씩 수업을 받아라. 한 번이라도 빼먹는다면 내가 직접 널 가르치겠다."

"……."

할 말이 없었다. 아버지의 명을 거역할 수는 없다. 하지만 열두 시간이 아니라 스물네 시간이라고 해도 배울 마음이 없는 이상 머리 속으로는 하나도 들어오지 않을 것이다.

"수도에 가신 일은 잘되셨습니까?"

내일 일은 내일 생각하자고 스스로에게 다짐한 레오는 재빨리 화제를 바꿨다.

그러자 구스타프 자작은 약간 굳은 얼굴로 대답했다.

"음, 새로운 국왕 폐하를 알현했다. 역시 훌륭한 분이시더구나."

"다행이군요. 왕이 훌륭해야 나라가 발전할 수 있다고 했잖아요."

레오는 의도한 대로 대화가 진행되는 것을 반기면서 아버지의 말에 맞장구를 쳤다.

"그건 그렇지. 반대로 신하가 훌륭하면 나라가 망하지 않는다는 말도 있고."

정치행정학에 나오는 문장이다. 구스타프 자작은 그래도 레오가 완전히 공부를 안 한 것은 아니라고 생각했는지 입가에 가벼운 미소를 띠었다.

레오는 자신이 실수한 것을 깨닫고는 입을 다물고 속으로 한숨을 삼켰다.

아주 오랜만에 온 가족이 모여 식사를 하며 이야기를 나누는 동안 분위기는 점점 부드러워졌다. 이는 아이를 유모에게 맡기고 저녁 식사에 참석한 테레사 덕이기도 했다.

가이안 가문의 유일한 여성인 테레사는 개성 강한 이들 삼부자 사이에서 늘 윤활유 역할을 해주고 있었다. 식사를 마치고 테레사가 로엔을 보살피기 위해 위층으로 올라갈 때쯤에는 화기애애한 분위기가 만들어져 있었다.

"그래, 조금 늦었지만 며칠 후에 준비가 되는 대로 레오의 성인식을 하도록 하자."

구스타프 자작은 차를 마시며 그렇게 말했다.

"좋지요! 레오, 넌 성인식 때 말할 너의 인생의 목표를 정했니?"

다인도 기뻐하며 레오를 보며 물었다.

보통 귀족의 남자 아이는 16세에 성인식을 하게 된다. 그리고 그때 자신의 일생의 목표를 참석한 이들 앞에서 공표하는 것이 이 슈란 왕국의 관습이었다.

그러면 가문에서는 성인으로서의 첫 발을 내딛는 이날 이후 그 목표를 이루는 데 최대한의 지원을 하게 된다.

레오는 가벼운 미소를 지으며 대답했다.

"아직 안 정했어."

"역시! 그거 말 못하면 무지하게 창피당할걸? 미리 생각해 놓는 것이 좋을 거야. 뭣하면 형에게 상담하러 와도 좋아."

다인은 모처럼 동생의 귀여운 점을 발견했다는 듯 싱글싱글 웃으며 말했다. 완전히 약점을 잡았다는 표정이었다.

구스타프 자작은 그런 그들의 모습에 크게 웃었다. 언제 보아도 자신의 아들들은 사이가 좋았다. 무뚝뚝한 편인 레오가 유독 형에게만큼은 꼼짝 못한다. 다인은 한술 더 떠서 일찍 떠난 모친의 자리를 메우려는 듯 늘 레오를 세심히 챙겼다.

웃음을 그친 구스타프 자작의 얼굴에는 아직도 흐뭇한 미소가 떠나지 않고 있었다.

"그런데 아버지, 레오가 정말로 정치 쪽을 싫어한다면 차라리 용병과 기사들을 이끌고 마물 퇴치 쪽으로 집중하게 하면 어떨까요?"

다인은 아버지 구스타프 자작의 기분이 많이 좋아진 것 같자 은근슬쩍 떠보았다.

말은 엄하게 했어도 사실 레오가 그렇게까지 싫어하면 시키지 않아도 되지 않을까 하고 생각하던 그였다.

하지만 구스타프 자작은 단호하게 고개를 저었다.

"내가 아들이 많은 것도 아니고, 딱 둘이기 때문에 둘 모두가 영지를 관리할 줄 알아야 한다. 알겠지, 레오?"

이쯤 되면 레오로서도 재론의 여지가 없다. 고개를 푹 숙인 레오의 입에서는 '열심히 할게요' 라는 말이 쥐어짜듯 나왔다. 그야말로 억지 춘향인 격이지만 그런 레오의 대답만으로도 구스타프 자작의 표정은 한결 누그러졌다.

차를 마시며 이런저런 대화를 나누다 보니 어느새 밤이 되었다.

레오는 가족들에게 취침 인사를 하고 자신의 방으로 돌아왔다.

졸음이 쏟아졌다. 언제나 그렇지만 밤에는 항상 세상모르게 잠이 든다.

그는 겉옷을 벗고는 그대로 쓰러지듯 침대에 몸을 던졌다.

얼마나 시간이 흘렀을까? 레오는 잠에서 깨어났다.

"어? 벌써 아침인가?"

그는 슬쩍 고개를 들어 창문을 가린 덧창의 틈새를 보았다. 빛이 전혀 새어 들어오지 않았다. 아직 한밤중인 것 같았다.

"신기하군. 내가 이 시간에 잠이 깨다니?"

생각해 보니 이런 시간에 잠이 깬 적은 한 번도 없었다.

참을 수 없는 갈증이 느껴지자 잠을 깬 이유를 알 수 있었다. 방 한쪽에 놓인 주전자를 들어 올렸지만 무게가 느껴지지 않는다. 혹시나 하고 입을 대고 기울였지만 텅 빈 주전자에서는 한 모금의 물도 나오지 않았다.

"메이, 또 잊어먹었군!"

메이는 의외로 덤벙대는 성격이어서 곧잘 실수를 한다. 레오는 어쩔 수 없다는 듯 고개를 저으며 웃옷을 입었다.

살며시 문을 열고 밖으로 나가 아래층에 있는 부엌 쪽으로 가려고 했다.

이제는 목만 마른 것이 아니라 배도 고팠다. 내친김에 술병도 하나 가져올까? 그는 그렇게 생각하며 발걸음 소리를 죽인 채 아래로 내려가는 계단을 향해 걸었다.

그런데 아버지의 서재에서 인기척이 느껴졌다. 문은 닫혀 있었지만 레오에게 있어서 그 정도 기척은 쉽게 느낄 수 있었다.

레오의 방이 있는 3층은 자작가의 직계 가족이 사용하게 되어 있다. 다인 형이 결혼을 해서 2층으로 옮긴 지금 레오와 구스타프 자작만 3층을 사용하는 셈이다.

‘누구지? 아버지가 아직 안 주무시나?’

자연스럽게 정신이 그쪽으로 쏠리자 안에 있는 사람들의 기가 더욱 선명하게 느껴졌다.

한 사람이 아니다. 두 사람, 둘 다 친밀한 기운이었다.

‘아버지하고 형이군. 무슨 얘기를 하는 거지?’

레오는 문득 호기심이 일어 서재로 가 문에 귀를 대었다. 평범한 사람이라면 웅얼거림으로 전해질 방 안의 대화가 선명하게 들려왔다.

“이번에 왕위를 이으신 타카 2세께서는 현명하신 군주이기는 하나 야심이 많다.”

“그렇습니까?”

“그렇게 느껴지더구나. 그리고 이 아비의 짐작이 틀리지 않았다면, 가까운 시일 내로 애슐론 왕국을 상대로 전면전을 벌이실 것 같다.”

“아! 왕국의 백 년 이래의 숙적을 완전히 정복하고 싶어 하시는군요?”

“그렇지. 두 왕국이 합쳐지기만 하면 이 라시아 대륙의 남동부는 우리 슈란 왕국의 영향력 아래에 놓이게 된다.”

“쉽지는 않은 일입니다.”

“그렇다. 하지만 이미 결정한 일이고, 다른 귀족들도 반대하지 않는 분위기이다.”

“그렇군요.”

“그래서 말이다, 다인.”

“네, 말씀하십시오.”

“전란의 시대에는 영주에게 있어서 가장 큰 덕목 중 하나에 체력이 강하다는 것이 포함된다. 평화 시에 비해 몇 배나 더 바빠지기 때문이지."

"알고 있습니다."

"그래, 그래서 난 이 영지의 후계자로 네가 아닌 네 동생 레오를 선택하고 싶구나. 레오는 비록 학문은 약해도 본능적으로 사람을 끌어당긴다. 그리고 그 애의 무력 역시 경외의 대상이 되어 대부분의 병사와 기사들까지 그를 따른다. 주변 사람들이 조금만 받쳐 줘도 우리 영지를 크게 번성시킬 것이라고 보인다."

"아버님의 말씀이 맞습니다. 저도 그렇게 생각하고 있었지요. 알겠습니다. 내일부터 제가 직접 레오에게 영지 관리나 행정 쪽의 일을 가르치겠습니다."

"그래, 네가 그렇게 이해해 주니 고맙구나."

"……."

레오는 아무 말도 않고 입을 굳게 다문 채 서재 안의 대화를 모두 들었다.

자신에 관한 이야기가 끝나자 그는 몸을 돌려 자신의 방으로 돌아갔다. 시장기는 어느새 사라지고 없었고, 더 이상 갈증도 느껴지지 않았다.

몸이 약한 형의 괴로움은 잘 알고 있었다. 뛰어난 검술을 지녔지만 잠시만 움직여도 숨이 가빠져서 괴로워한다.

레오는 자신의 실력에 자신이 있었다. 비록 영지 밖으로 나간 일은 없지만 12세 때 거리로 나가 싸움을 경험한 후 한 번도 상대를 찾지 못했다.

심지어는 전국적으로 유명한 기사라는 발렌 경조차 자신에게는 상대가 될 수 없다.

16세의 성인식, 그때 선언할 생각이었다.

영주가 될 형을 도와 가이안을 지키겠다고! 최고의 무장이 되어 아무도 가이안 가문의 영지를 넘보지 못하게 하겠다고!

하지만 이제 그 선언은 할 수가 없게 되었다.

일부로 행정학과 정치학 수업을 빼먹고 공부를 전혀 안 한 것도 모두 허사가 되었다.

'형.'

레오는 마음속으로 형을 불렀다. 자신이 영주가 되면 형은 가신이 되는 것이다. 있을 수 없다! 어떻게 형을!

영주는 될 수 없다. 그것은 형의 자리이다.

아무런 소리도 내지 않고 방으로 돌아온 레오는 옷장을 열고 제대로 복장을 갖추어 입었다. 집 안에서의 복장이 아닌 저택 밖으로 외출할 때의 복장이다.

그리고는 침대 옆에 걸려 있는 자신의 검을 집어 허리에 찼다.

나름대로 준비를 끝낸 레오는 창문을 열고 하늘을 올려다보았다. 어슴푸레한 모양으로 보아 조금 있으면 해가 뜰 것 같았다. 이번에는 고개를 숙여 아래를 내려다보았다. 3층이지만 가볍게 뛰어내릴 자신이 있었다.

창밖을 내려다보던 레오는 고개를 갸웃거리더니 스스로에게 말하듯 중얼거렸다.

"그래도 문으로 나가야지."

창에서 돌아서 방문을 살짝 열고 다시 닫을 때까지 아무 소리도 내지 않는 것은 너무나 쉬웠다. 복도를 가로지르는 그의 걸음걸이는 너무나 평범해 보였지만 발걸음 소리가 전혀 나지 않았다.

레오가 계단을 내려와 현관문을 열 때까지 낸 소음은 전무했다. 그는 아버지와 형이 있는 서재 쪽으로 시선을 한 번 보내고는 역시 소리 없이 현관문을 닫았다.

성의 정문으로 걸어가는 레오의 걸음걸이는 여유롭기만 했다.

새벽에 일어나 일하는 하인들과 몇 번 마주쳤지만 하인들은 그들의 이공자를 보고는 아무 생각 없이 인사를 하고 지나쳤다.

레오가 무슨 일을 하는지 그들이 생각할 필요는 없었다.

성문은 굳게 닫혀 있었다.

"누구요?"

성문 위에서 들리는 목소리에 레오는 고개를 들어 그의 얼굴을 확인하고는 말했다. 아직 밤에 가까운 새벽이지만 그의 눈에는 상대의 얼굴이 또렷하게 보였다.

"나다. 문을 열어라, 타로스."

"앗, 이공자님이십니까? 잠시만 기다리십시오. 곧 열겠습니다."

타로스는 급히 성문을 여는 레버를 당겼다.

보통의 영지라면 날이 밝기 전 성문을 여는 것은 영지의 최고 책임자나 기사단장의 허락이 있어야 한다. 그 명령의 범위 내에 영주의 둘째 아들이 들어갈 리 만무했다.

하지만 타로스에게 있어서, 아니, 이 영지의 모든 기사와 병사들에게 있어서 이공자는 경외와 충성의 대상이었다. 그들 사이에서 레오는 구스타프 자작과 동격으로 생각되고 있었다.

그르르르릉.

문이 열렸다. 레오는 태연하게 그 문으로 나가서 다시 말했다.

"달아라!"

"네!"

<u>그르르르릉.</u>

문은 다시 굳게 닫혔다. 아침이 되어 정식으로 문을 열 시간이 될 때까지 열리지 않을 것이다.

레오는 성 밖으로 나가 영지 밖까지 일직선으로 펼쳐진 길을 따라 걸었다. 뒤를 돌아보고 싶은 충동을 느꼈지만 꾹 참았다. 성을 보는 순간 마음이 약해질 것 같았다.

자신의 마음을 감추려는 듯 가벼운 콧노래를 불렀다. 어느덧 그의 모습이 성으로부터 멀어져 완전히 모습을 감췄다.

타로스를 비롯해 성의 병사들은 이런 야심한 시각에 이공자가 무엇을 하러 나가는가에 대해 진지하게 토론했다.

분명히 여자다! 이공자도 이제 16세가 아닌가? 아니다. 오늘 사냥을 하려다 못했다고 한다. 고기와 술이 생각나서 나가신 거다.

그들의 토론은 맹렬했다.

그러나 아무도 레오가 성을 나간 이유를 맞추지는 못했다.

그날 이후, 레오는 가이안 영지에서 그 모습을 감췄다. 대소동이 벌어졌지만 결국 그들은 레오가 영지를 나갔다는 사실을 확인했을 뿐이었다.

그리고 그 후 십 년 동안 레오의 행방을 아는 사람은 없었다.

❖ Chap 2 ❖
새로운 영주

새로운 영주

　대륙의 중앙을 좌우로 가르는 하이얀 산맥의 기슭에는 험한 지형에
도 불구하고 제법 큰 마을이 몇 개 있다.
　대부분은 대륙 남부와 북부의 무역상들이 산맥을 넘기 전과 넘은 후
에 쉴 수 있도록 만들어진 마을들이다.
　이런 마을들은 모두 중요한 무역로에 속하기 때문에 왕국에서도 각
별히 보호하여 산맥의 마물로부터 보호를 한다. 경제 활동이 활발한
덕에 사람들의 생활도 비교적 윤택한 편이었다.
　또한 이런 마을에는 왕국 사이를 오가는 상인들에 의해 대륙 곳곳의
정보가 빠르게 알려진다.
　볼너트 왕국의 마을인 본머 마을도 그런 곳 중의 하나였다.
　하이얀 산맥의 남동쪽 기슭에 위치한 이 마을은 북부와의 무역로에
속해 있기에 상인과 여행자들이 끊임없이 드나들었다.

딸랑, 딸랑.

퍼브의 문이 열리면서 그 문에 매달아 놓은 방울이 맑은 소리를 토해냈다.

서빙을 하던 아가씨가 얼른 고개를 돌려 입구 쪽을 보니 그곳에는 이십대 중반으로 되어 보이는 청년이 서 있었다.

흑발에 어울리는 검은 가죽 옷을 입고 있는 그는 문으로 비쳐 들어오는 햇빛을 등으로 받아 마치 그림자처럼 보였다.

"어서 오세요. 술을 드실 건가요?"

"가벼운 식사와 함께 적당히 마시고 싶군."

"예, 그럼 이쪽에 앉으세요."

아직 해가 지지 않았다. 이 사람은 여행자로 저녁 식사를 하기 위해 왔을 것이다.

술집의 아가씨는 그렇게 판단하고는 구석에 있는 조그만 자리로 그를 안내했다.

그리고는 주문을 받아 그것을 주방에 넘겼다.

청년은 조용히 앉아서 식사를 했다. 여행자답지 않게 아주 천천히 음식을 먹었다.

마침내 식사를 끝내고 술잔을 들어 가슴속이 시원해질 때까지 벌컥벌컥 마시고는 잔을 내려놓자, 그는 생각에 잠겼다.

'십 년이다. 아버지가 돌아가신 지도 삼 년이 흘렀다. 이제는 돌아가야 할까?

그는 레오였다. 지난 이 년간 대륙 북부를 여행하고 이제 또다시 남부로 내려왔다.

십 년 동안 대륙을 돌아다녔지만 고향인 슈란 왕국에는 가능한 한 접근하지 않았다.

아버지가 돌아가셨을 때에는 정말 괴로웠지만 그래도 돌아갈 수는 없었다. 형이 자신에게 영주의 자리를 내놓을 것 같았다.

그러나 이번에 들은 소식은 그를 슈란 왕국의 인접국인 이 볼너트 왕국까지 오게 만들었다.

슈란 왕국이 전쟁에서 패했다!

완전한 패배는 아니지만 국왕이 부상을 당하고, 숙적인 애슐론 왕국에게 중요한 성채를 3개나 빼앗겼다고 한다.

초반에 절대적으로 유리했던 슈란 왕국이 이렇게 갑자기 전세를 역전당한 이유가 있었다.

동맹국인 발도어 왕국이 배신을 하여 슈란 왕국군의 뒤를 습격했기 때문이다.

물론 발도어 왕국의 입장에서는 최선의 선택이었을 수도 있다. 슈란 왕국이 애슐론 왕국을 멸하고 그 영토를 병합하면 대륙 동남부에서는 최고의 강국이 된다.

발도어 왕국은 그런 것을 원하지 않았을 것이다.

하지만 이런 식으로 동맹군의 뒤를 친다는 것은 발도어 왕국의 국왕이 신용없는 인물이라는 것을 의미한다.

사실 이런 것은 레오의 관심의 대상이 아니었다.

지금 그가 걱정하는 것은 자신의 형, 다인이었다. 자신의 고향인 가이안 영지였다.

전쟁이 일어나기 전에는 도둑 길드를 통해 영지의 소식을 얻었다. 아버지인 구스타프 자작이 병으로 돌아가신 것을 안 것도 길드를 통해

서였다.

하지만 전쟁이 일어나니 도둑 길드를 통해 왕국 내의 정보를 얻는 것이 힘들게 되었다.

왕국 외부에서 일개 자작령의 일을 알 수 있는 방법이 없게 되었기 때문이다.

결국 레오는 십 년 만에 슈란 왕국으로 들어가기로 했다.

"그런데 말이야, 이제 슈란 왕국은 별 볼일 없게 된 건가?"

"아무래도 일단 전쟁에 졌으니 당분간은 힘을 못 쓰겠지."

옆 테이블에 앉은 상인들의 대화가 귀에 들어왔다. 공교롭게도 그들의 대화는 슈란 왕국에 대한 것이었다.

어떻게 보면 당연한 일이다. 지난 삼 년간 이 일대 왕국들이 가장 관심있게 지켜본 나라가 바로 슈란 왕국이니까.

상인들 역시 슈란 왕국이 과연 전쟁에서 승리하여 강대국이 될 수 있을까에 대해 상당한 관심을 기울였을 것이다. 국가 정세에 민감해야 왕국들 사이를 오가며 무역을 할 수 있기 때문이다.

"그래도 용케 망하지는 않았구만."

"그거야 당연하지. 아무리 뒤를 얻어맞았다고 해도 그 군사력이 어디가나? 사실 얼마 전까지만 해도 다들 애슐론 왕국이 망할 거라고 말하지 않았나?"

"맞아, 하하하. 하지만 결국 주변의 모든 왕국들이 다른 나라가 혼자 강해지는 것을 바라지 않았지. 슈란 왕국은 국토의 삼분지 일을 잃었으니 당분간은 힘을 쓰지 못할 걸세."

정확한 판단이었다.

지금 대륙은 수십 개로 분열된 소왕국들이 난립하여 저마다 살아남기 위해 싸우고 있었다. 그런 만큼 그 누구도 자국의 옆에 강대국이 생겨나는 것을 원하지 않았던 것이다.

레오는 옆 테이블에 앉아 있는 상인들이 웬만한 정치가보다 더 국제 정세를 잘 파악하고 있는 것이 아닌가 하고 생각했다.

그런데 그때 상인들의 화두가 그 전쟁에서 활약한 전쟁 영웅들로 넘어갔다.

슈란 왕국의 최강 기사이자 왕국의 유일한 소드 마스터로 알려진 바로크 백작의 무용, 연전연패하는 애슐론 왕국군을 뒤늦게 맡아 파상적인 요격 전술로 이 년을 버텨낸 전술가, 하이번 후작. 그리고 5천의 정예병으로 이름 높은 슈란 왕국의 맹장, 다인 자작!

슥.

레오의 시선이 그들을 향했다. 맹장이라고? 다인 자작이?

레오가 그들을 보자 상인들은 즉시 대화를 멈추고 레오를 보았다. 무엇인가 알 수 없는 기운이 그들의 몸에 스며들어 등골을 오싹하게 했다.

레오는 자리에서 일어나 그들에게로 걸어갔다. 그리고는 다인에 대해 말을 꺼낸 자를 번쩍 들어 일으키고는 말했다.

"다인 자작이 어떻게 되었다고?"

"예? 아,아아, 그것이……."

"말해라."

차가운 목소리, 상인은 몸을 움직일 수도 없는 공포의 사슬에 휘감겨 버렸다. 말을 하지 않으면 어떻게 될지 상상을 할 수 없었다.

그는 겁에 질린 목소리로 더듬더듬 자신이 아는 다인 자작의 활약에 대해 말하기 시작했다.

"그러니까 마지막 전투에서 하이번 후작이 퇴각하는 슈란 왕국군을 맹렬하게 쫓았습니다. 그때 슈란 왕국의 국왕인 타카 2세도 화살에 맞아 부상을 당했지요. 그런데 그때 다인 자작이 타카 2세와 왕국의 본대가 무사히 후퇴할 수 있도록 뒤를 막겠다고 나섰답니다. 그리고 다인 자작은 자신의 영지군 5천 명만을 데리고 삼 일간 열네 번의 기습 돌격을 감행해서 결국 애슐론 군을 막아냈지요. 아아악!"

부드득.

레오의 손에 잡힌 상인의 팔이 그대로 부러져 버렸다. 레오의 몸에서 흘러나오는 진한 살기는 술집 안의 모든 사람들을 얼어붙게 만들었다.

"삼 일간 열네 번의 기습 돌격이라고? 그가?"

한 번 전투를 벌이면 사람의 힘은 완전히 소모되어 버린다. 웬만한 기사라도 하루 두 번 이상은 싸우지 못한다. 그런데 삼 일간 열네 번이라고 한다.

"그래서 다인 경은 어떻게 되었나?"

레오는 일말의 희망을 가지고 상인에게 물었다.

팔뼈가 부러진 상인은 고통과 공포로 전신을 부들부들 떨며 간신히 입을 열었다.

"마지막 전투가 끝난 후 전사했다고 합니다. 아니, 적에게 당한 것이 아니라 지쳐서 쓰러진 뒤 일어나지 못했다는 소문입니다."

"크윽!"

쾅.

레오는 상인들이 앉아 있던 테이블을 주먹으로 쳐 부숴 버렸다. 그리고는 이를 으드득 갈며 그대로 몸을 돌려 술집 밖으로 나갔다.

술집의 옆쪽에는 여관이 있었고, 여관에는 손님들이 타고 온 말을 보관하는 마구간이 있었다. 레오는 그 마구간으로 가서 안에 있던 말 네 필을 모두 끌어냈다.

"이봐! 무슨 짓이야? 그건 손님의 말이야!"

마구간지기가 놀라서 소리를 지르자 여관 안에서 소동이 일어나더니 곧 사람들이 달려 나왔다. 상인으로 보이는 자가 몇 명, 그리고 모험가나 용병으로 보이는 자가 다시 몇 명.

"말 도둑이냐? 내 말을 훔쳐 가려는 자는 용서할 수 없다!"

히히히힝.

말들이 놀라서 소란을 피웠다. 그러나 레오는 그 말들의 고삐를 한 손으로 잡아당겨 말들이 움직이지 못하게 했다.

그의 무서운 힘에 몇몇 용병들이 입을 벌리고 그 모습을 보았다.

레오는 여관에서 나온 사람들을 향해 자신의 품속에서 돈주머니를 꺼내 던졌다.

"말 값이다. 비켜!"

히히히히힝.

번개처럼 안장도 없는 말 위에 올라탄 레오는 그대로 말의 허리를 박찼다.

말은 크게 울부짖으며 앞으로 달려나가기 시작했다. 레오의 손에 고삐를 잡힌 다른 세 필의 말도 덩달아 달렸다.

"앗! 서라!"

한 명의 용병이 검을 뽑아 들고 말의 앞을 막아 섰다. 말을 죽이는 한이 있더라도 막겠다는 것 같았다.

픽.

"아아악!"

레오의 발길질 한 번에 용병은 입에서 피를 뿜으며 옆으로 튕겨 나갔다. 검을 휘두르려는 순간 번개처럼 가슴으로 날아든 레오의 발은 막을 수 있는 성질의 것이 아니었다.

두두두두두두.

말들은 마을의 길을 통해 달렸다. 사람들이 기겁해서 피하며 욕을 해대는 소리가 쉬지 않고 들려왔다.

그러나 레오는 앞에 보이는 마을의 관문에만 집중했다.

"누구냐? 서라!"

관문의 경비병들은 밤중에 마을 안으로부터 말을 타고 달려 나오는 자를 가만 놔두려 하지 않았다. 마을 내에서 말을 타고 달리는 것 자체가 이미 규칙 위반이었다.

밤이기에 방벽의 문도 굳게 닫혀 있었다. 경비병들은 창을 들어 다가오는 말들을 견제하며 소리쳤다.

그러자 레오는 달리는 말 위에서 그대로 몸을 한 바퀴 굴리며 땅으로 내려섰다. 그리고 말이 달리는 속도와 거의 비슷하게 같이 달렸다.

"앗, 저럴 수가!"

경비병들은 마치 곡예사와도 같은 레오의 움직임에 놀라 경악에 찬 외침을 내뱉었다.

그사이 레오의 몸이 그들의 바로 앞까지 도착했다.

파파팍.

"으윽!"

"컥!"

레오의 몸이 바람처럼 경비병들 사이를 스쳐 지나가자 그들은 신음 소리와 함께 그 자리에서 주저앉듯 쓰러졌다. 어디를 어떻게 공격했는지 보이지도 않았다.

경비병을 쓰러뜨리며 달려나간 레오는 그대로 몸을 날려 방벽의 문을 발로 찼다.

쾅!

커다란 소리와 함께 방벽의 문 한쪽이 그대로 부서지자 그 사이로 말과 사람이 나란히 달려나갔다. 레오는.방벽을 무사히 통과한 후 말들 중 한 마리의 등에 올라타 말의 배를 차 속도를 높였다.

뒤쪽에서 쫓아오던 용병들과 마을 자경단원들은 그 자리에 굳은 듯 멈춰 섰다.

"서, 성문은 아니지만 아무리 그래도 마을 방벽 문을 발로 차서 부수다니……!"

그들은 하나같이 믿을 수 없다는 표정을 지었다. 레오의 모습은 이미 언덕 너머로 사라져 눈에 보이지 않았지만 용병들은 그의 모습이 뇌리에서 떠나지 않는 듯했다.

*　　　*　　　*

레오는 달렸다. 네 필의 말을 번갈아 타며 계속해서 달렸다. 이틀을 그렇게 거의 먹지도 자지도 않고 달리니 말들이 모두 지쳐서 쓰러질 시경이 되었나.

그럴 때마다 레오는 즉시 마을로 들어가 적당한 마구간에서 말을 끌어내어 그가 타고 온 말들과 돈주머니를 하나 남겨놓고는 다시 달렸다.

마찬가지로 그를 막으려던 사람들은 레오의 발에 차여 날아갔다.

일주일이 지났을 무렵에는 어느새 슈란 왕국의 관문에까지 도착했다. 왕국 하나를 그냥 가로질러 달린 셈이다.

아무리 급해도 자기 조국의 관문을 부수고 지나갈 수는 없었다. 레오는 급히 말에서 내려 관문을 지키는 병사들에게 걸어가 품속에서 하나의 패를 꺼내 내밀며 말했다.

귀족의 신분과 가문을 증명하는 문장패였다.

"나는 가이안 자작령의 레오 가이안이오."

병사들은 급히 레오를 보았다. 먼지를 몇 겹이나 뒤집어써서 웬만한 거지보다 더 초라한 모습이었다.

그러나 그의 황금빛 두 눈은 강렬한 안광을 내뿜고 있었다.

병사들은 감히 레오를 함부로 대하지 못하고 조심스럽게 문장패를 살폈다. 틀림없는 진품이라는 생각이 들자 얼른 정중하게 고개를 숙여 인사를 하며 그를 통과시켰다.

"말들이 지쳤으니 새로운 말과 교환해 주시오. 한 필이면 충분하오."

레오가 끌고 온 말은 모두 세 필, 병사들은 상당히 기뻐하며 얼른 대기하던 말 한 필을 끌고와 고삐를 넘겼다.

레오는 즉시 말에 올라타 다시 달리기 시작했다. 가이안 영지까지는 이제 하루 정도만 가면 된다.

그곳에 가면 자초지종을 알 수 있을 것이다. 레오는 상인의 말이 거짓이었기를 간절히 바랐다.

눈으로 확인하기 전에는 결코 믿을 수 없는 일이었기에 잠시도 쉬지 못했다.

이제 하루만 있으면 진실을 알게 된다. 레오의 눈은 지평선 너머에 있을 가이안 영지 쪽을 뚫어지게 노려보고 있었다.

십 년이 지났는데도 영지의 모습은 거의 변함이 없었다.

그러나 마을 사람들의 얼굴에는 웃음이 없었다.

일단 전쟁은 끝났다. 다행히도 가이안 영지는 전란에 직접적으로 휘말리지는 않았다.

하지만 영주가 전사해서 시체만 돌아왔다. 병사들도 많이 죽었으리라.

레오는 마을 한가운데를 말을 타고 통과하면서 그런 마을의 분위기를 몸으로 느꼈다.

부인하고 싶었던 형의 전사 소식, 그것을 마을 사람들의 굳은 얼굴 표정이 증언해 주는 것만 같았다.

두두두두.

마음이 더욱 급해져 말을 몇 번 재촉하니 말은 입에서 거품을 뿜으며 미친 듯이 달렸다. 그 속도처럼 레오의 심장도 뛰었다.

성문이 보였다. 그리고 그 문은 닫혀 있었다. 밤도 아닌 태양이 중천에 뜬 대낮인데도 닫혀 있었다.

성문 앞에 두 명의 병사가 서 있었다. 그리고 성벽 위에도 몇 명 병사들의 모습이 보였다. 그들은 말을 타고 돌진하듯 다가오는 레오를 보지 즉각 경계 대세를 취했다.

"누구냐?"

성을 향해 전력으로 말을 타고 달려오는 것은 일종의 무례한 짓이라고 할 수 있다.

급한 전갈이 아니라면 보통 속도를 줄여 경보로 다가와야 한다.

꽉, 히히히힝.

레오는 고삐를 잡아챘다. 그러자 말이 앞다리를 들며 정지했다. 성문에서 10m도 떨어지지 않은 지점이었다.

이 광경을 목격한 병사들은 더욱 긴장했다. 전력으로 말을 달리다 순간적으로 멈춰 서는 것은 보통 기마술로는 무리다. 말하자면 신기라고 할 만큼 비상식적인 기술이다.

레오는 성벽 위에 서 있는 한 사람을 향해 외쳤다.

"나다! 타로스, 문을 열어라!"

"누군데 나를……."

성벽 위에서 자신을 부른 이를 찾던 타로스는 레오를 보자 두 눈을 휘둥그렇게 뜨며 말을 더듬었다.

"아! 고, 공자님, 공자님이십니까?"

검은 머리카락에 황금빛 눈동자, 십 년이 지나 몰라보게 성장을 한 레오지만 이런 특징은 전혀 변하지 않았다.

그리고 자세히 보면 16세 때의 그의 얼굴 모양이 지금도 남아 있었다.

"문을 열어라!"

타로스는 급히 외쳤다.

그리고는 성벽 안쪽으로부터 뛰어내려 와 레오가 타고 있는 말고삐를 잡았다.

그는 영주의 저택까지 말과 같이 달렸다.

"십 년간 공자님을 기다렸습니다. 노영주님께서 제가 성문을 열어주었으니 공자님께서 돌아오실 때까지 성문을 지키라고 하셨습니다."

그는 울고 있었다. 십 년 전 자신이 성문을 열어주지 않았다면 레오가 떠나지 않았을 것이라고 괴로워했었다.

"십 년간 성문지기를 했다고?"

"네, 하지만 별로 힘들지는 않았습니다. 지금은 성문지기의 장입니다. 지휘관이지요. 하하하."

타로스는 눈물을 줄줄 흘리면서도 레오에게 웃어 보였다.

레오는 입을 다물고 다시 저택 쪽을 보았다. 별로 미안한 감정을 느끼지는 않았다. 단지 그가 십 년 전과 같이 자신에게 충성을 다하고 있다는 것을 알 뿐이었다.

그것도 지금은 마음속에 담아둘 여유가 없었다. 집이 보이기 시작하자 그의 심장은 더욱 거세게 뛰었다.

"레오 공자님께서 돌아오셨습니다!"

타로스는 계속 달리느라 숨이 턱에 걸렸으면서도 뱃속의 힘을 짜내어 크게 외쳤다. 저택 앞에 서 있던 경비병들이 크게 놀라는 모습이 보였다.

집 앞에서 말을 멈춘 레오는 그대로 뛰어내려 문을 열고 안으로 들어갔다.

지친 타로스는 말고삐를 잡은 채 그대로 주저앉았다.

집 안의 모습은 달라진 것이 없었다. 3층까지 천장이 트여져 있는 구조에 가장 아래층의 한쪽에 있는 거실의 소파까지 모두 그대로였다.

그리고 지금 집 안에 있는 모든 사람들이 놀라서 뛰어나오고 있었다. 2층과 3층에 있는 방에서도 사람들이 나와 복도의 난간에서 1층에 있는 레오를 보았다.

"레오 공자님!"

3층에서 한 기사가 외치는 소리에 레오는 고개를 들어 위를 보았다. 그를 부른 것은 영지를 떠날 때 기사단장이었던 발렌이다. 이제 쉰에 가까워진 그는 턱수염에 하얀색이 조금씩 섞여 있었는데, 그것이 그를 더욱 관록 있어 보이게 했다.

레오는 저택이 흔들릴 정도로 크게 외쳤다.

"발렌 경, 형님께서는? 형님께서는 어떻게 되셨나?"

"이곳에 계십니다. 아직 사십구 일이 지나지 않아서 매장을 하지 않았습니다."

레오에게는 발렌의 말이 천둥 소리처럼 들렸다. 발렌의 대답은 그토록 부정하고 싶었던 형의 죽음을 의미했다.

그는 그대로 층계를 뛰어올라 가 발렌이 안내하는 방으로 들어갔다.

방 중앙에 마련된 단 위에 자리잡은 하나의 관이 보였다. 그 관 앞에는 몇 개의 향이 피워져 있는 향로와 죽은 이에게 바쳐진 꽃 몇 송이가 놓여 있었다. 주위에 몇 명의 사람이 보였지만 레오는 시선도 돌리지 않고 곧바로 관으로 달려들었다.

"형님! 다인 형님!"

믿을 수 없었다. 레오는 즉시 관으로 달려가 관의 뚜껑을 열고 안에 누워 있는 시신을 확인했다.

죽은 자에 대한 예의가 아니었지만 레오에게는 그러한 것을 따질 여유가 없었다. 그런 레오의 행동을 막아서는 이 또한 아무도 없었다. 관

뚜껑을 열어 시신의 얼굴이 보였을 때 레오는 마지막 남은 희망을 버려야 했다.

"다인 형⋯⋯."

레오는 떨리는 목소리로 관 안에 누워 있는 사람의 이름을 불렀다. 마치 그렇게 부르면 지금이라도 당장 다인이 눈을 뜨고 미소를 지어 보일 것만 같았다. 아니, 눈을 뜨고 십 년이나 가출했던 자신을 꾸짖어 줄 것만 같았다.

시신의 외형에 손상이 가지 않도록 이미 약물 처리가 되어 있던 터라 다인의 육신은 생전의 모습을 그대로 간직하고 있었다. 마지막으로 보았을 때보다 훨씬 말랐지만 얼굴 표정은 잠자는 듯 평온했다.

'이렇게 말라서⋯⋯.'

레오는 형의 얼굴을 향해 손을 뻗었다. 생전 처음 손이 자신의 의지를 거스르고 바르르 떨리고 있었다. 그 떨리는 손끝에 닿은 형의 얼굴을 조심스럽게 쓰다듬어 보았다.

조금의 온기도 없어 생기가 느껴지지 않는 다인의 피부는 약한 보라색으로 변해 있었다. 그래도 참 부드러웠다.

레오는 정신이 나간 듯한 표정으로 얼굴을, 목을, 손을 쓰다듬으며 시선을 떼지 못했다. 마치 그렇게 하면 당장이라도 형이 일어나 예전처럼 자신을 나무랄 것만 같았다.

방으로 다른 이들이 들어서는 것을 감각이 알려주었지만 신경 쓰지 않았다. 그의 모든 관심과 주의는 오직 하나뿐인 형의 시신에 집중되어 있었다.

휴케바인이 뛰어들어 오며 레오의 이름을 부르려다 그 모습을 보고는 입을 닫은 채 조용히 뒤에 서서 대기했다. 영지의 마법사이자 의사인 유스도 마찬가지였다.

"이것은?"

다시 한 번 형의 얼굴에서 목 부분을 쓰다듬어 내리던 레오의 눈빛이 급격하게 변했다. 슬픔과 충격으로 미처 알아보지 못했던 사실이 차츰 이성이 돌아오면서 눈에 보이게 되었다.

충격으로 흐려졌던 눈이 분노로 빛을 되찾으며 이글이글 타올랐다. 누구든 정면으로 받으면 오금이 저릴 만한 살기가 황금색 눈을 통해 뿜어져 나왔다.

휘익, 팍.

레오는 형이 입고 있던 옷을 찢어 가슴을 확인했다. 뼈대가 앙상히 드러난 그 가슴에는 복잡한 마법진이 문신처럼 그려져 있었다.

부드득.

레오는 이를 갈았다. 그리고는 뒤에 서 있는 휴케바인의 멱살을 잡으며 소리쳤다.

"누구냐? 누가 형에게 광전사의 마법진을 새겨 넣은 거냐? 마약을 쓴 자는 누구냐?"

"크윽, 큭, 공자님, 그것은……."

휴케바인은 숨이 막히는 듯 괴로워하면서도 말을 하지 못했다.

"휴케바인! 말해라! 누구냐?"

레오는 휴케바인을 위로 들어 올리며 다시 외쳤다. 2m가 넘는 휴케바인의 거구가 가볍게 들렸다.

휴케바인은 두 손으로 레오의 팔을 잡고 버둥거렸지만 레오의 손은 마치 강철로 된 고리처럼 풀리지 않았다.

"명령이다. 휴케바인, 말하라!"

"그, 그것은 유스님입니다."

명령이라고 말하는 데에 입을 다물 수는 없다. 충성을 맹세한 자의 명령에는 무조건 복종해야 한다. 설사 그것이 자결하라는 명이라고 해도 따르는 것이 바로 기사의 의무다.

"유스! 네놈이!"

쿵.

"커헉, 큭!"

레오는 휴케바인을 그대로 벽에 던져 버리고 유스를 돌아보았다. 그의 시선이 닿자 유스의 몸이 굳었다. 그물과도 같은 살기가 자신의 몸을 감싸 조이는 것 같았다.

"레, 레오 공자님."

유스는 겨우 입을 열어 말을 꺼냈다. 항상 냉정해야 할 마법사인 자신이 말을 더듬다니? 그는 노련하고 침착한 성품의 마법사였지만, 레오의 살기 어린 눈빛을 받는 순간 마법은커녕 입을 열기도 힘든 상태가 되어버렸다.

"네놈이 감히 형님에게!"

레오는 비명처럼 소리를 지르며 형을 죽음으로 몰아넣은 마법사를 향해 주먹을 뻗었다.

위잉, 쾅!

"아악!"

상급의 마법사라면 항상 걸고 다니는 호신용 방어 마법이 주먹 한 방에 깨졌다. 그 반동으로 유스의 몸이 튕겨 벽에 처박혔다.

"용서할 수 없다!"

부웅.

레오의 발이 쓰러진 유스를 향해 날았다. 유스는 멀거니 눈을 뜬 채로 자신을 죽음으로 몰아넣을 레오의 발길질을 보고만 있었다.

퍽, 쿠웅!

"크으윽!"

정작 신음을 토하며 벽으로 날아간 것은 거대한 몸집의 휴케바인이었다. 유스 옆에 먼저 쓰러져 있던 휴케바인이 몸을 날려 유스의 앞을 막아섰던 것이다.

죽을 각오를 하고 있던 유스의 앞에서 120kg은 족히 될 휴케바인의 몸이 레오의 발에 맞아 공중으로 붕 떴다가 떨어졌다. 휴케바인은 가까스로 몸을 일으켜 다시 유스의 앞에 버티고 섰다.

"휴케바인, 비켜라!"

"레오 공자님, 안 됩니다! 유스님께서는……."

휴케바인은 황급히 설명을 하려 했지만 레오는 그의 말을 들을 생각이 없었다. 미처 제대로 말을 해보기도 전에 맹수의 으르렁거림 같은 음성이 다시 한 번 레오의 입에서 튀어나왔다.

"비켜라!"

스릉.

레오가 검을 뽑았다. 얼음의 송곳처럼 차갑고 날카로운 기세가 휴케바인의 전신을 압박했다. 비키지 않으면 죽는다. 휴케바인의 감각은 죽음의 경고를 보내며 비명을 질러댔다.

휴케바인은 본능의 경고를 무시하며 이를 악물고 유스의 앞을 가로막은 채 움직이지 않았다. 그는 떨려오는 몸을 억지로 추스르며 입을 열었다.

"유스님께서 마법을 시전할 때 저도 옆에 있었습니다. 죽여주십시오!"

"휴케바인!"

사자가 포효하듯 부르짖은 레오가 가차없이 검을 들어 올렸을 때였다.

"삼촌, 그만 두십시오. 아버님께서 원하셔서 한 일입니다."

맑은 소년의 음성이, 아니, 삼촌이라는 한마디가 레오의 동작을 멈추게 했다.

"삼촌?"

레오는 소리가 들린 쪽으로 시선을 돌렸다. 그가 들어올 때부터 관 옆을 지키고 있던 이들 사이에 조용히 서 있던 소년. 뒤늦게 시야에 들어온 소년은 12, 13세 정도로 보였다.

부드러운 얼굴 윤곽선이 그 성품을 나타내고, 그러면서도 굳게 다문 입술이 가이안 가문 특유의 고집을 보이고 있었다.

레오는 그의 얼굴에서 자신의 형의 모습을 발견할 수 있었다.

"로엔이냐?"

"그렇습니다. 검을 거둬주십시오. 아버님의 앞입니다."

"으음."

레오는 검을 넣었다. 휴케바인이 유스를 부축해서 같이 방 밖으로 나가는 것이 보였지만 막지 않았다. 지금은 로엔의 말을 확인해야 했다.

"형이 원했다고? 한 번 발동하면 죽을 때까지 멈추지 않는 광전사의 마법진을 스스로 몸에 새겼다고?"

"그렇습니다."

　부드러운 목소리였지만 로엔은 딱딱하게 격식을 차린 말투로 레오에게 말했다. 그러면서 품속에서 한 장의 양피지 문서를 꺼내 레오에게 내밀었다.

　"여기 아버님의 유서가 있으니 읽어보십시오."

　레오는 조용히 그 문서를 받아 읽었다. 그의 눈이 조금씩 떨리고 있었다.

　레오에게.

　이 편지가 너에게 너무 늦지 않게 전해지기를 바란다.

　네가 아무런 말도 없이 갑자기 영지를 떠난 이유를 짐작할 수 있었다. 일부러 영지 관리와 행정, 역사 등의 공부를 등한시한 것도 안다.

　하지만 레오야.

　네가 나에게 영지를 양보했지만 그것은 나의 심장으로는 견디기 힘든 무게의 짐이었다.

　결국 네가 나에게 준 것은 괴로움이었다.

　아버님께서 돌아가신 후 나는 필사적으로 영주의 의무를 다하면서 레오 네가 돌아오기를 기다렸다. 하지만 이제는 그것도 힘들게 되었구나.

　나는 기사로서, 그리고 가이안의 영주로서 명예를 지키겠다.

　이 일이 끝나고 나면 드디어 괴로운 짐을 벗어 던지고 테레사의 곁으로 갈 수 있겠지.

　너와 나의 아버지, 구스타프 자작께서는 평생을 바쳐 영지의 정병들을 기르셨다. 약한 영지를 강하게 만드셨다.

　나는 그것을 이어받아 왕국에 이름을 알릴 수 있었지만, 나의 심장이 내가 가진 야망을 막았다.

이제는 너의 차례다.
이것들은 나에게는 무거운 짐이었지만 너에게는 날개가 될 것이다.

날아라.
아버지가, 그리고 내가 이루지 못한 모든 것을 이루어라.

—동생의 얼굴을 보지 못하고 죽어가는 형이.

좌락.
양피지를 쥔 손에 힘이 가해져 구겨졌다. 다음 순간 레오는 신음을 토해냈다.
"크윽."
항상 든든하고 굳세게 그의 몸을 받치던 두 다리가 소리없이 허물어졌다. 레오는 형의 관 앞에 무너지듯 무릎을 꿇었다.
이제 나의 가족은 모두 죽었다. 나에게 잔소리를 할 수 있는 사람은 아무도 없다.
가장 소중한 것이 사라졌다. 형을 위해 십 년간 고향을 떠났지만 남은 것은 아무것도 없다!
레오는 철이 들고 나서 처음으로 울었다.
사람들은 그런 레오를 묵묵히 지켜보며 서 있었다.
시간이 흘렀다. 레오는 겨우 마음을 진정시키고 일어나 고개를 돌려 뒤에 서 있는 사람들을 보았다.

레오는 발렌을 보며 물었다.

"형님께서는 어떻게 돌아가셨나?"

발렌은 레오를 보며 잠시 생각을 정리하고는 천천히 그때의 상황을 설명했다.

"왕국의 본진이 위기에 빠지자, 다인 경께서는 누군가가 뒤를 막지 않으면 추적대에 의해 크나큰 피해를 입을 것이라고 말씀하셨습니다. 그리고 그렇게 되면 결국 왕국은 망할 것이라고 하셨는데, 모든 장군들이 영주님의 말씀에 동의를 하면서도 아무도 뒤를 막는 역할을 맡으려 하지 않았습니다."

당연한 일이다. 패배하여 도망치는 군의 뒤를 막는다는 것은 바로 죽는다는 말과 같다.

"그러자 다인 경께서 직접 영지의 병사 오천 명만으로 십만에 달하는 적들을 막겠다고 선언하시고는 왕의 허락을 받았습니다."

"오천으로 십만을……."

레오는 한숨을 내쉬었다.

"그리고는 부대의 막사로 오셔서 유스를 불러 삼 일간 쉬지 않고 싸울 수 있는 방법에 대해 물었습니다. 마법사 유스는 끝까지 그것을 거절하려 했지만, 다인 경의 의지는 너무나 굳건해 누가 말려도 듣지 않으셨습니다. 기사로서 죽고 싶다는 다인 경의 말씀에… 결국 광전사의 마법진을 시술했습니다."

"그리고 형은 정말로 삼 일 동안 쉬지 않고 싸웠군?"

"네, 병사들은 한 번에 이천 명씩 출군했지만 다인 경께서는 항상 선두에 서셨습니다. 결국 다인 경께서는 훌륭히 임무를 완수하셨지만, 삼 일이 지났을 때에는 심장이 완전히 녹아 돌아가셨습니다."

발렌은 끝까지 냉정하게 설명을 하려 했다. 하지만 다인의 최후를 말할 때에는 주체할 수 없이 목소리가 떨리고 있었다.

레오는 그런 발렌 경의 설명을 들으며 말없이 한숨을 쉬었다.

그리고는 아직 키가 자신의 가슴에도 닿지 않는 로엔을 내려다보았다. 로엔을 향하는 레오의 시선은 따스했고, 자연히 목소리 또한 부드럽게 울렸다.

"형수님도 돌아가셨니?"

"어머니는 칠 년 전에 돌아가셨습니다. 제가 다섯 살 때인데, 병으로 갑자기 돌아가셔서 미처 슬퍼할 틈도 없었습니다."

말은 그렇게 했어도 그의 눈시울은 붉어져 있었다. 레오는 천천히 고개를 끄덕였다. 아직 어린 나이지만 로엔은 형님의 아들답게 침착하고 의젓했다.

"형님은 나에게 영주가 되라고 하셨지만, 영주가 될 자격은 전 영주의 아들인 너에게 있다. 로엔, 네가 형님의 뒤를 이어 영주가 되어라. 내가 너를 돕겠다."

레오는 진심을 다해 그렇게 말했다.

이제 가이안 가문에는 이 어린 조카와 자신밖에 없다. 형님의 아들인 로엔의 눈은 맑았다. 머리도 총명해 보이고, 무엇보다 성품이 부드러워 보이는 것이 백성들에게 사랑받는 영주가 될 것 같았다.

그러나 로엔은 고개를 저었다.

"저에게는 영지보다 아버님의 유언이 더 소중합니다. 무엇보다 아버님께서 세우신 위업을 이을 만한 힘이 어린 저에게는 없습니다. 열두 살인 제가 수도로 가서 작위를 받는다면, 우리 영지는 주변 영주들에게 맛있는 먹이로 보일 뿐입니다. 그러니 삼촌께서 영주가 되십시오."

"그런가? 너는 똑똑하구나."

레오는 다시 한 번 한숨을 쉬며 말했다. 열두 살인 조카의 말이지만 한마디도 반박할 수가 없었다.

그는 조용히 형의 관 앞에 한쪽 무릎을 꿇고 앉았다. 그리고는 엄숙하게 말했다. 그것은 하나의 선언이며 굳은 맹세였다.

"형님의 유언을 받아들이겠습니다. 이제 저는 가이안의 영주로서 세상에 우리 가문의 이름을 알리겠습니다."

어떤 미사여구로도 치장되지 않은 소박한 맹세였다. 하나, 레오의 말은 마치 살아있는 의지를 가진 것처럼 다른 사람들의 귀를 파고들어 그 영혼은 흔들어놓았다.

"신임 영주님께 충성을 다할 것을 맹세합니다!"

발렌이 레오의 뒤에서 무릎을 꿇으면서 단호하게 선언했다. 그의 맹세에 정신을 차린 다른 모든 이들도 같이 무릎을 꿇고 레오에게 충성의 맹세를 했다.

관 앞에 놓인 향로에서 하얀 연기가 가늘게 타올라 천장 부근에서 향기로 변해 퍼지고 있었다.

레오는 그 연기를 보며 속으로 중얼거렸다.

'형은 이 영지가 나에게 날개가 될 것이라고 말했지만, 나에게는 날개조차 짐이야. 16세 때 하지 못한 성인식의 맹세는 결국 형이 정해준 셈이 되었어. 비록 십 년이 늦었지만 일생의 맹세를 한 이상 꼭 지켜보이겠어.'

레오의 머리 속에는 아무 목표도 세우지 못하고 방황했던 지난 세월 동안의 기억들이 주마등처럼 흘러 지나갔다.

이제 형에 의해 강제적으로 목표가 생겨 버렸다.

그리고 맹세를 했다.

레오는 26세의 나이로 비로소 성인이 되었다.

*   *   *

슈란 왕국에서는 귀족이 죽었을 경우 사십구 일 동안 시신을 매장하지 않고 관에 넣어 보존한다.

이러한 일은 왕국 전체의 관습이기도 했지만, 사십구 일간 시신을 보존하는 것은 평민들로서는 무리한 일이다 보니 주로 귀족들 사이에서만 행해졌다.

이 사십구 일은 지인들이 죽은 이에 대하여 작별을 고하는 시간이다. 또한 유언을 이행하거나 후계자의 상속을 하는 기간이기도 했다.

만일 죽은 귀족이 영지의 영주라면 이 외에도 몇 가지 더 해야 할 일이 있다.

후계자인 차기 영주는 그사이 영지의 모든 것을 이어 받아야 하는데, 이때 기사들과 병사들에게 충성을 맹세받기도 하고 새로운 영주로서의 현행법을 제정하기도 한다.

그리고 사십구 일이 지난 후에 비로소 전대 영주의 시신을 매장한 후 수도인 헬룬으로 가서 왕에게 정식으로 영수의 권한을 인정받게 된다.

새로운 영주는 왕에게 충성을 맹세함으로써 작위를 받게 되는데, 기

본적으로 작위는 공, 후, 백, 자, 남의 다섯으로 나누어지고 공작과 후
작은 왕가의 친인척이나 개국공신이 공주와 결혼해서 세운 가문에게만
주어진다.

왕가의 혈통이 통하지 않은 자들은 최고 백작의 작위까지만 얻을 수
있는 것이다.

레오는 영주가 되기로 한 후 영지에 있는 실무자들을 모아놓고 앞으
로의 일을 상의하기로 했다.

군사적으로는 기사단장인 발렌 경이 가장 높은 지위를 가지고 있었
고, 그 밑으로 휴케바인이나 라이안 같은 삼십대 중반의 중견 기사들
삼십여 명이 있었다.

이들과 레오가 없는 사이 들어온 이십대의 신입 기사 오십 명, 그리
고 십대의 견습 기사 백여 명을 합해 총 백팔십 명이 가이안 영지기사
단의 주요 멤버라고 할 수 있었다. 이것은 자작의 영지로서는 유지하
기 어려울 정도의 규모라 할 수 있다.

이러한 기사단 외에도 정규 병사들의 수가 이천 명, 다시 용병들의
수가 천 명이다.

발렌은 레오에게 이들의 이름이 적힌 명단을 넘기며 말했다.

"원래는 병사가 삼천, 용병이 이천이었습니다만, 저번 전쟁에서 크
나큰 피해를 입었습니다."

오천이 삼천으로 줄었다는 얘기가 된다. 그로 인해 왕국 안팎에 가
이안 영지의 이름이 퍼져 나갔지만, 발렌의 마음은 결코 밝지 못했
다.

"전사자들에게 보상은 해주었나?"

레오는 명단을 한 장씩 살펴보며 발렌에게 물었다.

그러자 발렌은 약간 당황한 표정을 지으며 대답을 하지 못했다.

슥.

레오는 명단을 넘기던 손을 멈추고 발렌을 보았다.

"보상은 해주었냐고 물었다, 발렌 경."

"그것이… 아직 해주지 못했습니다. 선대 영주가 돌아가셔서 그 일을 명할 사람이 없었기 때문입니다."

발렌은 무거운 목소리로 대답했다. 이미 전쟁에서 돌아온 지 한 달이 지났다. 그러나 병사들에게 보수조차 제대로 지불하지 못한 상황이었다.

레오는 일점의 망설임도 없이 바로 조취를 명했다.

"그랬었군. 그럼 지불하라. 죽은 자에게는 보수의 다섯 배를, 살았지만 불구가 된 자에게는 세 배를 준다. 그리고 멀쩡한 사람들도 기본 보수만큼의 추가 보상금을 나누어 주기로 하지."

"네? 그것이 정말입니까?"

크게 놀란 표정을 지으며 레오를 보는 발렌의 눈동자에는 믿을 수 없다는 감정이 나타나 있었다.

회의실 안에 있는 모든 사람들도 충격을 받았는지 눈을 휘둥그레 뜨고는 레오의 얼굴만 보았다.

다섯 배라니? 그런 보상금은 들어본 적이 없다.

보통 전쟁에서 죽은 자들에게는 많아야 기본 보수만큼의 보상금을 주는 것이 관례였다. 부상당한 자들은 그 절반이다. 하물며 아무 상처도 없는 자들에게도 보상금을 주다니?

승전을 한 군대도 이렇게까지는 보상금을 주지 않는다.

그러나 레오는 발렌을 보며 내가 또 두 번 말해야겠냐는 표정을 지었다.

"명대로 시행하겠습니다."

발렌은 얼른 허리를 굽히며 대답했다. 그러나 그 순간 옆에 있던 쉰 살 정도 된 중년의 관리가 충격에서 깨어나 비명과도 같은 소리를 질렀다.

"안 됩니다! 그런 보수는 절대로 지불할 수 없습니다!"

영지의 재정을 담당하고 있는 가넨이었다. 레오의 아버지인 구스타프 자작 때부터 이 영지는 그의 손에 의해 경영되었다고 해도 과언이 아니다.

"어째서지? 남은 돈이 없나?"

"물론입니다. 전쟁이 시작될 때, 다인 경께서는 영지의 자금 대부분을 동원해서 병사들의 무장과 보급품을 준비하셨습니다. 지금 영지에 있는 자금은 약 삼만 골드밖에 안 됩니다."

"보상금의 총액은 얼마 정도가 될 것 같은가?"

레오는 거의 거품을 물고 부르짖고 있는 가넨을 보며 물었다. 가넨이 놀라든 말든 그는 여전히 냉정한 표정을 짓고 있었다.

"보상금의 총액은 약 이만오천 골드가 됩니다."

"그러면 충분히 지불할 수 있군. 지불하게."

"그걸 말이라고 하십니까? 그럼 이 영지는 어떻게 겨울을 납니까? 지금이 십일월이란 말입니다. 보리를 거두는 오월까지 아무리 허리띠를 졸라매도 삼십만 골드가 들어간단 말입니다!"

가넨은 거의 미칠 것 같은 표정을 지었다. 사실 지금 영지에 남아 있는 자금은 이번 겨울을 날 최소한의 실비로 전쟁에 나가기 전에 그가 확보해 놓은 금액이었다.

이 돈으로 성에서 쓸 소모품을 사고 말과 병기 등을 관리해야 하며, 병사들의 월급을 주어야 한다.

그렇게 하지 않으면 말들은 모두 굶주리고 무기는 점점 녹슬어 버려 모두 쓸모가 없게 된다.

군사력을 증강시키면 그만큼 유지비가 많이 들게 된다. 가이안 자작령의 군사력은 그야말로 자작의 한도를 넘어선 것이라고 할 수 있었다.

그런데 이 무식한 새 영주는 당장 오천 골드만 남기고 병사들에게 보상금을 지불하라고 말하고 있는 것이다.

레오는 아무 말도 하지 않고 가넨을 빤히 바라보았다. 단지 그것만으로도 가넨은 오싹한 기분이 들어 하던 말을 멈추고 입을 다물었다.

레오는 다시 말했다.

"목숨에 대한 보상은 최우선적으로 해야 한다. 그들은 형을 위해 승리할 수 없는 전투에 뛰어들었다고 들었다. 그러니 일단 지불하도록 하라. 그리고 자금이 다 떨어지면 그때 가서 다음 일을 생각하도록 하지."

"휴우, 알겠습니다."

가넨은 명령에 승복할 수밖에 없었다. 그러면서도 그는 미련을 버리지 못하고 레오에게 다시 물었다.

"혹시 어떤 복안이 있으십니까? 여유 자금을 마련할 수 있는 계획이 있으시면 미리 말씀해 주십시오. 준비를 하겠습니다."

그러지 레오는 고개를 돌려 장문 쪽을 바라보았다. 서쪽으로 나 있는 창문, 그쪽은 바로 수도인 헬룬이 있는 방향이었다.

"형님을 매장하는 날이 십구 일 남았다. 그 뒤에 수도 헬룬으로 가야겠지. 내가 헬룬에 갔다 올 동안 그대들은 인근 영지 중 자금이 풍부한 곳을 조사하라.”

“네?”

가넨은 레오의 말을 잘 이해할 수 없었는지 당황한 기색으로 되물었다.

그러나 레오는 한 번 명령을 내린 이상 다시 반복할 생각이 없는 듯 입을 굳게 다물고 창문 밖을 바라보고만 있었다.

사람들은 레오의 말에 설마 이 새로운 영주님이 무서운 결심을 하고 있는 것이 아닌가 하고 생각했지만, 곧 설마 그럴 리가 하고 생각을 접었다.

아마도 새로운 영주님은 급한 대로 주변 영지에서 자금을 빌릴 계획이리라!

자금을 빌리는 것은 일단 아쉬운 소리를 하는 것이기 때문에 별로 좋지는 않다. 그래도 영주가 일시적인 굴욕을 견디고 미래를 대비하겠다고 하면, 몇 년 안으로 빚을 갚고 영지를 정상으로 돌릴 수 있을 것이다.

가넨은 그것도 나쁘지는 않겠다고 생각을 정리하며 레오에게 명을 받들겠다는 말과 함께 허리를 굽혔다.

가넨은 이 신임 영주의 성격을 아직 잘 이해하지 못하고 있었다.

다음 날, 영주의 명으로 병사들에게 특별 보상금이 지급된다는 발표가 있었다.

그런데 그 보상금액의 액수에 모든 사람들이 놀랄 수밖에 없었다.

“세상에 다섯 배라니? 그럼 도대체 얼마야?”

"보수가 은화로 서른 개였으니까, 추가로 백오십 개를 준다는 소리야! 1골드가 20실버니까 금화로 따져도 7.5골드라고!"

1실버면 보통 농민 가정이 한 달간 먹고살 수 있다. 원래 용병들은 삼 년간의 생활비에 해당하는 30실버를 받기로 했었다.

그런데 이제 다시 150실버를 받게 되었다. 150실버면 십이 년간 먹고살 수 있는 금액이다.

적어도 죽은 병사들의 가족이 가장(家長) 없이 아직 어린아이가 자랄 때까지 생활을 하는 데 충분할 정도의 돈이라고 할 수 있었다.

병사들이나 장기 계약한 용병의 가족들은 대부분 가이안 영지로 들어와 살고 있었다.

그들은 나라가 전쟁에서 패했다는 소식과 영주가 사망했다는 것을 알고는 자신들의 불행을 한탄했을 뿐이다. 감히 영주에게 보상을 해달라고 말을 할 엄두도 못 내었다.

원래 예로부터 전쟁에서 죽은 자들의 가족은 비참해지는 법이다.

그런데 십 년 이상을 먹고살 수 있는 금액이라니? 그들의 환성이 영지 안에 울려 퍼졌다.

다인 자작을 따라 그 격렬하기 짝이 없던 삼 일간의 전투에 참가했던 병사들은 그때는 지휘관의 기백에 휘말려 같이 싸웠지만, 영지로 돌아온 이후 크게 기운이 빠져 있는 상태였다.

부상자들의 상처는 아직 제대로 회복이 되지 않았고, 영원히 회복되지 않는 부상을 입은 자들도 많았다.

전쟁에 직접 당한 영지는 아니지만, 전체적으로 음울한 분위기가 흐르고 있었다.

그러나 이제는 달랐다.

그들의 사기는 더할 나위 없이 높아졌고, 기꺼이 새로운 영주에 대한 충성을 맹세했다.

문제는 병사들이 아닌 고급 관리들에게 있었다. 그들은 요즘 이 새로운 영주에게 충성을 맹세한 자신을 저주하고 있었다.

가넨 경은 기사로서도 나쁘지 않은 자였지만, 그의 진정한 특기는 행정 쪽에 있었다. 그는 영지 경영의 베테랑이라고 할 만큼 오랜 경험을 지닌 오십대 남자였다.

그리고 그의 옆에 서 있는 사십대의 짧은 콧수염의 남자는 이안 경이었는데, 역사와 행정 등에 상당한 이론을 정립한 학자였다. 그는 십년 전 레오의 행정학 선생이기도 했다.

그들은 요즘 영지의 관리들을 대표해서 새로운 영주에게 영지의 수익과 지출 내역 등을 보고하고 있는 중이었다.

좋게 말하면 보고지만, 정확하게 말하면 '당신의 재산이 이런 식으로 굴러가고 있으니 알아둬라' 라는 신임 영주 교육이라고 할 수 있었다.

그러나 삼 일이 지난 지금 그들은 좌절하고 있었다.

"아니, 재정의 수익과 지출에 대한 개념이 아직까지 안 잡히신다니 말이 됩니까?"

가넨은 기가 막혀서 레오에게 대놓고 따졌다.

삼 일이다. 삼 일 동안 이 젊은 영주에 대해 안 것은 그가 돈에 대한 개념이 아예 없다는 것이다.

"최저 운영 자금을 털어 병사들에게 보상금을 지불할 때부터 이상하다고 생각했습니다만, 설마 적자와 흑자의 개념조차 없으리라고는 생각지 못했습니다. 이것은 보통 농민이나 병사라도 아는 기초적인 인간의 생활이란 말입니다! 도대체 지난 십 년 동안 어떤 생활을 해오신 겁니까?"

정작 당사자인 레오는 초연하기만 했다. 이러한 노골적인 질책에 화를 내지도, 그렇다고 부끄러워하는 기색도 없었다. 지금도 가넨의 말에 나름대로 성실하게(?) 대답해 주었다.

"돈이 있으면 쓰고 없으면 벌었다. 벌 수 없으면 안 쓰고 살았지."

"그건 부랑자와 같은 생활이 아닙니까?"

"별로 소심하게 돈에 구애받는 삶을 살고 싶지 않더군. 왠지 치사해 보여서."

"소심해져야 합니다! 치사해도 됩니다! 영지 경영이란 원래 쪼잔할수록 좋은 겁니다! 수만 골드의 수익이 있다고 아무렇게나 쓰면 반대로 수만 골드의 적자가 납니다. 1실버라도 낭비를 하면 그건 바로 죄악입니다!"

가넨 경은 정말로 기가 막힌 나머지 영주에 대한 예의를 돌아볼 겨를조차 없었다. 정중히 질책하던 말은 거의 비명에 가까운 높은 음성으로 마무리되었다.

한동안 방 안에는 살얼음 같은 침묵의 시간이 흘렀다.

가넨은 실책을 깨닫고 신임 영주의 눈치를 살폈지만 다행히 화가 난 것 같지는 않았다. 그는 마음을 가다듬고 다시 차분하게 지난 삼 일간 되풀이했던 설명을 시작했다.

가넨 나름대로는 최대한의 인내를 발휘하여 기본 개념부터 설명을 하는 것이었지만 다른 이들에겐 고문이었다.

이미 몇 번 경험한 그의 장광설이 시작되자 주변에 있던 사람들은 한숨을 쉬며 가능한 한 자세를 편하게 했다.

한쪽에 서 있는 휴케바인마저도 한숨을 내쉬면서 고개를 저을 정도였다.

비교적, 아니, 무척 단순하게 사는 그도 영지를 경영하려면 주먹구구식으로는 안 된다는 것쯤은 잘 알고 있었다. 더군다나 그 자신은 최소한 받는 임금 내에서 써야 한다는 것은 알고 이미 그렇게 살고 있었다.

'레오 공자님이 나보다 강한 것은 알고 있었지만 나보다 더 단순하다는 것은 미처 몰랐군. 대단한데?

그는 오히려 이 영주가 더욱 좋아졌다. 역시 그가 선택한 주군은 달랐다. 남자가 소심하게 돈에 벌벌 떨어서야 어찌 그의 주군이라 하겠는가?

다른 이들의 눈에 레오는 가넨의 모습을 묵묵히 지켜보며 귀를 기울이고 있는 듯 보였다. 하나, 가장 단순한 휴케바인도 첫날의 설교 후에 파악한 기본 개념을 알아듣는지는 미지수였다.

레오의 입장에서 보자면 아버지 구스타프 경 때부터 영지의 경영에 참여했던 그의 잔소리를 들어주는 것 정도는 충분히 할 수 있는 일이었다.

그러나 단지 그뿐이었다.

약 세 시간이 지났다. 사람들은 이제 거의 죽을 듯한 표정을 짓고 있었다.

특히 휴케바인은 자신이 입고 있는 전신 갑옷의 팔목 부분의 튀어나온 곳을 쥐어뜯을 정도로 참을성의 한계점에 도달해 있었다. 놀랍게도 금속판으로 된 갑옷이 휴케바인의 손가락 힘에 이리저리 휘었다.

이윽고 가넨이 설교를 끝낼 기미가 보이자 레오는 손짓으로 그만 하자는 표시를 했다.

가넨도 대충 아쉬운 대로 할 말을 다했다는 듯 마무리를 지었다.

"알겠습니까? 이제 영주님께서는 혼자가 아닙니다. 자신의 기사단과 영지, 그리고 3천의 병사를 거느리신 한 지방의 패자입니다. 그런 만큼 영주님께서는 적어도 영지 행정 전반에 걸쳐 기본적인 지식을 가지셔야 합니다. 영주님의 정책 한 가지가 잘못되면 영지 전체에 큰 손해가 발생한다는 것을 명심해 주십시오."

드디어 끝났다!

다른 사람들은 모두 고개를 크게 끄덕이며 가넨 경의 말에 동의한다는 의사를 표명했다. 물론 그의 말이 맞기도 했지만 동의를 안 하면 지금부터 끝없는 토론의 장이 펼쳐지기 때문이다.

레오는 그런 가넨을 잠시 바라보다 고개를 돌려 그 옆에 있는 이안을 불렀다.

"이안 경."

"네, 영주님 말씀하십시오."

"그대는 내가 행정학을 공부하는 것을 본 적이 있는가?"

"한 번도 없었지요. 전전 영주님께서 계실 때에는 마지못해 수업에 참석하신 적은 있지만, 전혀 수업을 들으려고 하지 않으셨습니다."

이안은 새삼 그때의 일이 생각나는지 얼굴을 붉히며 딱딱하게 대답했다. 그 때문에 자신이 얼마나 구스타프 영주님에게 혼이 났던가? 생각만 해도 화가 나는 일이다.

레오는 물론 이안의 감정을 대충 알 수 있었지만 개의치 않고 다시 물었다.

"그러면 내가 지난 십 년간 그런 공부를 했을 것 같은가?"

"……."

아무도 대답을 하지 못했다. 그들은 이제 레오가 무슨 말을 하려는지 알 수 있었다.

사실 레오는 어렸을 때부터 돈이 필요하면 그냥 집에서 가져다 썼고, 술이 필요하면 창고에서 꺼냈다. 고기가 먹고 싶으면 부하들을 시켜서 숲에서 사냥을 했다.

아마 모르긴 몰라도 십 년간의 세월 속에서도 먹고살기 위해 일을 하지는 않았을 것이다.

한마디로 그는 스물여섯 살이 될 때까지 제대로 된 경제 활동이라는 것을 해본 적이 없다는 것이다.

그런 그보다는 오히려 영지 내의 농민을 아무나 한 사람 데려와 영지 경영을 시키는 것이 나을 것이다. 적어도 그는 돈이 얼마나 소중한 것인지는 알고 있을 테니까.

사람들은 절망적인 표정을 지은 채 그대로 굳었다.

레오는 그런 그들을 한번 스윽 둘러보고는 결론을 말했다.

"경들도 알다시피 나는 지금까지 영지 경영에 대해 생각조차 해본 적이 없다. 나에게 영지 경영을 하라는 것은 무리한 요구라 할 수 있지."

"지금부터라도 늦지 않았습니다! 이안 경이 친절하게 경영에 대해 가르쳐 줄 것입니다."

가넨의 말에 이안의 얼굴이 창백하게 변했다. 그리고는 황급하게 붕붕 소리가 날 정도로 고개를 저어 거부 의사를 밝혔다.

가녠의 표정은 절망적이 되었고, 레오는 그것 보라는 듯 미소를 지었다. 이미 사흘간의 경험이 있는 가녠은 차마 이안에게 더 이상의 강요를 할 수도 없었고 그래 봐야 효과를 볼 확률도 적었다.

사흘간의 인내 후에 레오가 얻은 것은 자포자기한 가녠의 애절한 눈빛이었다.

"이렇게 하도록 하지."

레오가 입을 열자 사람들의 시선이 집중되었다.

"이안 경, 그대는 지금 로엔의 수업을 담당하고 있다고 하더군."

"네, 그렇습니다."

돌연한 질문에 이안은 의아해하면서도 순순히 대답했다. 미약하게 흐뭇한 표정을 나타내며 레오는 다시 물었다.

"로엔은 어떠한가? 좋은 학생인가?"

말을 하는 레오의 시선은 자연스럽게 옆에 자리한 로엔에게 향했다. 열두 살인데도 세 시간에 달하는 설교에도 졸지 않는 그가 대견스럽다는 눈빛이었다.

"전대 영주님을 닮아 아주 훌륭하십니다. 영주님과는 정반대로 착실하시지요."

이안의 말 중 로엔에 대한 부분에서는 자부심이 묻어나왔다. 사족처럼 곁들인 뒷말에서는 십 년 전의 서러움이 비치는 것만은 어쩔 수 없었지만.

자신도 모르게 감정을 담아 대꾸한 이안은 얼른 레오의 안색을 살피고 속으로 안도의 한숨을 내쉬었다.

레오는 전혀 기분 나쁜 기색이 아니었고, 오히려 크게 웃으면서 그의 말을 되받았다.

"하하하, 그때 일은 이제 잊도록. 아무튼 잘됐군. 로엔, 네가 앞으로 영지 경영 대리인이다. 가넨 경과 이안 경의 도움을 받아 영지를 경영하도록."

"네?"

갑자기 일이 이상하게 진행되자 로엔은 놀라서 소리를 질렀다. 영지를 경영하라니? 열두 살인 자신이?

자신이 영주가 되어도 삼촌이 어린 자신을 대신해서 영지를 경영하는 것이 보통 경우가 아닐까?

가넨과 이안도 놀라서 입만 벌리고 아무런 소리도 못했다.

"저, 저는 아직 열두 살입니다."

"이제 곧 열세 살이 되지 않니?"

"열세 살이라도 영지 경영을 할 나이는 아니라고 생각합니다만."

"나보다는 나을 거다. 그리고 염려하지 마라. 어차피 저 사람들이 다 알아서 할 테니까."

레오는 그렇게 말하며 가넨과 이안을 보았다.

"가넨 경, 이안 경, 정식으로 명하겠네. 로엔을 도와 영지를 경영하게. 만약 잘하면 상을 내리고, 못하면 벌을 내리겠다. 그러니 열심히 하도록. 자, 이건 결정 났으니 이제 수도로 갈 때의 인원을 정하도록 하자."

레오의 선언에 아무도 반박을 하지 못했다. 그들은 곧 체념한 표정으로 레오의 말에 따라 이번에 수도로 올라갈 인원을 정하기 시작했다.

졸지에 영지를 경영하게 된 로엔은 차마 반박도 못한 채 멍한 표정으로 한구석에 서 있었다.

　반면 이안과 가넨은 오히려 홀가분한 표정이 되어 있었다. 사실 이 사흘을 되돌아 보건대 로엔이 영지 경영을 맡는 것이 차라리 다행이라는 생각이 동시에 두 사람을 지배하고 있었다.

❈ Chap 3 ❈
치용등서

죽은 자와 산자가 작별의 인사를 하는 기간은 칠 일이 일곱 번 지난 사십구 일이다.

그리고 사십구 일이 되는 날, 비로소 생명을 잃은 육신은 지상에서 지하로 그 적을 옮겨 땅속에 매장된다.

그날은 날씨가 맑았다. 11월의 하늘은 더할 나위 없이 푸르렀다. 오히려 그래서 사람들의 기분은 더욱 우울했다.

주군의 죽음을 막지 못한 기사들이 검 대신 삽을 쥐고 엄숙한 표정으로 흙을 떠 관 위에 뿌렸다.

레오는 형의 관 위로 차곡차곡 덮이는 흙을 바라보며 무표정하게 서 있었다. 냉정해 보이는 그의 얼굴을 지나쳐 시선을 아래로 내린다면 누구나 그의 감정을 알 수 있으리라.

그의 두 주먹은 불끈 쥐어져 있었다. 흘리지 못하는 눈물만큼 슬픔이 곁으로 빠져나가지 못하게 하겠다는 듯, 그의 주먹은 슬픔을 눌러 쥐고 있는 듯 보여 보는 이를 안타깝게 했다.

아버지를 보내는 로엔 역시 울지 않았다. 지난 사십구 일간 이미 너무 울어서 눈물샘이 마른 것인가? 아무튼 그는 사람들 앞에서 약한 모습을 보이지 않으려 했다.

이윽고 관이 완전히 묻히고 사제의 축복과 마법사의 정화 마법으로 죽은 자는 완전히 땅으로 돌아갔다.

안식을 얻은 그의 육신은 언데드가 되어서 깨어나는 일은 없을 것이다.

"돌아간다. 내일은 수도로 떠나야 하니 오늘 푹 쉬어두도록."

레오는 그렇게 선언하고 저택 쪽으로 돌아섰다. 자연스럽게 그의 말을 따르던 로엔의 어깨 위로 큰 손이 얹혀져 왔다.

"장하구나."

속을 알 수 없던 삼촌이지만 그 손의 온기는 너무나 따뜻하게 느껴졌다. 로엔은 울컥하는 느낌을 애써 삼키면서 레오와 어깨를 나란히 하고 저택으로 향했다.

레오는 속으로 생각했다.

'술이 필요하겠군.'

오늘 잠이 들기 위해 술이 필요한 것은 레오 혼자만은 아닐 것이다.

그날 술 창고를 지키는 이는 아무도 없었다. 다들 필요한 만큼 거침없이 술병을 꺼내갈 수 있도록 한 배려였다.

다음날 아침, 레오는 여느 때와 같이 힘겹게 잠에서 깨어나 집무실로 나왔다.

부하들은 이미 모두 떠날 준비를 끝마치고 대기하고 있었다.

"좋아, 그럼 우리는 떠날 테니 그동안 영지를 부탁하겠네."

레오는 가녠을 보며 그렇게 말했다. 발렌을 비롯한 중급 기사 스무 명이 레오를 수행하기로 했다. 정식 후계자인 로엔도 같이 수도로 가야 하기 때문에 이번에 남는 사람들 중 가장 지위가 높은 사람은 가녠이었다.

"휴우, 잘 다녀오십시오, 영주님."

가녠은 힘없는 소리로 대답했다. 지난 며칠간 그는 한 번도 웃은 적이 없었다.

오천 골드로 겨울을 날 생각을 하면 할수록 미칠 것만 같은 그였다.

"좋아. 그럼 모두 준비하라!"

레오는 그런 가녠을 보고도 아무렇지도 않은 듯 기사들을 향해 외쳤다.

영주인 그와 로엔은 마차를 타고 가게 되어 있었기에 기사들은 마지막으로 마차를 점검하기 시작했다.

가녠은 레오의 등을 복잡한 심경으로 보고만 있었다. 평생을 살아온 영지였지만 문득 다 버리고 다른 곳으로 도망갈까 하는 생각마저 들었다.

그때 휴케바인이 가녠의 옆으로 다가와서 씨익 웃으며 말했다.

"걱정하지 마시고 그냥 되는 대로 하십시오. 그러다 돈이 떨어지면 영주님께 달라고 하면 됩니다."

"영주님께 달라고? 혹시 영주님은 따로 가지고 계신 자금이 있으신가?"

순간적으로 가녠의 눈빛이 초롱초롱하게 빛났다. 영주의 제일 부하라고 자처하는 휴케바인의 말이다.

'그럼 그렇지. 아무리 단순해도 그렇게까지 무식하게 돈을 쓸 리가 없어! 적어도 영주도 사람이잖아?'

가녠은 갑자기 영주가 지난 십 년간 무엇을 했는지에 대해 크게 관심이 생겼다. 혹시 그사이에 엄청난 재물을 모았는지도 모른다!

그는 거의 살기와도 같은 강렬한 눈빛으로 휴케바인의 대답을 재촉했다.

가녠의 눈빛 공격을 받은 휴케바인은 어깨를 으쓱하며 말했다.

"아니, 영주님께서 하시는 일을 저 같은 범인이 어떻게 알 수 있겠습니까? 자금이 있을 수도 있고 없을 수도 있지요."

"뭐라고? 그럼 뭘 믿고 나보고 걱정하지 말라고 하는 건가?"

가녠은 화가 나서 목소리가 갈라지기 시작했다. 이놈이 지금 나를 놀리는 것이 아닌가 하는 생각마저 들었다.

"그러니까 중요한 것은 영주님을 믿어야 한다는 겁니다. 저는 여태까지 영주님이 부하가 무엇을 달라고 했을 때 그것을 못해주는 경우는 한 번도 보지 못했습니다. 단지 안 해주는 경우는 많았지만요."

"그래서?"

"그러니까 돈을 다 써서 없으니 달라고 하면 주실 겁니다."

휴케바인은 정말 답답하다는 듯 같은 말을 되풀이했다. 가녠은 자신에게 답답하다는 표정을 서슴없이 지어 보이는 휴케바인의 태도에 더더욱 기가 막혔다.

"어디서 돈이 나는데?"

"그건 영주님이 생각하실 일이지, 제가 어떻게 압니까?"

"그게 말이 되는 소리라고 생각하는가?"

"영주님을 상대할 때에는 상식적으로 생각하면 안 되는 겁니다. 그냥 무조건적으로 믿으십시오. 그러다 안 되면 같이 고생하면 되는 거 아닙니까? 영주님이 돈이 있는데 안 주실 분도 아니고, 없으면 없는 거지요."

가넨은 한숨을 내쉬었다. 이 휴케바인이라는 놈이 왜 영주의 제일 부하인지 너무나도 뼈저리게 잘 이해가 되었다.

그래도 이놈은 자신을 위로한답시고 하는 말이다. 설마하니 남의 복장을 지르려고 일부러 이러는 것은 아닐 것이라고 생각해야 했다.

가넨은 치미는 화를 억지로 누르며 한 손으로 머리를 집고 다른 손을 설레설레 흔들면서 말했다.

"알았으니 어서 떠나게. 오늘부터 모든 병사들에게 하루 두 끼씩 스프만으로 식사를 하게 할 생각이었는데, 자네의 말을 참고해서 특별히 빵도 한 조각씩 추가하도록 하지."

"병사가 어떻게 빵 한 조각하고 스프만 먹고 훈련을 합니까? 고기하고 술도 지급해야지요."

휴케바인이 눈을 동그랗게 뜨고는 고기와 술을 마시는 시늉까지 해 가면서 호들갑을 떨었다. 거구에 어울리지 않는 몸짓과 표정에 웃음도 나올 만하건만, 지금 가넨에겐 그 모습이 우습다는 생각을 할 여유조차 없었다. 그는 딱딱거리는 말투와 그야말로 찬바람이 쌩쌩 부는 태도를 유지하며 반박했다.

"그러면 아마 올해가 가기 전에 자금이 바닥나 버릴걸? 그 뒤에는 거의 신은 [illegible] 될 거야."

"영주님께서 수도에서 돌아오실 때까지만 버티면 된다니까요? 그 뒤에는 영주님에게 돈을 달라고 하세요."

“알았다고 했지 않은가? 어서 가게!”

가녠의 날카로운 말에 휴케바인은 자신의 설명이 부족했나 하고 중얼거리며 마차 쪽으로 걸어갔다.

그런 휴케바인의 등을 보며 가녠은 조그맣게 중얼거렸다.

“좋아. 경의 말대로 딱 영주님이 돌아오실 때까지 자금을 다 써주지. 그 뒤에 해결책이 안 나면 모두 굶으면 되니까. 영주도 나도! 경의 집을 팔면 그래도 스프를 끓일 재료값은 나올지도 모르지.”

가녠은 악에 바쳐 이를 부드득 갈았다.

*　　　*　　　*

누가 뒤에서 원망을 하든 저주를 하든 그런 쪽으로는 상당히 둔한 레오는 전혀 느끼지 못했다. 수도로 가는 일주일 동안 그는 마차 안에서 로엔에게 지난 십 년간 영지에서 있었던 일들을 이것저것 물으며 지냈다.

“그런데 삼촌께서는 십 년 동안 무엇을 하셨어요?”

한참 얘기를 하던 로엔이 갑자기 생각났다는 듯 물었다. 요즘 발렌과 휴케바인을 비롯한 기사들이 가장 궁금해하는 것이 바로 레오의 십 년간의 일들이 아닌가?

그러자 레오는 가볍게 미소를 지었다.

“그냥 대륙을 돌아다녔다.”

“그냥요?”

“그래. 되는 대로 돌아다니다 보니 대륙의 각 지방을 거의 다 보게 되었구나.”

"대단하네요! 마물들도 많이 만났나요?"

"때로는 만났지. 특히 북부 산맥 쪽이나 동부의 밀림지대에는 아직도 대단한 마물들이 많더구나."

대단한 마물들이 많다고 했다. 그런데도 멀쩡히 자신의 앞에 앉아 있다는 말은 그 마물들을 다 이겼다는 소리가 아닐까? 로엔은 그렇게 생각하며 존경스러운 눈으로 레오를 보았다.

사실 어렸을 때부터 아버지와 기사들로부터 레오의 말도 안 되는 강함에 대한 이야기를 들었다. 이야기 속의 레오 삼촌은 인간이라기보다는 전설 속의 영웅처럼 느껴졌었다.

기사들만의 말이라면 믿기지 않았을 테지만, 그 이야기를 한 사람들 중에는 자신의 아버지도 있었다. 그래서인지 로엔의 상상 속에서 레오는 휴케바인보다 더 큰 체구의, 아니, 최소한 휴케바인 같은 거구로 나타나곤 했다.

하나 정작 나타난 레오는 그리 크다고 할 수 없어 조금 실망스러웠었다. 물론 그 후 휴케바인을 들어 올리는 괴력을 발휘하는 삼촌을 보며 그런 로엔의 생각은 자취를 감추었다.

아버지가 생전에 당부한대로 다시 나타난 레오 삼촌을 막을 자는 최소한 영지 내에서는 아무도 없었다. 그건 레오가 나타난 날 이미 몸으로 증명한 사실이었다.

마물 이야기가 나온 덕에 삼촌의 놀라운 무위가 다시 생각났다. 너무 많은 일로 기회가 없었던 로엔은 어려서부터 다짐했던 바를 비로소 실행에 옮겼다.

"삼촌, 저에게 검법을 가르쳐 주세요!"

검술에 있어서는 천재적인 재능을 가진 아버지였다. 그 아버지마저

극찬한 삼촌을 만나면 반드시 하려던 부탁이었다. 로엔의 눈은 기대감으로 반짝이고 있었다.

하지만 레오는 창문 밖을 향하던 시선조차 돌리지 않고 즉시 거절했다.

"아니, 난 누구를 가르칠 수가 없다."

단 일각의 망설임도 없는 거절에 로엔은 당황했지만 그대로 물러설 수는 없었다. 생각보다 입이 먼저 움직였다.

"왜요?"

조카의 말에서 간절한 바램을 감지한 레오는 비로소 창밖을 향하던 시선을 돌려 마주 보며 사실을 말해 주었다.

"나는 한 번도 검법을 익히거나 수련을 해본 적이 없다. 그런 내가 어떻게 남을 수련시킬 수 있겠니? 검법은 발렌 경에게서 배워라. 그는 확실히 노련하고 숙련된 기사이니 너에게 좋은 스승이 될 것이다."

"어떻게 그럴 수가 있죠? 그럼 삼촌은 아무런 검법도 익히지 않았다는 말인가요?"

"그런 셈이지. 하지만 꼭 그런 것만은 아니다. 마음이 움직이면 어떤 형태의 검법이든 다 시전할 수 있으니까."

"……"

로엔은 이해할 수 없었다. 그러나 레오의 표정을 보고는 입을 다물었다. 레오의 얼굴에는 정말로 자신도 이해할 수 없다는 기분이 나타나 있었다.

적어도 삼촌인 레오는 이런 사실에 대해 나름대로 고민하고 있는 모양이었다.

"나는 자겠다. 깨우지 말거라."

레오는 베개를 머리 밑에 넣으며 누웠다. 그리고는 곧 깊은 잠에 빠져들었다. 흔들리는 마차 속에서도 그는 매일같이 꿋꿋하게 잠을 잤다.

로엔은 그런 그를 잠시 바라보다가 마차 밖으로 나갔다. 그리고는 마차 옆에서 걷고 있는 휴케바인에게 레오의 어릴 적 이야기를 다시 해달라고 부탁했다.

레오와의 일을 이야기하는 것은 휴케바인이 가장 좋아하는 일이었다. 그는 쾌히 로엔도 익히 들은 바 있는 팔씨름의 만남부터 술술 이야기 보따리를 풀어놓았다.

해가 지고 하늘이 어두워지기 시작하는 시간까지 휴케바인의 이야기는 끊이지 않고 주변 사람들의 귀를 즐겁게 했다.

*   *   *

슈란 왕국의 수도 헬룬은 인구 십만이 넘는 대도시이다. 그러나 지금 이 도시에 흐르는 공기는 상당히 무거웠다.

중앙 대로에는 사람이 그다지 많지 않았고, 대로에서 조금만 들어가면 난민들이 사는 슬럼가가 나왔다.

무리도 아니다. 국토의 삼분지 일을 애슐론 왕국과 발도어 왕국에 빼앗겼다. 그 영지에 있던 영지민들 중 일부는 피난을 하여 이곳까지 흘러들어 왔다.

수도로 가면 어떻게든 먹고살 수 있으리라고 생각했으리라. 그러나 수도도 역시 난민에게는 냉혹했다.

지금 수도의 분위기는 최악은 아니라도 결코 좋은 상황이라고는 할 수 없었다.

"우리 영지가 그나마 살 만한 곳이었군."

휴케바인은 난민들을 보며 놀랐다는 듯 중얼거렸다.

"당연한 일이지. 전전대 영주님과 전대 영주님이 모두 훌륭하신 분이었으니까, 최대한 군사력을 키우는 반면 영지민들에게 가혹한 세금을 부과하거나 하지는 않았지."

발렌은 근엄한 표정으로 앞을 보며 걸으면서 말했다. 가이안 영지에 대한 자부심으로 가득 찬 목소리였다.

"하기야, 전쟁에 나서면서도 영지민이 먹고살 수 있는 최소한도의 자금은 남겨두었으니까요."

휴케바인은 얼마 전 가녠에게 주워들은 이야기를 도용하여 짐짓 아는 체를 했다. 다른 기사들 역시 미미하게 고개를 주억거렸다.

로엔은 그런 그들을 보며 미소를 지었다. 아버지가 존경받고 있다는 것은 그에게 있어서 크나큰 기쁨이었다. 레오가 그의 기분을 이해한다는 듯 가볍게 그의 등을 툭툭 두드렸다.

"왕성입니다!"

선두의 발렌이 뒤를 향해 외치자 일행은 걸음을 멈추고 전면에 드러난 웅장한 성을 보았다.

군사적인 목적으로 지어진 성이 아닌 왕의 위엄을 나타내기 위한 궁성이다. 하얀 돌로 된 벽과 하늘 높이 뻗어 있는 건물들은 하나같이 화려하면서도 웅장한 기세를 자랑하고 있었다.

"발렌 경, 왕성에 가서 내가 왔다고 전하게."

"옛!"

지방의 귀족이 수도에 들어오면 일단 왕성에 그 사실을 알려야 한다. 그러면 왕성의 담당자는 그 귀족의 작위와 상경 목적에 따라 적당한 귀족 전용의 숙소를 배정해 주게 된다.

물론 숙소는 유료이고, 상당히 비싸다.

잠시 후, 발렌이 왕성의 관리 한 사람과 같이 돌아왔다.

관리는 마차 안에 앉아 있는 레오를 보자 즉시 허리를 굽혀 인사를 하며 자신을 소개했다.

"가이안 백작령의 영주님이십니까? 저는 왕성의 객실배정 담당 직원 휴리첼이라고 합니다."

"레오 가이안이다. 그런데 백작령이라고?"

가이안 영지는 자작령이다. 레오는 이번에 자작의 작위를 받으러 수도까지 왔다. 그런데 왕성의 직원이 백작령이라고 하니 놀랄 수밖에 없었다.

"예, 위대하신 타카 2세께서는 구국의 영웅 다인 가이안 경의 공을 치하하여 새로 백작의 작위를 내리셨습니다. 곧 사자가 떠날 예정이었는데, 백작께서 상경하신다는 전갈을 받고 기다리고 있었습니다. 이번 전쟁에서 작위가 오르신 분은 다인 경뿐입니다."

"오오! 국왕 폐하 만세!"

발렌 경이 크게 감격해서 외쳤다.

"국왕 폐하 만세!"

다른 기사들도 외쳤다. 수도에 올라온 첫날부터 너무나도 의외의 소식을 접하게 되었다. 그들은 하나같이 기쁨으로 흥분했다.

그러나 레오는 아무런 표정의 변화도 보이지 않았다. 사실 그는 작위 같은 것에 그다지 큰 흥미가 없었다. 단지 받아야 할 작위였기 때문에 받으러 온 것뿐이다.

“그런가? 폐하께 영광을, 그럼 우리가 묵을 숙소를 안내해 주게.”

“네, 그렇게 하지요. 이쪽으로 오십시오.”

휴리첼은 레오가 별 반응이 없는 것에 약간 김이 빠졌는지 얼굴의 미소를 지우고 사무적으로 그들을 안내하기 시작했다.

사실 이런 좋은 소식을 알리면 무엇인가 보상금을 내리는 것이 관례이다. 기대를 가지고 얼른 달려왔는데 영주가 별로 기뻐하는 기색이 없었다.

휴리첼은 레오가 보상금을 주기 싫어서 일부러 그러는 것이 틀림없다고 생각했다.

‘생긴 건 멀쩡해 보이는데 엄청 쫀쫀하잖아! 내 평생 좋은 소식을 듣고 기쁨을 베풀 줄 모르는 놈들이 잘되는 꼴을 못 봤다. 흥, 백작 좋아하시네!’

그는 속으로 수백 가지 욕을 하면서도 미소를 지우지 않고 레오 일행을 백작에게 할당된 숙소로 안내했다.

“이곳입니다. 며칠 안으로 정식으로 입성을 하라는 전갈이 올 것입니다. 그때까지 수도 구경을 하시든, 평소 알고 계시는 다른 귀족 분들을 방문하든 자유입니다.”

“그런가? 알았다.”

레오는 그렇게 말하며 품속에서 조그만 주머니를 꺼내 휴리첼에게 던졌다.

툭.

“이것은?”

포기했던 기대가 다시 솟아남을 느끼며 휴리첼은 재빨리 주머니를 챙겨 들었다.

"안내하느라 수고했다. 그만 물러가라."

"네? 네."

휴리첼은 급히 밖으로 나오며 주머니를 펼쳐 안에 든 것을 확인했다. 주머니 안에는 커다란 금화 스무 개가 들어 있었다.

"어헉, 이, 이십 골드!"

1골드면 20실버다. 20골드면 400실버다.

휴리첼의 한 달 월급은 1골드, 귀족이기 때문에 이 정도 금액을 받는 것이지 웬만한 사람들은 2, 3실버 정도를 받는다.

그는 고개를 돌려 안에서 마차를 들이고 말을 마구간으로 옮긴 후 등 짐을 풀고 있는 기사들과 일꾼들을 보았다.

그는 눈을 빛내며 결론을 내렸다. 이미 좀 전에 했던 온갖 욕은 다 잊은 지 오래였다.

이자는 거물이다! 적어도 손은 거물급으로 큰 자다! 옆에서 알짱거리기만 해도 금가루가 묻어나는 부자다!

휴리첼은 그대로 왕성으로 달려가 이 사실을 자신의 동료들에게 알렸다.

레오 일행은 왕성이 들어서기도 전에 이미 관리들에게 이름이 알려졌다.

물론 레오는 그런 사실을 전혀 인식하지 못했다.

*　　　*　　　*

레오와 같은 지방의 영주가 왕을 알현하는 것은 쉬운 일이 아니다.

일단 지방 귀족이 왕을 알현하려면 보통은 한 달에서 두 달 정도를 기다려야 한다. 이들은 알현 신청을 한 후 수도에 머무르면서 자신과 연줄이 있는 중앙의 귀족들을 만나 아부를 하거나 새로운 연줄을 만들기 위해 다른 귀족들의 연회에 참석하고는 한다.

수도에 올라오는 일이 자주 있는 것이 아니기 때문에 이 기회를 살려야 하는 것이다.

그러나 레오의 경우는 약간 달랐다. 그는 일단 전쟁 영웅의 후계자였다. 작위도 올라서 백작으로 임명될 것이라는 소문이 파다하게 퍼진 상태였다.

레오가 숙소에 자리를 잡은 바로 다음 날, 왕궁의 직원 한 사람이 달려와서 알렸다.

"일주일 후에 알현하시게 될 것입니다."

지금 처리하고 있는 가장 급한 일들만 끝나면 가장 먼저 레오를 만나겠다는 왕의 의사 표시가 있었다고 한다.

그 직원은 레오가 품속에서 되는 대로 꺼내 던진 돈주머니를 받아들고 희희낙락하며 돌아갔다. 과연 명불허전! 소문대로라고 속으로 중얼거리면서.

알현 날짜가 정해진 다음날부터 레오 앞으로 각종 초대장이 날아들기 시작했다.

─XX 자작가의 영애의 18세 생일 기념 파티.
─YY 백작의 회갑 잔치.
─ZZ 백작과 그 친우들의 연래 브리지 모임의 특별 손님.

다른 지방 귀족들은 웃돈을 주고라도 구하려고 하는 연회장의 초대장이 계속해서 쌓였다.

특히 레오가 아직 독신이라는 정보가 알려지자 적당한 나이의 딸을 가진 귀족가에서는 모두 초대장을 보냈다.

"어떻게 할까요?"

발렌이 초대장을 검토하면서 레오에게 물었다. 몸이 열 개라도 모두 참석하기는 힘든 양이었기 때문에 참석할 곳을 선택해야 했다.

중앙 귀족들과의 연계가 거의 없는 그들로서는 어느 것을 버리고 어느 것을 취해야 할지 잘 구분할 수가 없었다.

전전대 영주인 구스타프 자작은 뛰어난 영주이자 무관이기는 했지만 정치적인 의미에서는 그다지 역량이 없었다. 아니, 능력을 따지기 전에 그럴 의도가 없었다는 것이 정확한 표현이리라.

그는 왕에게만 충성을 맹세하며 다른 귀족들과는 거리를 두었기에 이렇다 할 인맥이 없었다.

반대로 지금 레오에게 모든 귀족들의 관심이 쏟아지는 것도 그런 이유 때문이기도 했다.

누가 뭐라고 해도 가이안 가는 슈란 왕국에서 뛰어난 무가이고, 다인 가이안의 용맹으로 그 저력이 드러난 터였다. 중앙 정계의 주요 귀족들은 누구나 이 가문의 힘을 손에 넣고 싶어 했다.

레오는 그 초대장들을 잠시 바라보다가 발렌에게 말했다.

"모두 다 거절하라."

"네? 모두 다 말입니까?"

발렌은 그새 무슨 소리냐는 의미로 확인하듯 되물었다. 그래도 최소한 꼭 참석해야 할 연회가 두세 개 있었다. 참석하면 무조건 득이 되고, 반대로 참석하지 않으면 해가 될 만한 고위 귀족들의 연회다.

그런데 그것들마저 모두 거절하라니? 이 주군은 지금 정치를 할 마음이 있는 것인가?

발렌의 얼굴에는 도무지 이해할 수 없다는 표정이 명확하게 드러나 있었다. 주군의 성격상 말을 바꾸지는 않을 것이라 해도 최소한 이유는 알고 싶었다.

레오는 어깨를 으쓱하고는 너무나 당연한 일인데도 아직 파악을 못 하는 발렌을 위해 나름대로 친절하게 이유를 말해 주었다.

"연회는 밤새 벌어지지. 난 밤에는 잠을 자야 한다."

"으윽!"

고작 그런 이유 때문에 고위 귀족의 초대를 거절하다니? 발렌은 기가 막혀 입을 다문 채 신음 소리만 냈다.

그러나 레오는 이미 자신이 할 말을 다 했다는 듯 고개를 돌려 창밖을 바라보고 있었다.

발렌은 잠시 그런 레오를 바라보다가 한숨을 쉬며 인사를 하고 방을 나섰다. 주군인 레오가 싫다는 데 뭐라고 할 수도 없었다.

그래서 레오 일행은 일주일간 아무런 일정도 없는 휴식 시간을 가지게 되었다.

사건은 다음날 벌어졌다.

발렌은 전날 모든 초대장에 대해 정중한 거절을 내용으로 한 답신을 보냈다.

그런데 그 초대장을 보낸 사람들 중 가장 힘이 강한 귀족인 스팔시온 후작이 직접 레오를 방문한 것이다.

입구를 지키던 병사로부터 스팔시온 후작 방문의 전갈을 받은 발렌은 서둘러 레오의 방으로 갔다.

"영주님, 안에 계십니까?"

"들어오게."

문을 열고 들어가니 레오가 아직 침대에서 나오지도 않은 채 앉아서 발렌을 보고 있었다.

검은 머리카락이 흐트러진 채 그의 등과 가슴 위로 흘러내렸다. 적당히 단련된 가슴과 팔 근육은 거의 완벽한 조형미를 이루고 있었다. 쉬지 않고 수련한 자들만이 가질 수 있는 근육이었다. 도저히 평생 놀고먹은 사람의 몸이라고는 믿을 수 없었다.

"무슨 일인가?"

레오는 태연하게 침대에서 일어나 바지를 입으며 물었다.

"스팔시온 후작께서 방문하셨습니다. 지금 거실로 안내하라고 했습니다만, 어서 나가보셔야 합니다."

"스팔시온 후작? 아, 북부 귀족들의 수장이로군."

레오는 그렇게 말하며 한쪽에 딸린 욕실에서 물을 떠 머리를 숙인 채 등에 부었다. 그리고는 다시 몇 번 물을 부어 반신욕을 끝내고 수건으로 대충 닦았다.

"그런데 그자가 왜 왔지? 발렌 경, 보고만 있지 말고 이쪽으로 와서 머리를 좀 빗겨주게."

왕국의 유력한 실력자들 중 한 명이 직접 방문했다는 데에도 레오는 조금도 긴장하지 않았다.

발렌은 이자가 과연 이 일이 얼마나 중요한 일인지를 이해하고 있는가 하고 생각해 보았다.

지금까지의 레오의 행동으로 보건데 그는 정말로 아무것도 모르는 것 같았다.

'나는 어쩌면 강하기만 하고 무식한 영주에게 충성을 맹세한 것이 아닐까?'

발렌은 순간적으로 그런 생각을 했다.

그러나 곧 가볍게 고개를 저으며 레오에게 다가가 빗으로 그의 머리를 빗기기 시작했다. 사실 레오에게 충성을 맹세한 것은 머리로 생각해서 한 일이 아니다. 이미 십 년 전 자신은 그에게 마음을 빼앗기지 않았던가? 죽든 살든 같이 갈 뿐이다.

"스팔시온 후작이 온 이유는 결국 영주님을 자신의 휘하에 넣기 위해서일 겁니다. 어떻게 영주님을 끌어들일지는 알 수 없습니다만."

"휘하라, 과연 그런가?"

"어떻게 하시겠습니까? 스팔시온 후작의 경우 정치력은 상당히 강하지만 군사력은 약간 부족한 형편이니, 영주님께서 고개를 숙이신다면 확실한 지원을 받으실 수 있을 겁니다."

발렌은 약간 자세하게 설명을 했다.

모르면 가르치면 된다. 실수하면 다른 방법으로 그것을 보충하면 된다.

그는 이 젊은 주군이 지금 막 영주가 되었을 뿐이라는 것을 상기하고는 약간의 여유를 가지기로 했다.

만약 스팔시온 후작 쪽에 붙으면 그야말로 중앙 귀족들에게 확실한 끈을 가지게 되는 셈이다. 나쁘지는 않다.

레오는 고개를 갸웃거리면서 잠시 생각을 하더니 발렌에게 말했다.

"그런가? 참고하지."

발렌은 레오가 별다른 반박을 하지 않자 기쁜 기색을 숨기지 않았다. 그는 자신의 결정이 옳았다고 생각했다. 이 젊은 주군은 단지 경험과 지식이 부족할 뿐이다. 지금도 이렇게 자신의 충고를 잘 들어주지 않는가?

레오는 발렌에게 스팔시온 후작에게 곧 나간다고 전하라고 말했다. 발렌의 생각이 뻔히 보이는 레오였지만 일부러 아무 말도 하지 않았다.

발렌이 나간 후 레오는 의자에서 일어나 하얀색 상의에 검은 재킷을 걸치고 거울을 보았다.

거울 속의 자신이 가볍게 웃고 있었다. 속마음을 들킨 것 같아 더욱 진하게 웃었다.

레오는 그런 거울 속의 자신을 보며 말했다.

“내가 고개를 숙여야 하는 사람은 단 세 명. 아버지와 형, 그리고 국왕 폐하뿐이다. 발렌, 그대는 아직 나를 잘 모르고 있구나.”

그는 마지막으로 한 번 피식하고 웃고는 방문을 열고 나가 거실로 향했다.

스팔시온 후작이 어떤 조건으로 자신을 회유하려는지 들으며 즐기기로 했다.

*　　　　　*　　　　　*

“오! 어서 오게. 자네가 가이안의 새로운 영주인가?”

거실에 들어서자마자 뚱뚱한 편인 남자가 소파에서 일어나며 먼저 인사말을 건넸다. 그의 얼굴에 피어오른 사람 좋아 보이는 미소는 풍부한 몸매와 더불어 상대의 경계심을 풀어주는 역할을 했다.

스팔시온 후작은 약간 화려한 체크 무늬의 비단 옷과 그것과 짝을 이루는 문학가 풍의 모자를 쓴 오십대 남자였다.

레오는 정중하게 자신의 오른손을 가슴에 대어 나이 많은 자에게 하는 인사를 했다. 그러나 허리를 굽히거나 하지는 않았다.

원래 귀족들끼리는 허리를 굽혀 인사를 하지 않는다. 허리를 굽히는 것은 완전히 아랫사람이라는 의미를 가진다.

"레오입니다."

"하하하, 젊고 패기가 있군. 내 자네의 아버지인 구스타프 자작과도 약간의 인연이 있었지. 그가 말하기를 자신에게 뛰어난 두 명의 후계자가 있다고 했는데, 과연 구스타프 자작이 자랑할 만하군."

"아버님을 아시는군요."

레오의 말투가 좀 더 정중해졌다. 세상을 뜬 아버지의 이름이 나오자 가슴 한쪽 구석이 아파왔다. 결국 자신은 아버지의 임종도 지켜보지 못했다.

노련한 정치가인 스팔시온 후작은 레오의 심적인 변화를 예민하게 알아챘다. 그는 속으로 회심의 미소를 삼키며 짐짓 고인에 대하여 안타까움을 표시했다.

"그분은 정말 훌륭하신 분이었지. 일개 자작령을 그렇게까지 키웠으니 말이지. 정예병 오천이라니? 정말 대단하지 않은가?"

규정에 따르면 자작이 가질 수 있는 병력의 수는 오천이다. 백작이 일만, 후작이 이만, 공작이 삼만이다.

그러나 이것은 영지의 민병대를 포함한 숫자이다.

민병대란 보통은 농민이지만 농한기에만 약식으로 훈련을 받는 병사를 의미한다. 이들은 장창 한 자루만 지급하면 따로 유지비가 들지 않기 때문에 보유, 관리하기에 편하다.

대부분의 영지에서는 농민들에게 이러한 민병대에 참가할 의무를 강제적으로 부가한다.

이러한 민병대와 달리 정식으로 훈련된 병사는 따로 정예병이라고 부른다. 직업 군인인 이들은 그 유지에 너무나도 많은 자금이 소모되기 때문에 영주들은 보통 한계의 20% 정도만 보유한다.

즉, 자작은 일천, 백작은 이천, 후작이 사천, 공작이 육천 정도의 정예병을 보유한다.

무관 출신의 귀족들은 아무래도 조금 더 많은 정예 병사를 보유하기는 한다.

그러나 그 누구도 가이안 영지처럼 병력을 모두 정예병으로 구성하지는 않는다.

구스타프 자작은 그야말로 자신의 생활비를 포함한 최소한의 영지 유지 비용을 제외한 모든 자금을 군비로 돌렸던 것이다.

심지어는 그동안 축척해 놓은 재산까지 전부 사용했다.

전쟁이 있을 것이라고 예견한 이후부터 철저한 준비를 했다고 할 수 있었다.

레오는 스팔시온 후작이 한참 자신의 아버지와 형을 칭찬하는 것을 듣고만 있었다. 그는 서두르지 않았다.

그저 습관적으로 대답을 하며 가끔씩 테이블에 놓여 있는 찻잔을 들어 민트차를 마실 뿐이었다.

이윽고 이야기를 하다가 지친 스팔시온 후작은 이만하면 되겠지 하고 [illegible] 생각하면서 화제를 바꿨다.

"그런데 말일세."

"네, 말씀하십시오."

"사실은 자네의 아버지가 그렇게 군세를 확장하면서 일시적으로 자금이 모자라다고 나에게 돈을 빌린 적이 있다네."

레오의 눈이 빛났다. 갑자기 바뀐 화제는 그로서는 너무나도 의외의 것이라 상당히 놀랐다.

"그렇습니까?"

"그렇지. 그래서 자네의 형인 다인 경이 갚기로 했었는데, 전쟁이 급해서 나중에 다시 이야기하기로 했었지."

"음, 저는 그런 사실을 몰랐군요. 혹시 증서가 있으십니까?"

"허허허, 물론 있지. 없다면 어떻게 내가 이 일을 주장하겠나?"

스팔시온 후작은 그렇게 말하면서 품속에서 두 장의 증서를 꺼내 레오에게 내밀었다.

그중 한 장은 차용증서의 사본이었는데, 그 안에 있는 내용은 구스타프 자작이 스팔시온 후작에게 이만 골드를 차용한다는 내용이었다.

그리고 다른 한 장은 다인 자작이 스팔시온 후작의 차용증서를 확인했다는 확인 서류였다.

"서류에 찍혀 있는 문장은 틀림없이 아버님과 형님의 것이군요."

"틀릴 리가 있겠는가? 전쟁 전에 수도로 온 다인 경에게 내가 이 차용증서를 보이고 그 자리에서 직접 작성한 것이라네."

"그럼 제가 후작님께 이만 골드를 지불해야 하는 겁니까?"

레오는 아무렇지도 않게 물었다.

그러나 스팔시온 후작은 웃으면서 고개를 저었다.

"이 차용증서를 보게. 구스타프 자작이 나에게 돈을 빌린 것이 팔년 전이네. 그런데 그는 바빠서 이자도 제대로 지불하지 못했지. 마지막 이 년간은 병이 들어서 고생했다고 하니 무리도 아니야. 자네의 형님 역시 전쟁 때문에 이걸 해결할 틈이 없었거든. 하지만 규정은 규정이니 이자는 받아야 하지, 그러니까 복리로 계산을 하면 약 삼십만 골드가 되는군.”

“삼십만 골드! 그런 법이 어디 있습니까?”

옆에 서 있던 발렌이 놀라서 외쳤다. 팔 년 동안 원금의 열다섯 배로 불어나는 이자라니?

“무례하군! 감히 내가 말을 하는데 레오 경도 아닌 수하가 말을 하다니?”

스팔시온 후작은 얼굴을 붉히며 발렌을 꾸짖었다.

발렌 역시 화가 나서 얼굴을 붉혔지만 더 이상 뭐라고 말을 할 수는 없었다. 발렌이 둘의 대화에 참견한 것은 확실한 결례였으므로 변명의 여지가 없었다.

레오는 손을 들어 발렌을 뒤로 물리고는 차분한 어조로 말했다.

“그렇게 된 것이군요.”

그는 일단 인정한다는 듯 말했다. 그의 대답에 발렌 경의 눈에 핏발이 솟았다.

이 금전 개념이라고는 손톱만큼도 없는 주군은 혹시 삼십만 골드가 얼마나 되는지 실감하지 못하고 있는 것이 아닐까? 잘못하면 영지 전체를 스팔시온 후작에게 넘겨야 할지도 모른다.

스팔시온 후작은 레오가 순순히 인정하는 듯하자 다시 미소를 지었다.

이끼는 어렸을 때 영지를 나가 십 년간 부랑자와 같은 생활을 하다가 형이 죽자 돌아와서 유언에 따라 영지를 받았다고 한다.

말하자면 행운이 찾아와 공짜로 영주가 된 셈인데, 이런 멍청한 놈이 국내에서도 가장 강력한 병사들을 보유하고 있다는 것은 국가적 손실이 아니겠는가?

이런 경우는 먼저 줍는 사람이 임자다. 그는 그렇게 생각하고 즉시 이곳을 찾았다. 그런데 확실히 온 보람이 있었다.

스팔시온 후작은 속으로 자신의 발 빠른 행동에 스스로 감탄하면서 짐짓 너그러운 어조로 덧붙였다.

"너무 걱정하지 말게. 구스타프 자작과 내가 모르는 사이도 아닌데 설마 영지를 달라고 하겠나? 빚은 천천히 갚기로 하세. 일단은 자네가 우리 모임에 들어와서 일을 하는 게 좋겠네. 이번에 작위가 올라가면 새로 영지를 받게 되는데, 내가 힘을 써서 좋은 영지를 받도록 해주겠네. 나를 위해서 열심히 일을 한다면 어느 정도 이자를 탕감해 주는 것도 가능하지. 설마 내가 남도 아닌데 그렇게까지 이자를 다 받겠나?"

스팔시온 후작은 그렇게 말하면서 이 젊은 영주가 이제는 완전히 자신의 것이 될 것이라고 생각했다.

이제 남은 것은 이자를 얼마나 탕감해 주는가에 대한 협상뿐이라고 할 수 있었다. 그나마도 상대가 어수룩하면 삼십만 골드를 모두 받아낼 수 있을 것이다.

아니, 이자는 계속 불어나니 적어도 새로운 백작령의 수입 절반 정도를 영구적으로 장수할 수도 있다.

상당히 노골적이고 무리한 방법이지만 이 정도 상대라면 충분히 통할 것이라고 확신했다.

레오는 잠시 생각을 하다가 이윽고 입을 열어 차분한 목소리로 말했다.

"일단 수하들과 상의를 해보겠습니다. 회신은 언제까지 해드리면 되겠습니까?"

"하하하, 서두를 것 없지. 자네가 작위를 받을 때까지 결정해 주도록 하게. 내 그냥 허락한 것으로 알고 일을 추진하겠네."

스팔시온 후작은 그래도 레오가 자존심이 있어서 바로 대답을 하지 않는다고 속으로 비웃으며 여유롭게 웃었다.

아무리 상의를 해봐도 이미 올가미에 걸린 먹이다. 중앙 귀족과의 끈이 전혀 없는 이자들이 어디 가서 무슨 상담을 하겠는가?

스팔시온 후작은 잠시 레오와 형식적인 한담을 나누다가 숙소를 나와 집으로 돌아갔다.

저녁이 되었다. 그때까지 방 안에 틀어박혀 무엇인가를 생각하던 레오는 사람들을 불러 회의를 시작했다.

내용은 물론 스팔시온 후작의 일에 관해서였다.

"발렌 경, 그대는 혹시 이 일에 대해 알고 있었나?"

"금시초문입니다. 전전대 영주님께서 스팔시온 후작하고 친했다는 것도 믿기 어려운 일입니다. 다만 지금의 국왕 폐하께서 등극하시고 국경 문제로 구스타프 자작님께서 수도에 자주 올라가셨기 때문에 꼭 아니라고는 말할 수 없습니다."

"유스, 자네도 모르는 일인가?"

레오는 마법사 유스를 보며 물었다.

"저도 들은 바가 없군요. 아무래도 이상합니다."

유스는 조용히 고개를 저으며 말했다. 니빈이 죽은 후 그는 거의 말이 없어졌다. 그저 묵묵히 자신의 일만 확실히 수행해 왔다.

"그렇단 말이지? 그럼 아버님이 돈을 빌렸다는 것 자체가 이상한 것이군."

레오는 알았다는 듯 중얼거렸다.

돈을 빌렸는데 그 이자가 이 년에 거의 두 배로 늘어나는 고리여서 팔 년간 이자에 이자가 붙어 열다섯 배로 불어났다는 것은 정말로 화가 나는 일이다. 그러나 그 원금조차 빌린 기억이 없다면 더욱 미칠 노릇이다.

구스타프 자작 때부터 영지 내의 핵심 인물 세 명을 꼽으면 기사단장 발렌, 마법사 유스, 그리고 지금 영지에서 고생하고 있는 경영 대리인인 가넨, 이렇게 세 사람이라고 할 수 있다.

그런 만큼 유스도 모르는 일이라면 그야말로 영주 혼자 간직한 비밀이라는 뜻이 되는데, 돈을 빌리는 것이 그 정도로 엄밀한 비밀은 아닐 것이다.

"하지만 그렇다고 해도 별다른 수가 없습니다. 차용증에 찍힌 인장은 분명히 전전대 영주님과 전대 영주님의 것이었습니다."

발렌이 심각한 어조로 말했다.

그도 기가 막혔지만 작위도, 인맥도 없는 시골 영주가 실세 중의 실세인 스팔시온 후작을 상대로 항의를 해봐야 묵살될 것이 뻔했다.

상대는 억지를 부리고 있고, 자신들은 대항할 방법이 없었다. 이것이 현실이다.

사람들은 마땅한 대응책을 찾지 못하고 한숨만 쉬었다.

그때 레오가 말했다.

"이곳에서 대기하고 있어라."

"어디 가시려는 겁니까? 수행하겠습니다."

휴케바인이 얼른 나섰지만 레오는 고개를 저었다.

"네놈의 덩치로는 지나가지도 못하는 곳이다. 잠시 다녀올 테니 그
냥 대기하도록."

사람들은 서로를 쳐다보며 방을 나서는 레오가 어디로 가는지 아느
냐고 눈짓을 교환했다. 그러나 처음 수도로 올라온 레오가 갑자기 혼
자서 어디를 가는지 짐작할 수 있는 사람은 없었다.

❀ Chap 4 ❀
돌이킬 수 없는 일

돌이킬 수 없는 일

레오가 자신의 숙소로 돌아왔을 때는 이미 두 개의 달이 하늘 위에 뜬 한밤중이었다.

숙소에 들어서자 레오의 행적을 걱정한 그의 부하들은 아무도 잠들지 않고 있었다. 심지어 그의 조카인 로엔까지 잠들지 않고 있다가 레오가 도착하자마자 그를 맞이했다.

"삼촌, 기다렸습니다."

로엔은 특유의 예의바른 태도로 가볍게 허리를 굽혀 인사를 했다.

레오는 그런 로엔의 어깨를 가볍게 두드려 몸을 일으키게 하고는 그와 함께 모두가 기다리는 거실의 소파에 가서 앉았다.

"나를 앉아라."

"예."

사람들은 이미 발렌에게 자초지종을 모두 들었는지 더없이 심각한 얼굴들이었다.

그러면서도 이런 상황에서 갑자기 외출을 한 레오가 혹시라도 무슨 해결책을 가져왔는지 궁금한 표정으로 레오를 보았다.

레오는 사람들을 스윽 훑어보았다.

자신의 옆에 앉은 로엔, 그리고 기사단장인 발렌, 마법사 유스, 거인 기사 휴케바인, 그리고 과거 자신의 담당 기사였던 라이안을 비롯한 정식 기사 열 명이 모두 자신을 바라보고 있었다.

하나같이 긴장한 얼굴들, 레오는 여유로운 동작으로 자리에서 일어나며 말했다.

"갈 데가 생겼다. 준비하도록."

"네?"

발렌은 예상치 못한 레오의 말에 당황했다. 설명도 안 하고 갑자기 어디를 간다는 말인가?

레오는 발렌의 말에는 일언반구 없이 자기 할 말만 계속했다.

"로엔, 너는 남아라. 유스, 그대도 남아서 혹시 있을지 모를 일들을 처리해라. 가능하면 우리가 떠난 것을 외부에 알리지 않도록 해야 한다. 음, 펄과 피터 너희 둘이 로엔을 보호하라. 그럼 나머지는 열 명인가? 딱 좋군. 삼, 사 일 정도 걸린다. 준비를 끝내면 바로 떠날 테니 즉시 움직여라."

"어디로 가신다는 말씀이십니까? 목적지를 가르쳐 주십시오."

발렌이 얼른 물었다. 레오가 말을 끝내자마자 자신의 방으로 들어가려고 했기 때문에 상당히 다급했다.

레오는 그의 물음에 걸음을 멈추고 고개를 돌려 발렌을 보았다.

십 년이 지난 지금도, 이제는 45세가 된 이 기사단장은 항상 자신이 가려고 하면 뒤에서 묻는다. 그러나 그 질문이 기분을 나쁘게 하지는 않았다.

레오는 가볍게 미소를 지으며 말했다.

"적을 치러 간다. 전투 준비를 하라, 발렌 경."

"전투 준비!"

놀라서 중얼거리는 사람들을 뒤로 하고 레오는 다시 몸을 돌려 방 안으로 들어갔다.

삼십 분 뒤 숙소의 뒤쪽에 열 명의 기사가 모였다. 이미 병사들에게 명해 말들을 끌어다 놓았다.

레오는 가장 늦게 나왔다.

그는 재질을 알 수 없는 검은 갑옷을 전신에 딱 달라붙게 입고 있었다.

그리고 보통의 롱 소드보다는 상당히 커 한 손으로도, 두 손으로도 모두 사용할 수 있는 바스타드 소드를 등 뒤에 메었다.

방패는 들지 않았는데, 그 대신 왼쪽 팔목에는 앞이 송곳처럼 날카로운 두 개의 쇠심이 박혀 있어 그것으로 무기를 막아 흘리거나 반대로 공격을 가할 수도 있는 것 같았다.

정식 기사의 복장이라고 보기에는 무리가 있어 보였다. 오히려 실전을 중시하는 용병들 특유의 분위기가 났다.

그러나 그의 등에는 귀족이라는 것을 알리는 실크로 된 망토가 걸쳐져 있었다.

물론 그 망토도 매끄러운 윤기가 흐르는 검은 색이었는데, 그 모든 복장이 마치 하나로 맞춘 듯 레오의 검은 머리카락과 더불어 밤바람에 가볍게 흔들렸다.

"준비는 다 되었나?"

"네! 언제든지 실전에 임할 수 있습니다."

전투 준비의 명이 내리면 다른 모든 일들은 뒤에 남겨진다. 기사들은 오직 그들의 주군의 의지에 따라 목숨을 건다.

발렌은 더 이상 레오에게 질문을 하지 않았다.

이제 그와 그가 가르친 기사들이 기다리는 것은 오직 적을 향한 돌격 명령뿐이었다.

"좋아, 가자."

휘익.

레오는 단숨에 말에 올라타 그대로 말을 몰아 숙소의 뒷문으로 달려나갔다. 기사들도 즉시 승마하여 레오를 따랐다.

아직 해가 뜨기까지는 한 시간 정도가 남은 새벽이었다.

두두두두두.

수도의 북문이 열리자마자 레오 일행은 수도를 빠져나와 그대로 북쪽으로 향했다.

레오는 묵묵히 입을 다물고 계속해서 말을 달렸다. 뒤를 따르는 사람들도 약속이나 한 듯 입을 여는 이가 없었다.

사실 속보로 달리는 말 위에서는 말을 할 수가 없다. 잘못하면 혀를 깨물기 때문이다.

해가 하늘의 한가운데까지 올라 드디어 레오가 달리는 것을 멈추고 점심을 먹자고 했을 때, 발렌이 조심스럽게 레오에게 다가가서 말을 걸었다.

“이 길은 스팔시온 후작령으로 가는 길입니다만…….”

“그렇다. 수도 바로 위쪽이라 하루 정도만 말을 달리면 도착할 수 있을 것이다.”

“그렇다면 영주님께서 말씀하신 적이란 스팔시온 후작을 가리키는 것입니까?”

그는 상당히 걱정스러운 표정을 지으며 조그만 목소리로 물었다. 다른 기사들도 입을 다물고는 있었지만, 불안한 표정임을 한눈에 알 수 있을 정도였다.

오직 한 사람, 휴케바인만은 아무 생각이 없는 표정으로 남들보다 세 배는 큰 빵과 베이컨 덩어리를 먹으며 와인을 벌컥벌컥 들이키고 있었다.

레오는 그런 그들을 돌아본 후 작전에 대한 설명을 시작했다.

“목표는 스팔시온 후작령에 있는 후작의 저택이다. 현재 그곳에 있는 병사들의 수는 백 명 남짓, 기사는 열 명 정도라고 한다. 시간상으로 내일 새벽에 도착하게 될 것이니, 도착하면 두 시간의 휴식을 취한 후 날이 밝는 것과 동시에 친다.”

발렌은 자신도 모르게 침을 꿀꺽 삼켰다. 상식적으로 말이 안 되는 소리다. 자살하러 가는 것과 같다.

“그것은 약간 무리한 작전이 아니겠습니까? 아군은 영주님까지 열한 명입니다. 그리고 저택에 있는 병력은 백 명 정도라고 하셨지만, 아마 인근 성벽에 주둔하는 병사들도 적지 않을 겁니다. 무엇보다 스팔시온 후작령을 기습하면 왕국에 대한 반역으로 간주될 겁니다.”

사실 아직 작위도 받지 못한 레오가 왕족이라고 할 수 있는 스팔시온 후작령을 친다는 것은 말도 안 되는 일이라고 할 수 있다.

그야말로 반란이라고 말해도 아무런 변명도 할 수 없는 행위이다. 만약 이 이유를 알 수 없는 기습이 성공한다고 해도 결과는 비참하게 될 것이 분명했다.

발렌은 얼굴색이 창백하게 변한 채 레오를 말렸다.

그러나 레오는 그런 발렌을 무표정한 얼굴로 보았다. 그의 황금빛 눈은 발렌의 눈을 직시하고 있었다.

발렌은 레오의 그런 감정 없는 눈빛에 자신이 압도되는 것을 느꼈다. 그리고 그때 레오는 입을 열어 말했다.

"발렌 경, 명을 거부하고 싶은가? 그대가 원한다면 그대가 한 충성의 맹세를 거두어주겠다."

"영주님!"

확실히 이번에는 휴케바인도 놀라 먹던 것을 멈추고 레오를 불렀다. 그러나 레오는 여전히 시선을 돌리지 않고 눈앞의 기사단장을 보고 있었다.

발렌은 그런 레오의 모습에 잠시 아무런 말도 할 수 없었다.

무엇을 어떻게 할 것인가? 그러나 곧 그는 한숨을 쉬며 대답했다. 망설임 없는 강한 목소리였다.

"저는 기사입니다. 주군을 위해 목숨을 바치겠습니다."

"그런가? 그대들은 어떤가?"

레오는 뒤쪽에 앉아 이 대화를 듣고 있는 기사들에게 물었다. 기사들은 굳은 의지를 확연히 드러내며 한 목소리로 대답했다.

"한 번 충성의 맹세를 한 이상 저희들은 주군의 것입니다. 마음대로 사용해 주십시오."

그들은 모두 죽을 각오를 한 모양이었다. 적어도 레오가 양민을 학살하라는 것도 아닌 적을 치러 간다는 말에 망설이는 것은 기사로서는 수치라고 할 수 있었다.

그것이 십 중 십 파멸로 가는 길이라고 해도 어쩔 수 없는 일이다.

확실히 아버지 구스타프와 형 다인 때부터 이어온 이들 기사들은 우직할 정도로 현실과 동떨어진 순수한 기사들이다. 기사의 서훈에 이 정도로 충실한 자들은 다른 곳에서는 쉽게 찾아보기 힘들다.

레오는 확실히 이들이 자신의 날개라는 것을 알았다. 그렇다면 이제는 이들 날개를 써서 날아올라야 한다. 그것이 어떤 결과가 되더라도 멈출 수는 없다.

"식사가 끝났으면 출발한다."

"예."

레오가 몸을 일으켜 말 위에 올라타자 이제 마음을 정한 기사들도 일제히 대답하며 레오를 따랐다.

그리고 그들은 다시 달리기 시작했다. 황야에 난 길에는 열한 명의 기사가 탄 말이 달리는 소리와 먼지가 피어올라 태양이 뜬 하늘 위를 구름처럼 덮었다.

*　　　*　　　*

두두두두두두.

열한 필의 말이 관도를 따라 달리고 있었다. 마을을 피해 길을 벗어나 달리는 경우두 있었지만, 레오는 숲 속에서도 귀신같이 방향을 바로 잡아 다시 길로 돌아오고는 했다.

그리고 이제 한두 시간만 더 달리면 스팔시온 후작의 저택이 나오게 될 지점이다. 기사들은 그것을 알고 피곤해진 몸과 정신을 가다듬으려 노력했다.

그들이 지나가자 길 좌우에서는 두 명의 남자가 고개를 내밀고 서로 신호를 보냈다.

그리고 레오 일행이 완전히 고개를 넘어 사라진 것을 확인한 후, 길에서 나와 한 마리의 새를 날려 보냈다. 그 새의 발목에는 조그만 통이 달려 있었고, 그 통 안에는 도둑 길드로 보내는 보고서가 들어 있었다.

그런데 그중 젊은 남자가 새를 날려 보내는 나이 든 자에게 투덜대듯 말했다.

"그런데 정말 이래도 되는 겁니까? 그래도 우리는 스팔시온 후작령의 길드원인데, 다른 지방 놈들이 우리 영지를 마음대로 휘젓도록 놔두고 오히려 다른 곳에 알려지지 않도록 경계까지 서주다니요?"

외부인이 자신의 고향을 범하는 것이 기분이 나빴던 것 같다. 하지만 나이 든 자는 그런 젊은 후배를 보며 나직한 목소리로 물었다.

"너 혹시 스팔시온 후작에게 좋은 감정이 있냐?"

"네? 그게 무슨 소립니까? 있을 리가 없잖아요."

스팔시온 후작은 영지민들에게 있어서 결코 좋은 영주는 아니었다. 그러나 젊은 남자는 지기 싫은 듯 다시 말했다.

"아무리 그렇다고 해도 일부로 다른 곳에 정보가 새지 않도록 경계를 서준다는 것은 수도의 길드가 저들의 의뢰를 받았다는 소리가 아닙니까? 남의 구역의 권리를 침탈하는 행위를 순순히 받아들인 우리 길드장에게도 불만이 많다고요."

"침탈? 너 학교 다녔나 보다, 그런 어려운 단어도 쓰게. 난 농노 출신이라서 그런 거 몰라. 근데 내가 이 계통에서 밥 먹고 산 게 조금 오래 돼서 그런지 네놈이 모르는 소문이 귀에 들어오거든."

"그래서요?"

"그냥 죽은 듯이 시키는 대로만 해. 내 짐작이 맞는다면 이건 보통 일이 아니야. 그리고 이렇게 경계를 서주는 것은 저들을 위한 것이 아니라 쓸데없는 피해를 확산시키지 않기 위한 조치일 것 같군."

"네? 그게 무슨 소리입니까?"

젊은 도둑은 이해할 수 없다는 듯 눈을 크게 뜨고 되물었다. 그러나 상대는 고개를 저으며 나직한 목소리로 말했다.

"알면 다쳐, 그냥 모르는 대로 사는 게 좋은 거야."

"으휴, 내가 억울해서라도 꼭 간부가 될 겁니다."

"어느 세월에?"

그들은 길의 한쪽 가에 앉아 밤하늘에 뜬 별을 구경하면서 담배를 피웠다. 이제 그들이 다시 돌아가는 것을 확인할 때까지 이곳에서 대기하기만 하면 된다.

잠시 후, 나이든 도둑은 젊은 후배에게 자신의 인생에서 얻은 경험담을 얘기하기 시작했다.

젊은 도둑은 나이 든 사람의 주저리가 또 시작되었다고 속으로 욕을 하면서도 그의 이야기에 귀를 기울였다. 가만히 있으면 심심하기는 젊은 사람도 마찬가지였기 때문이다.

"저곳이군."

레오는 눈앞에 나타난 커다란 저택을 보며 혼잣말처럼 중얼거렸다. 가이안 영지의 저택과는 비교도 할 수 없는 커다란 건물들이 무리를 이루며 지어져 있었다. 마치 하나의 궁전과도 같은 모습이었다.

레오는 다시 머리를 들어 하늘의 별과 달의 위치를 확인했다. 그가 미리 예측했던 대로 거의 새벽이 가까운 시각이었다.

"그럼 예정대로 날이 밝을 때까지 이곳에서 휴식을 취한다. 공격이 끝나는 즉시 귀환해야 하니 이제부터 휴식이 거의 없을 것이다. 그러니 푹 쉬도록."

레오는 뒤에 서 있는 부하들에게 그렇게 말하고는 한쪽에 있는 나무에 말을 매고는 그 옆에 앉았다. 기사들도 다들 그렇게 하고는 최대한 편하게 휴식을 취하기 시작했다.

이미 전쟁을 경험한 그들은 휴식이라는 것이 얼마나 소중한 것인지를 잘 알고 있는 것 같았다. 레오는 그런 그들을 보며 속으로 생각보다 나쁘지 않다고 생각했다.

그때 숲 저쪽에서 누군가가 다가왔다. 밤색의 망토로 몸을 두르고 긴 옷깃을 세워 옆 얼굴이 보이지 않게 한 남자였다.

어두운 밤의 숲에서라면 정말로 발견하기 어려운 복장, 그리고 그 남자의 몸놀림 역시 숲의 짐승처럼 날렵하고 기척이 없었다.

기사들은 긴장하여 그를 경계했지만 레오가 한 손을 들어 그들에게 괜찮다는 신호를 했다.

남자는 기사들의 경계가 풀리자 얼른 레오의 앞에 나와서 오체투지를 하고 말했다.

"어르신, 어서 오십시오."

"킬번, 가져왔나?"

레오는 그 남자를 돌아보지도 않고 말했다.

"예, 여기 있습니다."

그는 그렇게 말하며 품속에서 하나의 양피지 지도를 꺼내 레오에게 건냈다.

"후작의 저택 구조도가 틀림없군. 좋다. 가봐라."

"옛!"

레오가 가라고 하자 킬번이라는 남자는 즉시 일어나 숲 저쪽으로 사라졌다.

마치 특별히 해방되었다는 것처럼 가능한 한 표시가 나지 않으면서도 빠르게 레오에게서 멀어지려 하는 것 같았다.

그때 휴케바인이 다가왔다. 그의 거대한 체격이 달빛과 별빛을 가리며 만들어낸 그림자가 레오의 전신을 덮었다.

"영주님, 공격은 어떤 식으로 할까요?"

사실 휴케바인은 킬번이라는 남자가 누군가를 묻고 싶었다. 하지만 일단 중요한 것부터 확인해야 한다.

"그림자가 가린다."

"네?"

"옆으로 비켜라."

"아! 네."

휴케바인은 얼른 비켜 서서 다시 레오의 옆에 앉았다. 그리고는 자신의 질문에 레오가 대답해 주기를 기다렸다. 이 주군은 두 번 묻는 것도 두 번 대답하는 것도 싫어한다.

레오는 방금 전 남자가 건넨 지도를 바닥에 펼쳐 놓았다.

"공격은 포위 섬멸을 목표로 한다. 목적을 달성하고 돌아갈 때까지 다른 곳의 적들이 이 일을 알면 안 된다."

레오가 말을 꺼내자 다른 기사들도 모두 모여들었다. 그동안 궁금했던 것도 모두 참고 목숨을 던질 각오로 따라온 자들이다. 작전 설명을 소홀히 할 수는 없었다.

"목적이 무엇입니까?"

휴케바인이 물었다. 포위 섬멸이라는 말에도 놀랐지만 목적 쪽이 더욱 궁금했다.

"아버님과 형님의 문장을 위조한 위조 전문가가 저 안에 있다고 한다. 그자를 잡고, 또 그자의 작업장을 수색하여 문장의 위조품을 찾아내는 것이 그 목표이다."

"으음, 문장 위조!"

발렌이 신음처럼 중얼거렸다. 그의 눈에서 분노의 기색이 떠올랐다. 귀족가의 문장을 위조하다니! 가장 파렴치한 행위가 아닌가? 주군이 분노한 것도 이해가 갔다.

발렌은 천천히 고개를 끄덕였다. 주군은 어디선가 그 정보를 얻어왔다. 지도를 가져온 남자의 경우를 볼 때, 도둑 길드에 의뢰를 한 것 같았다.

의외로 용의주도한 모습이다. 발렌은 내심 마음이 놓였다.

하지만 그는 바로 한숨을 쉬었다. 알면서도 당해야 할 때가 있다. 이런 식으로 일을 처리하면 감정적으로는 후련할지 몰라도 현실적으로는 크게 위험하다.

무엇보다 이 병력으로 저 저택을 치는 것부터가 힘들지 않겠는가?

그러나 레오는 당연하다는 듯이 기사들에게 지시를 내렸다.

"너희 둘은 서쪽의 길목을 막고 그쪽으로 도망치는 자들을 모두 처리해라. 그래, 도망자들이 많다면 먼저 화살로 그 수를 줄여라. 놓치면 서쪽 성채의 병력이 움직이게 된다. 놓치지 마라. 그리고 너희 둘은 동쪽이다.”

레오는 지도를 펼치고 기사들에게 매복 지점을 알려주었다.

그 명을 받은 기사들은 대답을 하면서도 얼떨떨한 표정을 지었다. 열한 명이 일제히 기습을 해서 소란을 틈타 위조 전문가를 납치해 오는 작전이 아니었단 말인가?

그러고 보니 레오의 말 첫마디에 포위 섬멸전이라는 대사가 들어가 있었다. 그들의 안색은 심각해졌다. 그러면서도 이 작전이 어떻게 되는 것인지 호기심이 생겨 레오의 말에 점점 빠져들어 갔다.

레오의 작전 지시는 거침없이 이어졌다.

“발렌 경, 그대가 네 명의 기사와 함께 뒤를 돌아 저택의 북쪽에서 대기하게. 앞쪽이 완전히 소란에 휩싸이면 즉시 진입하여 뒤를 치도록.”

“그럼 영주님께서는 어떻게 하시겠습니까?”

“휴케바인과 나는 정면에서 치고 들어가 적의 기사들을 처리하겠다.”

“단 둘이서 말입니까?”

“충분하다.”

너무나 당연하다는 듯 확신에 찬 대답이 돌아왔다.

발렌은 할 말이 없었다. 생각해 보니 어쩌면 자신은 주군이 이런 생각을 가지고 있다는 것을 눈치챘는지도 모른다.

어차피 옛날 휴케바인이 자신에게 충고한 이후 이 남자에 대해서는 생각을 바꾸지도 하지 않았던가?

그는 그때의 결심을 되새기면서 말했다.

“알겠습니다. 그럼 저는 지금 이동하지요.”

"휴식은 취해야 한다. 한 시간 뒤에 이동하면 될 것이다."

"명대로 하겠습니다."

발렌이 별다른 말없이 명에 응하자 다른 기사들도 아무런 이의를 제기하지 않았다.

일단 레오의 작전은 전위의 선제 공격과 좌우 포위, 그리고 후면 매복으로 전형적인 포위 섬멸전의 형식을 취하고 있었다. 수적인 문제만 빼고는 나무랄 데 없는 작전이었다.

그들은 스스로에게 최면을 걸었다.

과거 자신들은 오천으로 십만을 막았다. 스무 배의 병력이다. 그러니 이제 열한 명으로 백 명을 포위 섬멸하는 것도 가능하지 않겠는가? 겨우 열 배도 안 되는 수다!

문득 슬픔과 흡사한 감정이 그들의 마음을 스쳐 지나갔다.

하나 이미 화살은 활시위를 떠났다.

*　　　*　　　*

동녘이 트고 이제 곧 해가 하늘로 치솟아 올라 하루가 시작되려는 시간이었다.

레오는 그때 움직였다.

밤새 보초를 서느라 긴장했던 경비병들은 훤한 동녘을 보면서 저도 모르게 긴장이 풀어진다. 동시에 밤샘으로 인한 육신의 피곤함이 자연스럽게 방심으로 이어지는 것이다.

해가 막 뜨기 직전인 이 시간이야말로 경비병들의 방심이 극에 달하는 때라고 할 수 있었다.

사람의 마음속의 방심은 밤의 장막보다 훨씬 믿음직한 아군임을 레오는 경험으로 알고 있었다.

발렌을 비롯한 다른 기사들이 모두 흩어진 이후 레오는 휴케바인과 함께 저택의 정문을 향해 걸어갔다.

말은 휴식을 취했던 숲에 그대로 묶어놓고 검도 뽑지 않은 채 산책을 하듯 여유롭게 걸어서 접근했다.

그와 함께 걷고 있는 휴케바인은 하나의 큼지막한 푸대를 등에 지고 있었는데, 그것은 레오가 수도의 숙소에서 적을 치러 간다라고 했을 때 휴케바인이 눈을 빛내며 들고 온 것이었다.

십 년 전 레오와 같이 행동해 본 그는 레오의 말을 한마디만 들어도 자신의 할 일을 아는 것 같았다.

정문을 지키던 경비병들은 당연히 이런 레오와 휴케바인의 모습을 쉽게 발견할 수 있었다. 누가 보아도 침입자로 보이지 않았기에 경비병들 또한 전혀 놀라거나 경계하지 않고 오히려 잡담을 주고받기 시작했다.

"저 두 사람은 누구지?"

"허, 왼쪽에 있는 자는 정말 큰데? 오우거라고 해도 믿겠어."

"이봐, 함부로 말하지 말라고. 복장으로 보아 기사인 것 같은데 들으면 어쩌려고 그래?"

경비병들은 흐트러진 자세를 바로 잡고 레오와 휴케바인이 다가오기를 기다렸다.

그들의 눈에는 레오와 휴케바인이 스발시온 우삭의 무하 숭 한 명으로 보였으리라. 병사인 자신들보다 훨씬 윗줄에 있는 정식 기사로 보였으니 차려 자세로 대기하고 있다가 정중하게 용건을 물을 생각이었다.

레오는 저택의 정문 좌우에 있는 그들을 거들떠보지도 않고 문 옆쪽의 담 앞에 가서 섰다.

그러자 휴케바인은 푸대 자루를 바닥에 내려놓고 얼른 두 손을 깍지 끼고 허리와 무릎을 굽혀 자세를 취했다. 그리고 레오가 그 손을 밟고 뛰어오르는 것과 동시에 휴케바인도 전신을 스프링처럼 튕기며 레오를 위로 날렸다.

휘익.

검은 망토를 날개처럼 펄럭이며 레오의 몸은 6, 7m나 되는 담장을 그대로 넘어 안쪽으로 사라졌다.

"앗! 뭐 하는 짓이냐?"

경비병들은 그때까지 어리둥절한 표정으로 이 기사들이 무엇을 하는가 하고 보고만 있었다.

레오가 날듯이 담을 넘어가는 곳을 보고서야 비로소 이자들이 수상하다는 것을 깨닫고 할버드를 겨누며 소리쳤다.

휴케바인은 웃었다. 그는 즉시 자신의 허리에서 롱 소드를 뽑아 들며 그들에게 달려들었다. 그러자 기겁한 병사가 반사적으로 할버드를 휘두르는 것을 슬쩍 피하면서 왼팔에 매여 있는 카이트 실드로 경비병 중 한 명의 몸통을 후려쳤다.

콰직, 쿵!

"끄윽!"

경비병은 전차에 치인 사람처럼 몸의 옆면이 찌그러지며 그대로 벽에까지 날아갔다. 비명도 지르지 못하고 죽은 것이 틀림없었다.

"이놈!"

위잉.

다른 경비병이 공포에 질린 얼굴로 할버드를 휘둘러 휴케바인의 머리를 노렸다.

"근데 침입자가 오면 먼저 비상종을 쳐야 하는 거 아냐?"

휴케바인은 슬쩍 할버드 끝을 피하면서 놀리듯 말했다. 그는 방패조차 내밀 생각도 않고 여유롭게 자신을 향한 할버드를 피해냈다.

경비병은 휴케바인의 말에 섬뜩 놀라 자신도 모르게 고개를 돌려 문 옆에 있는 비상종 쪽을 돌아보았다.

확실히 자신의 임무는 적이 오면 비상종을 치는 것이지, 이런 괴물하고 싸우는 것이 아니다!

공포에 빠진 상태로 억지로 싸우고 있던 그는 즉각 대응을 포기하고 비상종 쪽으로 몸을 날리려 했다.

"이미 늦었다."

푸욱.

전투 의사를 버리고 등을 보인 그의 몸에 휴케바인의 검이 저항도 받지 않고 관통했다. 섬뜩한 소리와 함께 심장을 파고든 검에 의해 쓰러지는 경비병의 눈에는 무언가 억울하다는 표정이 떠올라 있었다.

"역시 새벽이라서 정신이 멍한가 보군. 그냥 도망가면서 소리나 지르지. 쯧쯧."

휴케바인은 병사의 시체에 검에 묻은 피를 닦으며 고개를 저었다.

그는 거대한 체구와 오우거에 비견할 힘을 가지고 있으면서도 검법은 오히려 상대의 빈틈을 노리는 영활하고 빠른 수법을 주로 수련했다.

그리고 동시에 시기적절한 임기응변으로 쉽게 상대를 제압하는 재능이 있어, 과거 레오는 휴케바인을 음흉한 곰이라고 칭하기도 했다.

휴케바인은 스스로 자신이 잔머리의 천재라 자부하고 있었고, 그를 잘 아는 자들의 평가도 그다지 다르지 않았다.

카르르릉.

막 휴케바인이 경비병 둘을 처치했을 때 안쪽에서 쇠사슬 풀리는 소리와 함께 문이 열렸다.

"들어와라."

문 안에서 레오가 손짓을 했다. 휴케바인이 얼른 포대를 들고 들어가며 안을 둘러보니 경비견 네 마리와 보초 둘이 땅에 쓰러져 있는 것이 보였다.

안쪽에서는 비명 소리조차 들리지 않았건만 레오는 담을 넘는 순간 보이는 모든 것을 제압한 것이다.

"과연 손이 빠르시군요."

휴케바인은 웃으면서 엄지손가락을 내밀었다. 이미 전쟁을 경험한 휴케바인이다. 거기에 세상에서 가장 믿을 만한 주군과 함께인 탓에 오히려 긴장 대신 여유로움이 흘러나왔다.

"일단 병사들의 막사를 치도록 하지."

레오는 그렇게 말하며 왼쪽에 있는 건물을 향해 뛰었다.

도둑 길드로부터 얻은 정보에 의하면 일반 병사 육십여 명은 막사에서 생활한다고 했다.

본관의 내부는 몰라도 바깥쪽의 구조는 대충 알고 있는 상황이었기에 그의 행동에는 일말의 망설임도 없었다.

“누구냐?”

막사 앞에도 보초는 있었다. 그러나 그들은 반쯤 졸고 있었던 탓에 앞쪽에 보이는 정문에서 일어난 일조차 인식하지 못하고 있었다.

보초가 레오를 발견했을 때에는 이미 레오가 그들의 바로 앞까지 달려간 후였다.

스팟, 스팟.

빛이 번뜩이더니 그들의 목에서 피가 튀었다. 보초들은 마치 잠들듯이 스르르 옆으로 쓰러졌다.

“너는 바깥쪽부터 맡아라. 나는 일단 안쪽으로 뛰어들어 반대로 치고 나오겠다.”

“캘트롭을 쓸까요?”

휴케바인은 가볍게 웃으며 말했다. 그러면서 들고 온 푸대 자루를 열었다. 그 안에는 다시 몇 개의 작은 푸대들이 있었고, 그 속에는 검은 색의 캘트롭이 가득 담겨 있었다.

캘트롭은 가시가 달린 쇠구슬을 말한다. 레오와 휴케바인은 기사용 부츠를 신고 있기 때문에 별로 상관이 없지만 맨발로 자고 있는 병사들에게는 치명적일 것이다.

하긴 어차피 병사들을 살려둘 생각이 없는 이상 고생이라고 말할 것도 없다.

레오는 휴케바인이 알아서 준비해 온 이 장난감을 집어 들었다.

“그럼 간다.”

그렇게 말하고는 막사의 문을 열고 안쪽으로 들어섰다. 문은 잠겨 있지 않았기 때문에 부술 필요도 없었다.

그리고는 그대로 안쪽까지 달려들어 가며 미리 준비한 보병용 캘트롭을 좌우에 누워 있는 병사들을 향해 마구 뿌렸다.

"누, 누구야?"

병사들은 그때서야 졸린 얼굴로 몸을 일으키며 물었다.

"저승사자… 일까?"

휴케바인은 그렇게 말하며 입구 쪽에서부터 양쪽에 누워 있는 자들을 검으로 한 번씩 찔렀다.

"아악!"

"크윽, 적이다!"

"뭐야? 아윽, 이건 뭐야?"

기겁해서 일어나는 병사들, 그러나 그들은 손과 발바닥에 파고드는 가시의 고통에 몸을 뒹굴기 시작했다. 그리고 뒹굴면 뒹구는 만큼 갑옷도 입지 않은 그들의 전신에 가시 구슬이 박혔다.

파파파파팍.

레오와 휴케바인은 그야말로 상상을 초월한 속도로 검을 휘둘렀다.

누워 있는 자들은 배를 찔렀는데 너무 빨라서 잘린 내장이 그 검을 휘어 감기도 전에 검이 뱃속을 헤집고 빠져나왔다.

그리고 일어서려는 자는 되는 대로 검을 휘둘러 머리나 목을 베었다.

두 사람 다 인간적으로서는 너무나도 강한 힘의 소유자였기 때문에 롱 소드나 바스타드 소드가 마치 무거운 도끼처럼 사람의 머리에 박혔다. 그리고 그 박힌 사람의 몸이 검의 궤적을 따라 휘둘러졌다.

"아악! 악마다!"

병사들은 패닉 상태에 빠져 비명을 질렀다. 앞과 뒤가 모두 막혀 빠져나갈 구석이 없었기 때문에 공포는 더욱 강했다.

날이 밝았다고는 해도 아직 새벽이기 때문에 막사 안은 아직 어두웠다. 그리고 그 어두운 공간에서는 진한 피비린내가 풍겼다.

오 분도 되지 않아서 간헐적으로 들리던 병사들의 비명 소리조차 잠잠해졌다. 둘이서 육십 명의 병사를 도륙 낸 것이다.

휴케바인은 한바탕의 학살극이 끝나자 잠시 뒤로 미루어두었던 감정이 몰려오는 듯 멍한 표정으로 그 광경을 보았다.

둘이서 일을 성공시켰다는 성취감과 일시에 너무 많은 사람을 죽였다는 죄책감이 그의 머리 속을 복잡하게 했다.

적을 치는 것에 익숙한 그였지만 전투가 끝난 다음에 오는 감정은 막기는 어려웠다.

더군다나 이렇게 거의 저항이 없는 적에 대한 일방적인 학살은 휴케바인으로서도 처음 겪는 일이었다.

레오는 그런 휴케바인을 스쳐 지나가며 여느 때와 전혀 다를 바 없는 목소리로 말했다.

"나가자."

"옛!"

휴케바인은 얼른 정신을 차리고 레오의 뒤를 따랐다. 이 주군은 이 정도의 일을 당연하다는 듯이 해낸다. 가혹한 전쟁을 겪은 자신도 단번에 그만큼을 죽이면 감정의 기복이 일어나는데, 그에게는 아무것도 아닌 것이다!

'도대체 성주님은 지난 십 년 동안 어떤 생활을 한 거시?'

휴케바인은 문득 그런 생각을 했다. 하지만 지금 중요한 것은 그게 아니다. 일은 아직 끝나지 않았다.

"아직 모르고 있군."

레오는 막사 밖으로 나와 본관 쪽을 보며 중얼거렸다. 외부의 병력이 모두 당했는데도 본관 쪽은 조용했다.

무리도 아니다. 밤에 이상한 소리가 날 경우 단련된 기사라면 즉시 잠에서 깨어나 상황을 살핀다. 그러나 지금 이 시간이라면 조금 다르다.

병사들이 일어나 아침 훈련을 하는 시간과 거의 다르지 않기 때문에 약간의 소란이 있어도 그런가 보다 하고 잠을 청한다. 기상 시간이 되기 전 개인 훈련을 하는 이들은 어디나 있기 마련이다.

막사 안에서 났던 소음은 가까이서 온전한 정신으로 들으면 분명 비명 소리지만, 잠결에 조금 멀리서 들었다면 기합이려니 생각하는 것이 대부분이다.

새벽이 소란스러운 것은 당연한 일이다. 전시도 아닌 시기에 불확실한 소음을 의심하고 꿀 같은 단잠을 낭비하려는 자는 많지 않다.

"어떻게 할까요?"

휴케바인은 레오의 옆으로 다가가며 물었다. 이제 남은 것은 본관의 병력뿐이다.

레오는 본관 쪽으로 걸어가며 말했다.

"우리가 왔다는 것을 알려라."

"그러지요."

이심전심, 휴케바인은 레오의 말에 씨익 하고 웃었다.

그리고는 다리를 벌려 자세를 잡은 후 크게 심호흡을 하고는 전신의 힘을 다해 크게 외쳤다.

"적이다! 적이 침입했다!"

휴케바인의 목소리가 저택 안을 쩌렁쩌렁하게 울렸다. 그러자 본관 안쪽에서 소란이 일기 시작했다.

그사이 레오와 휴케바인은 본관의 현관 앞까지 달렸다.

"현관을 막아라."

"넷, 염려 마십시오. 한 놈도 못 나오게 하겠습니다."

휴케바인은 씩씩한 목소리로 대답했다. 레오는 그런 그를 뇌두고 옆쪽으로 움직여 건물의 위쪽을 바라보았다.

곧 그가 의도했던 대로 몇 개의 창문이 열리며 사람들이 바깥쪽을 내려다보며 외쳤다.

"적의 수는 얼마나 되나? 병사들은?"

"기습을 당해 막사의 병사들이 모두 전멸했습니다! 어서 도와주십시오!"

대답한 것은 물론 휴케바인이었다.

본관 안의 사람들은 더욱 혼란스러운 듯 고개를 내밀고 주변을 두리번거렸다. 그러나 싸우는 광경은 어디에도 보이지 않았다.

문제는 건물 안쪽에서 창문으로 내다볼 수 있는 곳은 저택 내의 한쪽 방면밖에 없다는 것이다.

창문 바깥쪽을 볼 수는 있지만 반대편은 볼 수 없다.

그렇기 때문에 사람들은 자신이 보는 방향의 반대편 쪽에서 전투가 벌어진 것이라고 생각했다.

때마침 저택 뒤쪽에서도 싸우는 소리가 들리며 비상종이 울려 퍼졌다.

뎅, 뎅, 뎅, 뎅.

휴케바인이 그것을 놓칠 수 없다는 듯 몹시 다급한 어조로 다시 외쳤다.

"앗, 후면에도 매복이!"

덜컥.

"어디냐? 적은?"

그때 현관문이 열리며 기사가 튀어나왔다. 정면을 가로막고 서서 대기하던 휴케바인은 기다렸다는 듯 방패를 들어 그대로 내려쳤다.

위잉, 퍽!

"크윽!"

현관에서 나오는 상황이기 때문에 피할 수는 없었다.

기사는 급히 무기를 들어 올려 방패를 막았지만 휴케바인 같은 거인이 그 힘과 체중을 실어 내려친 방패를 정통으로 막고도 무사할 수는 없었다.

그리고 그와 동시에 휴케바인의 검이 그의 목을 뚫었다.

쾅!

휴케바인은 방패로 기사의 몸을 문 안쪽으로 밀며 목에서 검을 뽑음과 동시에 열린 현관문을 다시 닫아버렸다.

안쪽에서 비명 소리가 들려왔다. 나가려던 기사가 시체가 되어 다시 안쪽에 던져진 셈이다.

휴케바인은 웃었다. 이제 안에서도 무엇인가 잘못되었다는 것을 눈치챘을 것이다.

그러나 생각은 어디까지나 생각일 뿐, 눈으로 보고 확인한 것이 아니기 때문에 그들의 불안감은 더욱 커진다.

레오가 아직 어렸을 때, 신분을 감추고 영지 내의 왈패들을 통합할 때 쓰던 수법들은 의외로 실전에서도 충분히 사용될 수 있는 것들이었다.

어떻게 12, 13세의 소년이 이런 작전을 짤 수 있는지는 이미 논외였다.

'다음번에는 몇 명이서 같이 우르르 몰려 나오겠지. 그리고 뒷문으로도 나오고 말이야.'

휴케바인은 검을 쥔 손의 손가락을 폈다 쥐었다 하며 풀었다. 이제부터가 진짜다. 정문으로 나오는 놈은 한 놈도 살려두지 않겠다!

그는 현관 바로 앞에 석탑처럼 버티고 서서 방패로 몸을 가린 채 문을 노려보았다.

오른손에 쥔 롱 소드가 그의 체구 때문에 민활한 숏 소드로 보였다.

그리고 그 검은 독사의 이빨처럼 날카롭게 빛나며 현관문을 통해 나오는 기사들을 집요하게 노렸다.

한편 현관문을 휴케바인에게 맡긴 레오는 본관의 벽에 붙어 위쪽을 보고 있었다. 그리고 어느 순간 2층의 창문이 열리며 안에서 한 남자가 고개를 내밀자 레오의 몸이 그대로 위로 솟구쳐 올랐다.

휘익, 팍.

"커컥, 누, 누구?"

단숨에 2층 창문 바로 밑에까지 뛰어올라 손으로 그 남자의 목을 움켜잡은 레오는 다른 손으로 창틀을 잡으며 한 손으로 남자의 목을 부러뜨려 밖으로 던졌다.

그리고는 발로 벽을 박차 서커스의 재주꾼처럼 크게 몸을 한 바퀴 돌리며 창문 안으로 뛰어들어 갔다.

방은 그 남자의 개인실이었던 듯 아무도 없었다. 레오는 어느새 빼어 든 자신의 바스타드 소드를 들고 문가로 가 바깥 동정을 살폈다.

기를 집중하여 주변의 인기척을 살피니 적지 않은 사람들이 복도로 뛰어나와 1층으로 달려가는 듯했다.

'2층이 기사들의 숙소였나 보군.'

그렇다면 3층과 4층에 이 저택의 주인이 있을 것이다.

아버지인 스팔시온 후작이 수도에 있는 동안 장남인 베그달 남작이 영지를 대신 관리한다고 들었다.

레오는 문을 살짝 열어놓고 1층과 4층에서 들려오는 소리에 귀를 기울였다.

"어떻게 된 거냐?"

"모르겠습니다. 적이 침투해 왔다고 하는데 싸우는 소리가 들리지 않습니다."

"병사들은?"

"전멸했다고 합니다."

"기사들은 즉시 나가서 적을 맞아 쳐라!"

"옛!"

슬쩍 밖으로 나가서 1층을 보니 삼십여 명의 기사가 이미 홀에 집결해 있었다. 대부분 갑옷을 전부 걸치지도 못한 채 몸통을 가리는 체스트 가드와 투구만을 쓴 상태였다.

그들은 이 돌연한 사태에 당황한 기색들이 역력했지만, 그래도 기사답게 냉정을 유지하면서 제각기 외부로부터 침입이 있을 만한 곳을 방어하고 있는 중이었다.

명을 내린 이는 4층에 있었고, 집결한 기사들은 그의 명령에 따라 몇 명이 적을 상대하기 위해 나가려 했다. 그 전에 먼저 나간 기사가 외치는 소리가 조금 열린 현관문을 통해 들렸다.

"어디냐? 적은?"

명을 받은 기사들이 막 뒤따라 나가려고 할 때였다.

쾅.

열렸던 문이 닫히며 한 구의 시체가 날아들었다. 방금까지 뒷모습을 보이며 현관을 나서던 바로 그 기사의 시체였다.

"헉!"

"으악!"

나가려던 기사들이 자신도 모르게 비명을 질렀다. 아무리 훈련이 잘 된 기사라 해도 방금까지 멀쩡하던 동료가 처참한 시체가 되어 눈앞에 던져지자 반사적으로 비명을 토할 수밖에 없었던 것이다.

'휴케바인, 잘하고 있군.'

상황을 관찰하던 레오는 고개를 끄덕였다. 위치만 잘 선점하면 한 명으로도 천 명을 막을 수 있다고 하는데, 그 한 명이 휴케바인 정도라 면 농담이나 허풍이 아닌 현실로 나타난다.

"이익! 어떻게 된 거냐?"

4층의 목소리는 이제 약간의 공포감을 품고 신경질적인 느낌을 풍기고 있었다. 시체를 살피던 기사 중 하나가 얼른 위쪽을 향해 보고했다.

"현관 앞에 누군가가 막고 있습니다."

"뚫어라! 너희들은 후작의 기사가 아니냐? 아니, 그리고 다른 자들은 뒷문으로 나가라!"

지휘를 하는 자는 히스테릭하게 성질을 부리고 있었다. 그다지 침착한 성격이 못 되는 것 같았다.

기사들은 급히 뒷문을 통해 나가거나 다시 정문으로 나가 적을 치려 했다.

그러나 역시 앞문으로는 한 사람도 나가지 못하고, 결국 뒷문 쪽으로만 십여 명의 기사가 나갔다.

뒤쪽에서는 발렌과 네 명의 기사가 싸우고 있었다. 그들도 뒷문을 막고 싸우는 상태이기에 당분간은 충분히 저들을 감당해 낼 것이다.

레오는 이제 움직일 때가 되었음을 알았다.

사자는 먹이를 제압할 때 단번에 급소를 노린다. 이 격은 없다.

레오는 사자처럼 강하고 그만큼 게을렀다. 그는 상대의 부하들과 싸우는 동안 대장이 도망가거나 하는 것을 원하지 않았다. 쫓아가는 것은 피곤한 일이기 때문이다.

그래서 항상 일을 벌일 때에는 부하들에게 소란을 피우게 한다. 이때 자신은 뒤에 숨어 있다가 적당한 순간에 적의 대장을 먼저 제압했다.

수하들을 상대하는 것은 그 뒤의 일이다.

예전에도 소란을 피우는 역할은 언제나 휴케바인이 했다. 보통 사람보다 머리 두 개 정도가 큰 그가 앞에서 날뛰면 그야말로 분위기가 팍팍 살아난다.

레오는 목표물인 지휘관이 있는 4층 쪽을 향해 달렸다. 갑옷에 부츠까지 신었지만 발걸음 소리는 전혀 울리지 않았다.

스스스슥.

오직 망토와 공기의 마찰 소리만이 미미하게 울려 퍼졌다. 그의 움직임은 사신의 그림자처럼 빠르고 은밀했다.

"앗! 누구냐?"

4층에 다 올라와서야 베그달과 그 옆에 있는 두 명의 기사가 레오를 발견했다. 두 명의 기사는 상당한 실력자인 듯 레오를 발견하자마자 반사적으로 검을 뽑아 앞으로 찔렀다.

레오는 그대로 뛰어올라 복도의 천장에 거의 붙은 듯 날아 그 기사들의 검을 피했다. 레오의 오른손에 들린 검이 면도날처럼 기사들의 목 옆쪽을 훑고 지나갔다.

휘익, 파팟.

"크흑!"

목의 절반 정도에 붉은 선이 생긴 기사들이 그대로 옆으로 쓰러져 버렸다. 레오의 검은 정확하게 그들의 목 절반을 잘랐다. 그것도 뼈까지 잘랐기 때문에 그야말로 선 상태에서 즉사했다고 할 수 있었다.

척, 팍.

레오는 점프한 상태로 베그달의 뒤쪽까지 이동해서 그의 뒤에 착지했다. 베그달은 미처 뒤를 돌아보기도 전에 레오에게 뒷목을 잡혀 대롱대롱 매달린 모양이 되어버렸다.

"네가 베그달이냐?"

"크윽! 너, 넌 누구냐? 이거 놔라!"

베그달은 기겁하여 온몸을 버둥거리며 반항했지만 레오의 손아귀는 강철로 된 철심처럼 점점 그의 목을 조여왔다.

"소영주님을 놓아라!"

그때서야 1층에서 저택을 지키고 있던 기사들이 상황을 인식하고 허둥지둥 달려 올라오며 소리쳤다.

레오는 웃었다. 이미 게임은 끝났다. 메깅을 집었으니 이제는 잔적을 소탕할 뿐이다.

휘익, 쿵.

그는 왼손에 들고 있던 베그달을 그대로 벽에 처박았다. 그 충격으로 베그달은 정신을 잃고 쓰러져 버렸다.

"너희들 차례다."

레오는 올라오는 기사들을 보고 그렇게 중얼거리며 계단 쪽으로 가서 섰다.

바스타드 소드를 두 손으로 움켜쥐고 층계 위쪽에서부터 아래로 내려가며 부닥치는 기사들을 향해 전력으로 검을 휘둘렀다.

레오는 어떤 싸움이든 본능적으로 자신에게 가장 유리한 위치를 선택해서 싸웠다. 별로 신경을 쓰지 않고 싸워도 결과적으로 항상 그랬다.

위치도 유리하고 기세도 레오가 더 강하다. 그리고 검의 실력도 비교가 불가능할 정도로 레오가 강하다.

소영주가 이미 제압된 상태였기 때문에 기사들은 도망칠 수조차 없었다.

주군을 버리고 도주하는 것은 기사로서 일생의 수치일 뿐만 아니라, 어차피 도망가도 후작에게 죽을 것이 분명했기 때문이다.

그들은 이미 죽음의 절대 영역에 한 발을 디딘 것이나 다름없었다.

레오는 거의 한두 번의 공격으로 기사들을 하나씩 착실하게 쓰러뜨렸다.

적이 공격을 해오면 반격으로, 아닌 경우에는 상상하기 어려운 힘이 실린 첫 공격으로 자세를 흐트러뜨리고 이어지는 연격으로 그 빈틈을 어김없이 찔렀다.

계단의 한가운데이기 때문에 한 번에 두 명 이상은 레오에게 덤비지 못했다.

사방에서 둘러싸고 싸워도 상대할 수 없는 상대와 이렇게 불리한 위치에서 싸우니 그야말로 거의 시간도 끌지 못하는 수준이었다.

퍽, 휘익.

"어억!"

레오가 발로 땅에 쓰러진 기사 한 명의 몸을 차서 날렸다. 바로 뒤에 있던 기사는 기겁하여 피하려 했지만 사람의 몸뚱어리를 피할 정도로 공간의 여유가 없었다.

그리고 그 뒤로 날아드는 검, 그것은 그대로 날아간 기사와 뒤에 있던 기사를 같이 꿰뚫었다.

그리고는 꼬치처럼 꼬인 두 기사의 몸을 그대로 들어 올려 옆에서 공격해 오는 기사에게 부딪쳐 버렸다.

쿵.

두 기사의 몸무게를 감당 못하고 계단의 안쪽 벽에 처박힌 기사의 얼굴을 레오는 왼쪽 주먹으로 내려쳤다. 그러자 기사의 얼굴 정면 부분이 크게 함몰되며 그는 뒤로 팅겨서 계단 밑으로 굴러 떨어졌다.

"으으, 이런 괴물 같은 놈이!"

남은 기사는 이제 겨우 여덟 명, 이미 열 명이 죽었다.

그들은 이제 더 이상 계단 위로 뛰어올라 오지 않았다. 기사의 명예고 뭐고 도망가고 싶어 하는 눈치였다.

레오는 그게 이겼나.

"휴케바인, 이제 들어와서 남은 놈들을 처리해라!"

"끝났습니까?"

덜컥.

현관문이 열리며 휴케바인이 들어섰다. 키가 2m를 넘기는 그가 들어오자 기사들의 안색이 더욱 창백하게 변했다.

레오는 그런 그들에게 일말의 동정심도 느끼지 않는 듯 그 특유의 황금색 눈을 차갑게 가라앉힌 채 다시 한 걸음 한 걸음 계단을 걸어내려 가기 시작했다.

아래쪽에서는 휴케바인이 올라오고 있었다.

여덟 명의 기사는 단 두 명의 남자에게 앞뒤로 포위되어 빠져나갈 수 없는 죽음의 공포를 느꼈다.

*　　　*　　　*

"으으으, 얼굴이 너무 아프군."

베그달은 정신이 들자 얼굴이 부서진 것 같은 고통에 신음 소리를 내었다. 코뼈가 부러진 것 같았다. 손을 들어 만져 보니 코와 머리에서 피가 흘러내리고 있었다.

그러나 눈을 뜨자 곧 자신을 둘러싸고 있는 남자들의 모습에 기겁을 했다.

"어헉! 누구냐, 너희들은?"

주변을 두리번거렸다. 없었다. 자신을 호위하던 기사들은 아무도 없었다. 그의 코로 자신의 것인지 남의 것인지 구분하기 어려운 피비린 내가 흘러들어 왔다.

"기사들은? 기사들은 어디 있느냐? 침입자다!"

그는 필사적으로 외쳤다. 그러나 아무도 그의 부름에 대답하지 않았다.

오히려 한쪽에 서 있던 거구의 남자가 한심하다는 듯 고개를 저으며 중얼거렸다.

"정신을 잃을 때의 기억이 없나 봅니다."

그러자 옆에 있던 검은 갑옷의 남자가 아무 소리 없이 발을 들어 베그달의 허벅지 바깥쪽을 찼다.

퍽.

"아악!"

허벅지의 뼈가 부러지는 고통에 베그달은 비명을 질렀다. 그러면서도 분노로 가득한 눈으로 자신을 찬 남자를 보았다. 그 순간 베그달의 머리 속에 그에 대한 기억이 떠올랐다.

호위 기사 두 명을 단번에 베고 자신을 벽에 처박은 자!

"네, 네놈은 누구냐? 내 부하들은?"

고통에 떨면서도 상황을 파악하려는 베그달의 모습은 처절하기까지 했다. 레오의 발에 차인 다리가 완전히 마비된 듯 일어서지도 못하면서도 억지로 양손을 이용해 기어서 조금씩 움직이고 있었다. 그는 어떻게든 레오와 멀어지려고 안간힘을 썼다.

레오는 벌레처럼 꿈틀거리는 그의 이동을 막을 기색도 없이 그의 질문에 답해 주었다.

"모두 죽였다. 남은 것은 네놈뿐이지."

"으으으, 저택 내의 기사들을 모두 죽였다고? 누구냐? 무슨 이유로 이런 짓을 하는 거냐? 여기가 스벨시온 후작가라는 것을 알고 하는 짓이냐?"

공포를 이기기 위해 쉬지 않고 질문을 퍼붓는 베그달, 그러나 그의 물음에 대답하는 사람은 없었다.

발렌을 비롯한 기사들은 레오의 활약에 얼이 빠져 아직도 약간은 멍한 상태였다. 내부의 기사들을 모두 척살한 후 레오는 후문으로 나가 바깥쪽의 기사들도 모두 처리한 것이다.

아무도 도망가지 못했다.

레오가 큰 목소리로 저항하는 자들과 도망가는 자들을 모두 죽이라고 외쳤기 때문이다.

어째서 그렇게까지 하는지는 알 수 없었다. 하지만 기사들은 레오의 눈빛에서 그가 사람을 죽이는 것에 희열을 얻는 살인마가 아니라는 것을 알 수 있었기에 아직 냉정할 수 있었다.

이유가 있을 것이다. 적어도 레오는 살인을 하는 데 죄책감을 느끼지도 않지만 쾌감을 얻지도 않는다.

모든 일이 끝나고 베그달을 깨운 레오는 더 이상 도울 사람이 없음을 상대에게 알렸다. 바르작거리면서 기어가던 베그달은 채 한 걸음 거리도 못 되는 곳에서 더 이상 움직이지 못하고 있었다.

"문장 위조사와 그의 작업실은 어디에 있지?"

이쯤이면 상황 파악이 어느 정도 되었을 것이라 생각한 레오가 베그달을 향해 물었다.

"어헉! 그, 그걸 어떻게?"

"……."

일단 질문을 하면 다시 묻는 걸 싫어하는 레오다. 그는 잠시 입을 다물고 베그달이 대답하기를 기다렸다.

불행히도 베그달은 그걸 오해했는지 오히려 레오에게 협박을 하기 시작했다. 그는 슈란 왕국 내에서 실세 중 하나인 자신의 가문의 힘을 굳게 믿고 있었다.

"감히 이곳을 공격하다니? 네놈들이 그리고도 무사할 것 같으냐? 다 죽일 것이다. 가장 잔인하게 죽여 버리겠다!"

'협박의 기본도 모르는 놈이군.'

레오는 그렇게 생각하며 속으로 웃었다. 이미 공격해 온 자에게 그런 말이 먹히리라고 생각하다니? 깡마른 체격에 신경질적인 얼굴은 고통과 분노, 그리고 공포로 가득 차 있었다. 그러나 이 상황을 냉정하게 파악할 이성과 지혜는 조금도 없어 보였다.

레오는 검을 뽑았다. 그리고는 천천히, 아주 천천히 검을 베그달의 허벅지에 찔러 넣었다.

스으으으윽.

"아아아아아아악!"

소리도 없이 검이 허벅지를 뚫고 들어가 바닥에 박혔다.

물에 고인 땅에 막대기를 꽂은 것처럼 피가 상처로부터 흘러나와 허벅지 위로 흘렀다. 그리고 베그달은 전신을 부들부들 떨며 비명을 질렀다.

레오는 다시 그 검을 뽑았다, 찌를 때와 같이 서서히.

"아으으윽!"

검이 뽑히면서 베그달이 참을 수 없는 고통에 몸을 비틀며 계속해서 비명을 질렀다. 그러나 레오가 이미 그의 발목을 밟고 있어서 빠져나갈 수 없었다.

푹, 스으으윽.

"아아아아악!"

검이 다시 허벅지를 파고들자 베그달은 두 눈을 까뒤집으며 손으로 복도 바닥을 긁었다. 손톱이 부러지면서 손가락에서도 피가 흘렀지만 그 고통은 허벅지의 그것에 비하면 그야말로 미약한 것이어서 느껴지지도 않았다.

레오가 다시 검을 뽑으려 할 때, 베그달은 드디어 자신이 왜 이런 고통을 당하고 있는지 깨달을 수 있었다. 그는 필사적으로 비명을 참으며 급히 외쳤다.

"지하다! 지하에 비밀 작업장이 있다! 아아아아악!"

숨을 참았다가 한 번에 쉬는 것처럼 말이 끝나자마자 튀어나온 비명 소리는 더욱 거셌다. 레오는 전과 달리 단숨에 검을 뽑고는 말했다.

"안내해라. 휴케바인, 이놈을 들어라."

"넷."

휴케바인이 베그달을 들어 올리자 베그달은 꺼져 가는 음성으로 지하의 작업장으로 가는 길을 안내했다.

그 작업장으로 향하는 계단은 3층의 비밀 문을 통해 들어갈 수 있었는데, 일, 2층을 거치지 않고 바로 지하로 이어져 있었다.

"이곳인가?"

"으으으, 그렇다."

베그달은 몸의 피가 모자라게 되자 추위를 느끼는지 계속해서 부들부들 떨고 있었다. 허벅지에서 흐르는 피를 지혈하지 않았기 때문에 그는 얼굴색이 파랗게 변할 정도로 피를 흘렸다. 이대로 죽을 수 없다는 생각에 필사적으로 두 손으로 열심히 상처를 눌러봤지만 검에 찔린 상처가 그렇게 쉽게 지혈될 리는 없다.

"열어라."

"으흐흑, 그곳의 레버를 당기면 된다. 지, 지혈을 해다오. 나는 죽기 싫다!"

그는 결국 울면서 사정하기 시작했다. 그러나 적에게 자비를 베풀 레오가 아니었다. 레오는 베그달을 거들떠보지도 않고 기사 라이안에게 턱으로 레버를 당기라고 신호했다.

그르릉.

문이 열리자 안에서 제법 넓은 공간이 나타났다. 그 공간의 벽에는 몇 개의 문이 붙어 있는 것으로 보아 지하실 전체가 작업장으로 만들어진 모양이었다.

"소영주님, 무슨 일이십니까?"

안쪽의 방에서 한 남자가 나오며 말했다. 아직 지하에는 바깥의 소란이 전해지지 않은 모양이었다.

"어헉! 소영주님? 너희들은 누구냐?"

그는 베그달의 상태를 보고는 크게 놀라 나왔던 방으로 다시 뛰어들어 가려고 했다. 이미 반쯤 죽은 상태의 소영주를 보면 지금 들어온 자들이 결코 좋은 목적으로 이곳에 온 것이 아니라는 것을 바로 알 수 있었다.

그러나 레오는 그가 더 이상 자유롭게 움직이는 것을 허락하지 않았다.

일단 시야에 들어온 이상 그자의 생과 사, 그리고 행동의 자유는 모두 레오의 손안에 있었다.

휘익, 팍.

"꾁!"

레오가 던진 바스타드 소드가 날아가 벽에 그 날의 절반 정도나 박혔다. 돌로 된 벽에 검이 그 정도로 박히려면 얼마나 강한 힘이 필요한

지 상상하기도 힘들었다.

바스타드 소드는 벽뿐만 아니라 그 남자의 상의 일부를 같이 꿰뚫었다. 덕분에 도망가던 남자는 옷과 함께 벽에 고정되다시피 했다.

그리고 다음 순간 레오가 유령처럼 스윽 하고 앞으로 움직여 그 남자의 목을 움켜잡았다.

"네가 문장 위조사냐?"

"으으으, 누구시오?"

퍽.

"커헉, 네, 네! 제가 바로 문장을 위조하고 있습니다."

그는 적어도 소영주보다 눈치가 빨랐다. 레오의 주먹에 한 대 맞자마자 그의 성격을 바로 파악하고 아주 순하게 변했다.

"이름은?"

"밀러입니다."

"거울이라. 재미있는 이름이군."

레오는 어울리는 이름이라고 생각했다. 이자는 거울에 비친 것처럼 실물과 똑같은 허상을 만들어내지 않는가?

"영주님, 이쪽에 위조한 인장들이 있습니다!"

한 기사가 다른 문을 열고 들어가 안을 보고 말했다. 과연 그 안에는 슈란 왕국에 존재하는 대부분의 귀족들의 문장과 인장이 보관되어 있었다.

"틀림없군. 듣자하니 필적 위조도 가능하다던데? 그것도 최상급의 기술을 가지고 있다더군."

"네, 서류는 제가 직접 제작하고, 그 위에 저 인장을 찍은 후 마법 물감으로 처리를 하면 저 스스로도 진위를 구분할 수 없게 됩니다."

"그럼 가이안 영지에 대한 차용증서도 네가 만들었나?"

"네, 얼마 전 스팔시온 후작님께서 직접 명하셔서 제가 만들었습니다."

밀러의 안색이 창백하게 변했다. 대답을 하면서 눈치를 보아하니 이 자들은 가이안 영지의 기사들인 것 같았다.

문장은 가문의 상징을 뜻한다. 이것을 도장으로 만든 것이 인장인데, 이것을 위조하는 것은 그 가문의 상징을 도용하는 것으로 정말로 가장 무서운 귀족 모욕죄에 해당한다.

밀러는 대답을 하면서도 점점 죽음의 그림자를 느끼는 듯 얼굴색이 하얗게 질리기 시작했다.

눈앞에서 담담한 목소리로 자신을 심문하고 있는 남자가 세상에서 가장 무서운 존재처럼 느껴졌다.

"으흐흑, 네놈들은 가이안 자작령의 놈들이었구나! 감히 자작령의 떨거지 주제에 후작령을 건드리다니? 다 죽고 싶은 것이냐?"

레오 일행의 정체를 안 베그달이 갑자기 분노에 찬 목소리로 외쳤다. 거의 죽을 지경에 이르자 오히려 힘이 나는 듯했다.

그리고 후작가의 후계자란 자존심이 자작에게 머리를 굽히는 것을 용납하지 않는 것 같았다.

원래 공작이나 후작은 왕족에게만 내리는 작위이다. 그렇기 때문에 자작은 어떠한 일이 있어도 후작을 넘볼 수 없다.

공주와 혼인을 하는 경우에도 보통 백작 이상은 올라가지 않는다.

"그런가? 자기의 후작을 건드리면 안 되는 거였나?"

레오는 베그달을 보며 고개를 갸웃거리며 중얼거렸다. 금시초문이라는 얼굴이었다.

"너, 너! 그럼 그런 각오도 없이 이곳을 친 거냐? 네, 네놈의 가문은 멸문할 것이다! 이제라도 늦지 않았다. 나를 치료하고 이대로 물러난 다면 최소한 가문의 명맥은 유지할 수 있도록 해주겠다."

그는 황당함과 고통에 정신이 오락가락하는지 약간 횡설수설하면서 자신의 머리 속에 있는 말들을 두서없이 꺼내어 레오에게 퍼부었다.

생각 같아서는 무조건 다 죽인다고 말하고 싶은데, 그랬다가 같이 죽자고 하면 곤란하니 나름대로 회유를 하려는 것 같기도 했다.

레오는 웃었다. 그러면서 벽에 박힌 검을 빼 들고 문장 위조사를 기사들 쪽으로 던졌다.

발렌이 심각한 표정으로 다가와 얼른 레오를 가로막으며 말했다.

"정말로 저자를 죽인다면 후작과는 돌이킬 수 없는 사이가 됩니다. 일단 후작이 문장을 위조했다는 증거를 얻었으니 저자는 치료를 해주고 문장 위조사만 데리고 이곳을 빠져나가는 것이 좋겠습니다."

후작가를 습격한 것은 정말로 큰일이다. 그러나 문장을 위조하는 일이 워낙 파렴치한 일이라 이대로 빠져나가면 후작도 사건을 덮을 가능성이 높다.

나중에야 어떻게 되더라도 지금은 살 수 있는 것이다.

반면 만약 후작의 아들을 죽인다면 사건을 덮을 수는 없다. 일이 커진다.

그리고 일단 일이 커지면 문장을 위조한 후작은 무사해도 후작가의 후계자를 죽인 자신들은 반역자로 몰려 죽게 될 것이다. 당사자뿐만 아니라 아예 가문이 멸문해 버릴 가능성이 컸다.

발렌은 빠른 어조로 그런 상황을 설명했다.

어쨌든 분풀이는 했으니 이제는 살아남을 생각을 해야 한다고 판단
했다.

그러나 그의 뒤에서 베그달을 잡아 들고 있는 휴케바인은 한숨을 쉬
며 미소를 지었다.

'발렌 경은 아직 레오님의 성격을 잘 모르는군. 저런 소박하고 정상
적인 바램이 얼마나 이루어지기 힘든 일인가를 빨리 깨달아야 마음이
편할 텐데.'

그는 그렇게 생각하며 한 걸음을 움직여 발렌이 막고 있는 곳에서
비켜나 베그달을 레오에게 살짝 내밀었다.

레오 역시 휴케바인의 동작에 맞추어 아무 말 없이 발렌을 반대편으
로 밀어버리고는 한 걸음 앞으로 나가 바스타드 소드를 들어 단칼에
베그달의 목을 쳤다.

위잉, 팍.

"아! 영주님!"

발렌이 놀라서 외쳤다. 허공으로 날아간 베그달의 머리가 천장에 부
딪쳐 다시 바닥으로 떨어지는 광경이 마치 시간이 느려진 것처럼 천천
히 비쳐졌다.

"휴케바인, 머리를 챙겨라. 이제 돌아간다."

검에 묻은 피를 털어낸 후 검집에 넣으며 레오는 여전히 냉정한 목
소리로 휴케바인에게 말했다.

"알겠습니다."

휴케바인은 주기 비딕에 밀려진 베그달의 머니를 갤트놉을 남아 온
포대에 챙겨 넣었다. 그 후에야 비로소 레오의 시선이 발렌을 향했다.

"영주님."

발렌은 어떻게 무슨 말을 해야 할지 모르겠다는 듯 말끝을 흐렸다. 이제 자신들이 살아남을 최소한의 가능성도 사라진 셈이다.

그런데도 레오의 눈을 보고 있자니 그런 생각이 들지 않았다. 레오의 눈은, 그 황금색으로 빛나는 눈은 승리자의 눈이었다. 패배를 생각하지 않는 절대 강자의 눈이었다.

레오는 말했다.

"발렌 경, 그자가 감히 아버님과 형님의 이름을 빌어 나를 속이려 한 순간, 이미 일은 돌이킬 수 없게 되었다."

그는 그 말을 끝으로 아직도 멍하니 서 있는 발렌의 곁을 스쳐 3층으로 통하는 계단을 올랐다.

기사들 역시 묵묵히 레오의 뒤를 따랐다. 아무도 레오의 말에 이의를 제기하지 못했다.

*　　　*　　　*

레오 일행은 문장 위조사 밀러를 끌고 후작가에서 나왔다. 여유롭게 정문으로 걸어 나오는 그들을 막아서는 사람은 아무도 없었다.

그들은 자신들의 말을 매놓은 숲으로 돌아가면서 동과 서에 대기시켜 놓은 기사들에게 신호를 보내 돌아오도록 했다.

혹시 몰라서 도망가는 자들을 막으라고 매복을 시켰는데, 결국 한 사람도 빠져나가지 못했기 때문에 그들은 그저 대기만 한 셈이 되었다.

"영주님, 뒤쪽에서 수상한 무리들이 나타났습니다."

발렌이 긴장하며 급히 말했다. 그의 말대로 후작가의 뒤쪽 부근에서 얼굴을 가린 수상한 자들이 약 서른 명 정도 모습을 드러내고 있었다.

그들은 방금 레오 일행이 나온 후작가 쪽으로 조용히 움직이고 있었다.

"놔둬라. 우리와는 관계없는 자들이다."

레오는 그자들을 확인할 필요도 없다는 어조로 그렇게 대답했다. 그런 모습으로 보아 레오는 저 수상한 자들이 누구인지 아는 눈치였다.

발렌은 더 이상 묻지 않고 입을 다문 채 레오의 뒤를 따랐다. 등 뒤에 있는 후작가에서 무슨 일이 벌어지는가는 신경 쓰지 않기로 했다.

저자들이 아니라고 해도 자신이 걱정해야 할 일은 정말로 많았기 때문이다.

그도 나름대로 레오에게 적응하기 위해 노력하고 있었다. 비록 성격상 빠르게는 변할 수 없었지만, 그래도 착실하게 새로운 환경에 맞추어 사고하는 방식을 바꾸고 있었다.

"저택에서 사람들이 나왔습니다."

수하가 보고를 하자 킬번은 얼른 고개를 내밀어 레오 일행의 모습을 확인했다. 열한 명의 인원, 들어갈 때와 동일한 숫자에 다친 이도 보이지 않았다. 물론 그 인원은 휴케바인의 손에 대롱대롱 매달려 나온 밀러는 포함하지 않은 수였다.

역시나 하는 표정으로 킬번은 말했다.

"틀림없군. 그럼 우리도 시작하지."

옆에 있던 대머리의 남자는 안심을 할 수 없는지 킬번에게 물었다.

"그런데 괜찮겠소? 아직 안에 전투 요원이 남아 있을지도 모르지 않소?"

고개를 돌려 보니 그는 정말로 불안한 표정을 감추지 않은 채 노골적인 시선으로 킬번을 보고 있었다.

아즈박, 이 스팔시온 영지의 길드장이다. 킬번의 요청에 따라 자신의 구역인 이곳에서 공동으로 일을 추진하게 되었다.

레오의 소문을 말로만 들어왔던 아즈박에게는 현실적으로 상당한 심적 부담이 작용하고 있었다.

사실 저 큰 저택 안에 열한 명의 인원이 들어갔다고 안의 병력이 전멸한다는 것은 믿기 어려운 일이다. 길드의 정보로는 백여 명의 병사들이 있다고 하지 않았던가?

물론 그것은 어디까지나 일반 상식에 속하는 이야기이다.

킬번은 아즈박을 보며 속으로 한숨을 쉬었다.

'이 멍청한 작자는 남들이 그 고생을 할 때 대륙에서 유일한 안전지대인 슈란 왕국 내에서 여유롭게 인생을 즐기고 있었겠지. 젠장, 나도 그러고 싶었단 말이다.'

그는 속으로 아즈박을 마구 욕했지만 함께 일을 벌인 상황에서 분란을 일으킬 수는 없었다.

킬번은 의미심장한 웃음을 지으며 믿음직스러운 목소리로 아즈박에게 설명을 했다.

"그분이 다녀가신 곳에 전투 요원이 남는다는 것은 있을 수 없는 일이지요. 우리가 할 일은 그냥 들어가서 조용히 안에 있는 것들을 싸악 쓸어 나오기만 하면 되는 겁니다."

"으음, 확실히 소문은 그런데… 그리고 저자들이 이미 값나가는 것을 다 가져 갔을 수도 있지 않겠소?"

킬번이 보기에 아즈박은 가능하면 후작가를 털지 않고 싶어 하는 것 같았다. 물론 보통의 경우라면 무리도 아니다. 후작가를 건드리면 그 일대의 도둑 길드는 두고두고 고생을 하게 된다.

아즈박은 단지 수도 길드의 강력한 요청에 의해 마지못해 일을 벌인 셈인데, 사실 마음 한구석에는 설마 레오 일행이 정말로 후작가를 범할까 하는 의구심도 있었다.

그러다 막상 눈앞에서 일이 벌어지고 이제는 자신들이 나갈 차례가 된 것이다. 불안감이 극에 달한 아즈박은 이런 저런 말을 하면서도 쉽게 움직이지 못하고 있었다.

킬번은 웃었다. 이렇게 소심한 사람이 길드장까지 되다니? 하기야 소심해야 살아남을 수 있는 업계가 바로 자신이 몸담고 있는 도둑 업계이기도 하다. 대담한 사람은 화려하지만 오래가지 못한다.

그냥 자신의 수하 열다섯 명만을 데리고 들어가도 되지만, 규칙은 지키는 것이 좋다. 그래야 왕국을 대표하는 수도 길드장으로서의 위신이 서고, 지방의 길드들은 자신의 말에 주의를 기울이게 된다.

킬번은 이번에는 은근한 목소리로 아즈박에게 속삭이듯 말했다.

"흑사자는 절대로 재물을 탐하지 않습니다. 품속의 돈이 떨어지면 잡히는 대로 들고 나오는 경우가 있기는 하죠. 그 경우가 아니면 눈앞에 황금의 산이 쌓여 있어도 눈 한번 거들떠보지도 않습니다. 그렇기 때문에 우리 같은 범속한 도둑들이 그를 우러러 보는 것이 아니겠습니까?"

"으음, 과연."

도둑 길드의 고급 간부라면 모두에게 알려진 정보지만, 그를 직접 두 번이나 만난 킬번의 입에서 나온 말이라 신뢰성이 증폭되었다. 아즈박이 동의하는 빛을 보이자 킬번은 때를 놓치지 않고 차분히 말을 이었다.

"과거 그분에게 수많은 도둑 길드가 무너질 때, 최후까지 몰린 도둑 길드장들은 하나같이 자신이 보유하고 있던 재물을 내밀며 용서를 빌었지만 그분은 예외없이 상대를 쳤지요. 그리고 앞에 쌓여 있는 재물들을 그대로 놔둔 채 떠났던 겁니다. 그분에게는 품속을 채울 재물만 있으면 그 이상은 전혀 필요가 없는 거지요."

"그 소문은 나도 들었소. 그러나 솔직히 별로 믿지는 않았지요. 어떻게 사람이 재물을 보고도 취하지 않을 수 있겠소?"

그렇게 말하면서도 아즈박은 킬번의 말에 빠져들고 있었다. 실제로 당한 도둑 길드에서 내놓은 정보이니만큼 신빙성이 높은 내용이면서도 반면 상식적으로 이해할 수 없는 일이기도 했다.

킬번은 이미 아즈박이 자신의 말에 동조하고 있음을 느끼고 회심의 미소를 지으며 덧붙였다.

"상식에 얽매이면 안 됩니다. 현실이 그렇기 때문에 모든 사람들이 그를 경외하고 두려워하는 것 아니겠습니까? 일단 그를 적으로 돌리면 도중에 회유할 수 있는 방법이 전혀 없는 겁니다. 그리고 일말의 자비도 기대할 수 없지요. 뒤를 걱정하실 필요도 없습니다. 후작이 무슨 통뼈라고 어르신에게서 살아남을 수 있겠습니까?"

꿀걱.

아즈박은 킬번의 말에 담긴 감정에 전염되는 듯 자신도 모르게 긴장을 하며 침을 삼켰다. 재물이 통하지 않는 인간이라니? 도둑의 천적이 아닌가?

킬번은 그런 아즈박을 위로하듯 그의 어깨를 툭툭 두드리며 어서 들어가자고 재촉했다. 완전히 날이 밝으면 아무래도 작업을 하기가 껄끄러워지기 때문에 빨리 일을 끝내고 모습을 감춰야 했다.

결국 아즈박은 머리를 긁적이며 부하들에게 진입 명령을 내렸다.

"내 생전에 아침에 문으로 들어가서 일을 하기는 처음이로군."

"그게 빈집털이의 묘미가 아닙니까? 하하하!"

킬번과 아즈박은 가장 뒤쪽에서 수하들의 뒤를 따라 후작가로 들어가며 그렇게 대화를 나눴다.

❖ Chap 5 ❖
왕의 판결

왕의 판결

　도둑 길드가 그곳을 깨끗하게 청소하고 있는 동안, 레오와 그의 부
하들은 밤새 말을 달려 수도로 돌아왔다.
　수도의 숙소는 떠날 때와 다름없이 조용했다. 이미 귀족들 간에 레
오에게 스팔시온 후작의 손길이 닿았다는 것이 알려졌는지, 연회의 초
대장은 거의 오지 않았다. 몇 사람이 형식적인 인사를 위해 찾아왔지
만, 마법사 유스가 적당한 핑계를 대고 돌려보냈다고 한다.
　"그렇다면 우리가 수도를 나갔다 돌아온 일은 아직 알려지지 않았다
는 소린가?"
　"예, 신기하게도 그렇습니다. 누군가가 소문을 막아서 비밀을 유지
시켜 준 것 같은 느낌이 들더군요."
　유스는 레오의 말에 순순히 고개를 끄덕이며 그렇게 대답했다. 하인
들이나 병사들을 내보내 은밀히 탐색을 해봤는데, 레오 일행에 대한 소

문은 없었다고 한다.

열한 명의 기사가 말을 타고 성 밖을 나갔으니 보는 눈이 없을 수는 없다. 그럼에도 아무런 소문도 퍼지지 않았다는 것은 막아주는 자가 존재한다고 판단할 수 있었다.

"그런가? 그럼 잘되었군. 발렌 경, 휴케바인 경, 내일까지 휴식을 취하도록, 내일 같이 왕성으로 간다. 유스, 그대와 로엔도 같이 가도록 하지."

"왕성에서 일을 벌일 생각이십니까?"

"그렇다."

"알겠습니다."

유스는 레오가 더 이상 아무런 말이 없자 정중하게 인사를 했다. 숙인 고개 아래로 유스의 눈이 빛나고 있었다.

레오는 누군가가 소문을 막아준 것 같다는 말을 듣고도 아무런 말도 하지 않았다. 그것은 침묵의 긍정이라고 봐야 한다.

이 새로운 영주님은 알고 보니 자신의 세력이 있는 것이다. 그것도 수도 내의 정보를 제한할 정도의 세력이!

전전대 영주님과 전대 영주님은 모두 훌륭한 분들이었지만 그래도 지방의 영주라는 한계를 벗어날 수는 없었다.

마법사인 유스는 자신의 주군이었던 그들이 이 수도에서 지방의 영주로서 정치적인 장벽으로 고생하는 것을 이미 목격한 바 있었다.

다행히도 그들은 전쟁을 예견하고 그 전쟁에서 공을 세워 가문을 키우기 위해 묵묵히 영지를 발전시키고 군대를 키워왔다.

그러나 그런 노력에도 불구하고 전쟁이 패배로 끝나 가이안 영지의 미래가 불투명해졌다고 걱정했는데, 이 새로운 영주님은 또 다른 희망을 제시하고 있었다.

유스는 미소를 지었다. 선대 영주인 다인이 죽은 이후 한시도 편하지 못했던 가슴이 조금은 시원해지는 것 같았다.

그는 침실로 들어가는 레오를 보며 자신이 그를 위해 할 일을 차분히 머리 속에 정리했다. 어느 정도 나름의 정보가 정리된 유스는 발렌 경에게 이 새로운 정보를 알려주어야겠다고 판단한 후 자신의 방을 나섰다.

밤늦게 발렌의 방 안에서는 앞으로의 대책에 대한 둘의 논의가 이어졌다.

유스는 발렌 경이 들려준 레오의 행동에 상당히 당황했지만, 역시 마법사답게 그런 레오의 성격을 분석하고 나름대로 최대한 내조를 하기로 결정했다.

밤이 깊어 침실에서 레오가 세상모르게 잠들어 있는 사이, 그의 수하들은 머리를 싸매고 미래를 대비하고 있었다.

다음날의 해가 떴다. 왕과의 알현이 허락된 날이다.

레오는 자신이 왕성에 데려가는 네 명의 동반자로 로엔과 유스, 휴케바인, 그리고 발렌을 선택했다.

휴케바인은 등 뒤에 커다란 상자를 하나 메고 있었는데, 그것은 성인 한 사람이 통째로 들어갈 정도로 컸다. 발렌 역시 하나의 상자를 들고 있었다.

왕궁에서 나온 안내인은 그런 그들의 상자를 왕에게 바칠 선물이라 짐작하고 별로 심각하게 생각하지 않았다.

지방 귀족들에게는 무척 드문 알현의 기회이니만큼 선물을 준비하는 것은 당연한 일이다. 거기에 어차피 그런 상자들은 왕의 앞에 직접 들고 갈 수는 없게 되어 있었다.

그들을 실은 왕궁의 마차는 숙소를 나와 중앙 대로를 통해 왕궁으로 향했다. 마차는 말 여섯 마리가 끄는 대형 마차였기에, 안쪽의 공간은 상당히 여유가 있었다.

레오 일행은 왕실 관리의 온화한 표정에서 자신들이 스팔시온 후작가를 친 일이 아직 수도에 알려지지 않았다는 것을 알 수 있었다.

아마 지금쯤 영지에서 이쪽으로 전갈이 오고 있는 중일 것이다. 시간적으로 아슬아슬했다.

후작이 이 사실을 영지의 전갈로 알게 될 것인지, 자신들로부터 들을 것인지는 아직 알 수 없었다.

그것에 따라 대응 방식이 달라져야 하는데, 가능하면 자신의 입으로 들려주고 싶다고 레오는 생각했다. 그편이 즐겁기 때문이다.

"일단 홀에서 대기하고 계시면 폐하께서 부르실 것입니다. 그동안 홀에 있는 다른 귀족들과 인사를 나누십시오."

왕실의 관리는 여유있는 미소를 지으며 레오에게 이것저것 궁중의 관습과 예절에 대한 충고를 아끼지 않았다.

지방 귀족에 대한 장난 같은 것은 조금도 섞이지 않은, 정말로 레오를 위한 충고였다.

"알았소."

레오는 그의 선의를 느끼며 순순히 대답했다. 비록 그가 자신의 품에서 나오는 주머니에 관심이 있다고 해도 선의는 선의이다.

그러나 정작 그의 머리 속은 그런 궁중 예절이 들어갈 여유가 없었다. 스팔시온 후작을 적으로 지목한 순간부터 그는 후작을 상대할 방법만을 생각했다.

레오는 스스로를 잘 알고 있었는데, 자신은 다른 모든 것에 이상할 정도로 둔하고 오직 적을 상대로 싸우는 것에 대해서만 날카롭게 머리를 굴릴 줄 알았다.

그런 만큼 적어도 적을 치는 것에 대해서는 그 어떤 자에게도 뒤지고 싶지 않았다. 이번에도 마찬가지일 것이다.

그는 왕실 관리의 말을 귓전에서 흘리며 머리 속으로는 쉬지 않고 도둑 길드가 전해준 스팔시온 후작의 모든 정보를 분석하고 또 정리했다.

*　　　　*　　　　*

슈란 왕국의 왕성에서 귀족들이 왕의 부름을 기다리며 대기하는 곳은 상당히 큰 홀로, 군영전이라 불렸다.

이곳에서는 기본적으로 매일 약식 파티 같은 것을 하면서 왕의 알현 대상이 된 귀족들이 자신의 차례를 기다리곤 한다. 물론 알현이 잡혀 있지 않은 귀족들도 다른 이들과의 사교 차원에서 이곳에 모여 이런저런 이야기를 나누며 친분을 다졌다.

보통 왕과의 알현은 군영전에 대기한 귀족이 전용 알현실로 불려가서 이루어진다. 알현의 이유가 되는 일의 선후와 작위의 고저에 따라 한 명, 혹은 몇 명씩 왕과 면담을 하게 되는 것이다.

가끔씩은 왕이 직접 군영전으로 행차하여 모두가 보는 앞에서 일을 처리하는 경우도 있었다. 주로 오늘같이 귀족들의 작위 수여가 있는 날 중에서 비교적 비중이 큰 귀족의 경우가 대부분이다.

　물론 정식 직위를 가지고 있는 중앙 귀족들은 이미 점심 시간 직후 열린 어전 회의 때 왕과 같이 국정에 대한 논의를 끝냈다.

　오후의 시간부터 저녁때까지가 지방 귀족들을 위한 시간인 셈이다.

　그러나 오늘은 중앙 귀족들 중 제법 많은 사람들이 어전 회의가 끝난 다음에도 돌아가지 않고 이 군영전에 모여 있었다.

　이런 어수선한 시기에 강력한 무력을 보유하고 있는 무관 출신의 귀족은 그야말로 관심의 대상이라고 할 수 있는데, 지금의 레오와 가이안 영지가 바로 그랬다.

　그래서인지 오늘은 왕인 타카 2세가 직접 행차하여 레오에게 백작의 작위를 수여할 것이라고 한다.

　전쟁 영웅이 대접을 받는다는 것을 다른 귀족들에게도 보여주어야 하기 때문이다.

　레오는 지금 생전 얼굴도 한 번 보지 못한 여러 명의 정체를 알 수 없는 귀족들에게 둘러싸여 있었다. 그의 수하들은 옆방에 있는 휴게실에 대기하고 있었고, 오직 조카인 로엔만이 레오의 옆에 있었다.

　다른 귀족들은 레오가 조카인 로엔을 동반함으로써 자신이 형으로부터 정식으로 작위를 이어받았다는 것을 증명하려 한다고 생각하였지만, 사실 레오가 로엔과 같이 있는 이유는 간단했다.

　아직 궁중 예절에 능숙치 못한 레오를 로엔이 도와주고 있었다.

　어렸을 때부터 레오와는 달리 귀족 수업을 착실히 받아온 로엔은 궁중 예절에도 정통했다. 지금도 아무 생각 없이 대충대충 주변의 사람들과 인사를 나누는 레오와는 달리 극도로 긴장하며 레오가 실수를 하려고 하면 즉시 교묘하게 끼어들었다.

　새로 음료수를 따라준다든가 하는 행동을 하면서 그에게 충고를 하는 것이다.

그 덕분에 레오는 별다른 큰 실수를 하지 않고 다른 귀족들에게 약간 야성적인 젊은 무관 귀족의 이미지를 줄 수 있었다.

"하하하, 레오 경. 이미 나와 있었군."

드디어 나왔다! 스팔시온 후작이 웃으면서 레오에게 다가오자 주변의 귀족들은 얼른 한 걸음씩 물러나 정중하게 인사를 하며 자리를 만들었다.

"스팔시온 후작 각하를 뵙니다."

레오는 스팔시온 후작을 보며 가볍게 손을 들어 가슴에 댐으로써 후작에 대한 예의를 표했다. 그답지 않게 흠잡을 데 없는 인사였다.

그러나 스팔시온 후작은 그런 인사에 별로 기분이 좋지 않은 듯했다. 주변을 보면 귀족들 중 태반이 그에게 고개를 숙여 인사하는 것을 볼 수 있다.

그의 파벌들은 모두 저렇게 고개를 숙인다. 스스로 아랫사람이라는 것을 알리는 것이다. 그런데 레오는 그러지 않았다. 그것은 그가 아직 자신에게 귀속될 마음이 없다는 소리가 된다.

'아직 깨닫지 못하는 건가? 네놈의 미래는 내 손아귀에 있다는 것을.'

스팔시온 후작은 속으로 그렇게 생각하면서 다시 호탕하게 웃었다.

"하하하, 그래. 자네는 생각했던 것보다 좋아 보이는군. 패기도 있어 보이고. 친구인 구스타프 경의 아들인 자네가 이렇게 훌륭하니 어찌 기쁘지 않겠는가? 여러분, 오늘 이 젊은 무관의 영광된 미래를 위해 다 같이 축배를 듭시다. 레오 경의 영광을 위하여!"

"위하여!"

누구 말이라고 호응을 하지 않겠는가? 귀족들은 얼른 들고 있던 잔을 위로 올리며 위하여를 외쳤다.

스팔시온 후작은 보란 듯이 레오를 향해 잔을 들어 올렸다. 어떠냐? 나의 힘이? 네놈은 이미 나의 것이 되었다. 다른 자들과도 모두 이야기가 끝났으니 너에게는 더 이상 선택의 여지가 없다. 후작의 눈은 그렇게 말하고 있었다.

그러나 그런 후작을 보는 레오의 눈은 잔잔했다. 그 눈동자는 마치 차가운 겨울의 호수와도 같았는데, 너무나도 고요하여 보고 있으면 서늘한 기분이 느껴질 정도였다.

후작은 약간 당황했다. 어쩐지 기분이 더욱 나빠졌다. 그가 평생을 정치판에서 살아오면서 갈고 닦은 감각은 원인 모를 위험 신호를 보내고 있었다.

그러나 후작은 그 감각을 무시했다. 기껏해야 상대는 일개 자작이다. 이제 곧 백작이 되겠지만 그렇다고 해서 중앙에 아무런 인맥도 없는 시골뜨기 귀족임에는 변함이 없다.

자신이 그를 거두어 도움을 주고 또 그 대가를 받는 것은 아주 당연한 일이다. 후작은 결론을 내렸다.

'이 철모르는 애송이 귀족에게는 약간 더 노골적인 말이 어울릴지도 모르지. 생각했던 것 이상으로 둔한 놈인 것 같군. *쯔쯔쯔*.'

스팔시온 후작은 다른 귀족을 상대할 때처럼 은유적인 표현을 썼기 때문에 레오가 알아듣지 못하는 거라고 생각했다. 무리도 아닌 것이, 십 년간이나 떠돌이로 지냈다고 하지 않는가? 귀족의 대화법을 알 리가 없다.

"그런데 레오 경, 저번에 내가 말한 일은 어떻게 하기로 했나?"

"무슨 일 말입니까?"

"허, 그 차용증에 관한 일 말일세. 원래 이런 부채는 폐하께 정식으로 작위를 받기 전에 모두 깨끗하게 하는 것이 관례라네. 그렇게 하지 않았다가 나중에 폐하의 신하 둘이 서로 얼굴을 붉히게 되면 그야말로 불충이 아니겠나?"

돈을 갚아라, 아니면 나에게 충성을 맹세해라. 스팔시온 후작은 아예 처음부터 이렇게 말했으면 편했을 거라고 속으로 생각했다.

그런데 레오는 그의 말을 듣자 피식 하고 웃었다. 주변의 귀족들이 모두 보고 있는 상황에서 빚 독촉을 받는 것은 귀족으로서 참기 힘든 일이라는 것을 모르는 듯했다.

다른 귀족들 중 몇 명은 이미 이 일에 관한 소문을 들은 듯 숨을 죽이고 상황의 흐름을 지켜보았다.

삼십만 골드, 가이안 영지에 그런 자금이 있을 리가 없다. 그 정도의 금액이라면 그야말로 영지를 팔아야 할지도 모른다.

주변의 분위기를 갑자기 무겁게 가라앉았다. 한 귀족의 위기의 순간이 바로 눈앞에 나타났는데, 이것을 극복할 방법은 거의 없어 보였다.

그래도 레오는 웃었다. 그리고는 아무렇지도 않게 말했다.

"후작 각하의 그 차용증서는 가짜더군요. 저의 부친은 후작 각하께 돈을 빌리지 않았다는 것이 밝혀졌습니다. 죄송하지만 빌리지 않은 돈을 갚을 수는 없습니다."

"뭐라고!"

스팔시온 후작의 안색이 급격하게 변했다. 그의 얼굴에서 여유로운 웃음이 사라져 버렸다. 지금 레오가 한 말은 엄청난 말이다. 설마 이 정도까지 무식한 놈일 줄이야?

"자네는 지금 나를 모욕하고 있다는 것을 아는가?"

스팔시온 후작의 목소리는 마치 으르렁거리는 불독과도 같이 목에서부터 끓어오르고 있었다. 적어도 그가 이 순간부터 레오를 자신의 수하로 거둘 생각을 버린 것은 확실해 보였다.

사기꾼으로 몰렸다! 후작인 자신이! 그것도 모든 사람들이 보는 앞에서! 이보다 더 심한 모욕이 있을 수 있을까?

이 무례한 놈을 갈아 마셔도 시원치 않을 것이다.

"증거가 있습니다."

"증거? 하! 재미있군. 자네가 스스로의 말에 어떤 책임을 질 수 있는지 궁금하군."

어떤 증거가 나와도 소용없다. 차용증을 조사하자고 말한다면 그야말로 자살 행위이다. 조사해도 드러나지 않을뿐더러, 조사 자체도 하지 않을 것이다.

왜냐하면 조사도 안 한 상태에서 후작인 자신을 사기꾼으로 몰았기 때문이다. 죽여 버릴 것이다. 그리고 영지를 빼앗아 조각조각 나누어 자신에게 충성하는 자들에게 나누어주리라.

스팔시온 후작이 그렇게 생각하며 레오를 노려보는 동안 그는 소란이 일어난 순간부터 휴게실에서 나와 구석에서 대기하고 있는 발렌과 휴케바인에게 손짓을 했다.

그러자 휴케바인은 자신이 들고 있던 커다란 상자를 가볍게 들고 레오의 옆에 와서 섰다.

레오는 사람들에게 보란 듯이 그 관처럼 생긴 상자의 옆에 있는 자물쇠를 벗겨 뚜껑을 열었다.

털썩.

안에서 나온 것은 한 명의 남자였다. 삼십대 중반 정도의 남자, 차림새로 보아 귀족은 아니고 평민인 것 같았다. 그는 바로 레오가 잡아온 문장 위조사 밀러였다.

"아니? 상자 속에 사람이?"

가까이 있던 귀족 중 한 명이 놀라서 외쳤다. 다른 귀족들도 말은 하지 않았지만 뭔가 일이 재미있게 돌아가는 것을 눈치채고는 흥미로운 눈빛으로 그 남자를 보았다.

남자는 상자에서 나오자마자 자신의 바로 앞에 버티고 서 있는 레오를 보았다. 그러자 그는 급히 무릎을 꿇으며 레오의 다리를 잡고 사정하기 시작했다.

"살려주십시오! 제발 살려주십시오!"

레오는 그런 밀러를 보며 더없이 차가운 목소리로 말했다.

"우리 가문의 문장을 위조하고 필적을 흉내 내어 가짜 차용증을 만든 네가 살아날 수 있을 것 같으냐?"

"후작께서 시키신 일입니다. 하지 않았다면 저는 죽었을 것입니다. 제발 자비를 베풀어주십시오."

"네놈이!"

퍽.

"커헉!"

밀러는 한참 정신없이 빌고 있는데 갑자기 뒤에서 누군가가 자신의 등을 발로 차자 비명을 지르며 앞으로 굴렀다. 그리고는 급히 일어나서 자신을 찬 자를 확인하고는 얼굴이 창백해졌다.

"후, 후작님."

"네놈이 감히 나를 모함하다니? 레오 경, 자네가 이런 치사한 음모를 꾸밀 줄은 몰랐군. 이런 더러운 평민을 하나 매수했다고 진실이 흐려질 것 같은가? 내 이 일을 폐하께 알려 정식으로 재판을 받도록 하겠네."

과연 스팔시온 후작은 노련했다. 밀러가 나타나는 순간에만 해도 크게 놀라 몸이 굳었던 그는 밀러가 자신의 음모를 밝히자마자 급히 마음을 냉정하게 가라앉히고 도리어 더욱 노여운 얼굴로 레오를 추궁했다.

어떻게 밀러가 이곳에 나타났는지는 나중에 생각해도 된다. 급한 것은 밀러의 존재를 레오가 만들어냈다고 우기는 것이다. 자신의 힘이면 재판을 할 경우 틀림없이 그렇게 된다. 그리고 이 발칙한 놈을 끝장낼 수 있는 것이다.

"아, 아, 아."

밀러는 후작이 자신을 모른다고 딱 잡아떼는 것을 보고 할 말이 없는 듯 입만 벌렸다.

그는 자신이 버림받은 것을 알았다. 이제 일이 어떻게 되든 살아남을 가능성은 없어진 셈이다. 그러나 그는 살고 싶었다. 정말로 아직은 죽고 싶지 않았다.

그는 갑자기 휙 하고 고개를 돌려 레오를 보았다. 레오는 무표정한 눈으로 밀러를 보고 있었다.

차가웠다. 인간이라고 생각하기 힘들 정도로 감정을 알 수 없는 눈이었다. 그러나 그 눈동자 속에는 속임수가 없었다. 밀러는 이를 악물고는 두 다리에 힘을 주어 벌떡 일어났다.

그리고 후작을 보며 외쳤다.

"그대가 아무리 부인해도 소용없습니다. 나는 레오 경께 증언을 하겠다고 맹세했고, 그 증언의 내용은 그대가 가짜 차용증서를 나를 통해 만들어 그것으로 레오 경을 속이려 했다는 것입니다. 이것은 진실입니다. 절대로 변할 수 없는 진실입니다!"

밀러는 결정했다. 레오에게 걸기로!

그는 뭔가 달랐다. 만약 레오의 자비를 얻을 수만 있다면 살 수 있다는 느낌이 들었다. 그리고 그것이 지금 자신이 살아남을 수 있는 유일한 길이라고 생각했다.

밀러는 가장 섬세한 자신의 감각을 믿기로 했다.

"네, 네놈 같은 천한 놈이 나를 속이려 하다니! 델몬 경! 파잔 경! 이 자를 잡아라. 이 간악한 사기꾼을 내가 직접 고문하여 진실을 밝혀내겠다."

스팔시온 후작은 정말로 이성을 잃을 정도로 화가 나서 큰 목소리로 외쳤다. 천한 자가 자신을 배신하려 하다니? 자신에게 자비를 구하지 않고 애송이 시골 귀족의 편을 들다니? 믿을 수 없는 일이었다.

그리고 그 순간 그 분노의 목소리에 뒤쪽에서 두 기사가 뛰어왔다. 스팔시온 후작을 호위하는 기사들이었다.

"어허, 레오 경의 허락 없이는 아무도 이놈에게 손을 댈 수 없소."

휴케바인이 걸음을 옮겨 밀러의 앞을 막으며 그렇게 말했다. 거구인 그의 몸으로부터 강렬한 기세가 뿜어져 나와 그들을 위협했다.

"으음, 대단하군."

상대는 가이안의 거인 기사 휴케바인이다. 전장에서 실전으로 이름을 알린 자이다. 재앙을 부르는 까마귀라는 특이한 이름의 뜻처럼 적을 공포로 몰아붙인 기사!

델몬과 파잔은 급히 자세를 잡고 허리에 있는 검을 잡아 언제라도 뽑을 준비를 했다.

그러나 이곳은 왕궁, 함부로 검을 뽑을 수는 없다. 그들은 어떻게 해야 할지 판단이 안 서는 듯 스팔시온 후작을 보았다.

그때 레오가 말했다.

"밀러를 모르겠다고? 그럼 이자는 어떤가, 후작?"

이미 후작을 상대로 반말을 하기 시작했다. 스팔시온 후작의 얼굴이 분노로 더 이상 진해질 수 없을 정도로 붉어졌다.

레오는 그런 후작을 무시하고 발렌이 들고 있는 상자의 뚜껑을 열어 그 안에서 하나의 물건을 꺼냈다. 그것은 사람의 머리였다. 소금에 절인 머리는 이틀이 지난 지금까지 전혀 손상되지 않고 죽을 때의 모습을 유지하고 있었다.

"허억!"

둘의 대화를 숨죽이며 주시하던 귀족들 사이에 탄식 같은 비명이 퍼졌다. 전쟁이 왕국을 쓸고 지날 때에도 전장과 멀리 떨어져 살던 몇몇 귀족은 치밀어오는 구토를 억지로 참아야 했다.

레오는 머리카락을 잡아서 그대로 들어 올려 얼굴이 보이도록 후작에게 내밀며 말했다. 그의 목소리는 악마의 울부짖음과도 같이 사람들의 가슴속을 파고들어 기묘한 파동을 만들었다.

"밀러가 숨어 있던 집을 지키던 자다. 이자도 모르는가?"

"베그달!"

후작은 비명을 질렀다. 틀림없이 자신의 큰아들의 머리였다. 아들의 죽음을 돌연 목격한 그는 더 이상 정치적인 생각을 할 여유가 없었다.

"네놈, 네놈이! 내 아들을 죽이다니!"

"나는 이 위조범을 지키는 자들을 죽였을 뿐이다. 그런데 그게 그대의 아들이더군. 밀러는 자네의 수하이고 차용증서는 위조된 것이다.
맞는가?”

“으으으, 네놈! 네놈이!”

챙, 챙, 챙.

스팔시온 후작이 참지 못하고 검을 뽑자 그의 호위 기사들인 델몬과
파잔도 즉시 검을 뽑았다.

그에 대응하여 휴케바인과 발렌도 검을 뽑으려 했다. 그러나 레오는
자신의 부하들을 막았다. 그리고는 손에 들고 있던 베그달의 머리를
후작 쪽으로 던지고는 팔짱을 끼면서 비웃듯 말했다.

“받아라. 나에게는 별로 쓸모가 없는 머리지만 그대에게는 아직 소
중한 것일지도 모르겠군.”

스팔시온 후작은 얼떨결에 날아든 베그달의 머리를 받아 들었고 일
순 무게에 휘청이며 뒤로 한 걸음을 물러났다.

생명의 잃은 아들의 머리가 그의 품에 안겨 있다!

그의 슬픔과 분노는 극에 달했다.

모두가 숨죽인 가운데 갑자기 스팔시온 후작은 이성을 잃은 듯한 웃
음소리가 군영전 안에 울려 퍼졌다.

“크ㅎㅎㅎ, 으ㅎㅎㅎㅎ, 후하하하하하!”

웃음소리 같기도 하고 흐느낌 같던 소리가 한동안 계속되었다. 한참
을 웃던 스팔시온 후작의 웃음이 거짓말처럼 뚝 멈췄다.

“하아, 하아.”

숨을 고르는 듯 잠시 가쁜 숨소리를 내던 스팔시온 후작은 어느 순
간 허리를 곧게 펴고 말했다. 팔짱을 끼고 구경하듯이 바라보던 레오
를 향해서였다.

"좋다. 네놈이 그렇게까지 할 줄을 몰랐다. 내가 졌다. 솔직히 시인하지. 그 차용증서는 위조한 것이 맞다."

웅성웅성.

주변의 귀족들은 후작이 잘못을 시인하자 서로 옆 사람의 얼굴을 보며 뭐라고 중얼거리기 시작했다.

왕국 내에서도 다섯 손가락 안에 드는 대귀족인 스팔시온 후작이 미친개에게 물려 후계자인 아들을 잃은 것이다.

그리고 이제부터는 모든 것을 각오한 스팔시온 후작의 복수가 시작될 것이 틀림없었다. 그들은 군영전 내부에 팽팽하게 차오르는 후작의 살기에 가볍게 몸을 떨며 조심스럽게 구경을 계속했다.

살기가 팽배한 홀 안에서 레오는 자신을 죽일 듯이 노려보는 스팔시온 후작을 보았다. 이제부터 이자가 할 만한 짓은 뻔하다.

발렌이나 유스가 우려했던 것처럼 귀족의 작위는 절대적인 것이다. 특히 후작이나 공작은 왕도 함부로 할 수 없을 정도의 힘을 지니고 있다.

이제는 아무도 레오의 앞에서 작위를 내세우지 않지만 처음부터 그랬던 것은 아니다. 과거 세상에 나가 명성을 얻기 시작했을 때에는 수많은 상대가 작위로 자신을 누르려 했었다.

그런 자들에게 레오가 보여준 것은 단 하나, 검으로 목을 베면 작위와 상관없이 모두 죽는다는 것이었다.

그것이 후작이든 공작이든, 혹은 왕이든.

"네놈은 감히 후작인 나의 영지에 침입하여 왕족을 죽였다. 네 스스로 시인했으니 부인할 수는 없을 것이다!"

스팔시온 후작은 모두에게 들으라는 듯이 크게 외쳤다.

그의 말은 진실이었다. 스팔시온 후작은 왕과 육촌 관계, 그러므로 그의 아들도 왕의 직계 혈족이라고 할 수 있었다.

어떤 이유로든 왕족을 사사로이 죽이면 그것은 반역죄에 해당한다.

"……."

레오는 침묵했다. 예상했던 대로이다. 발렌이 그토록 간곡하게 베그달을 놔주고 일을 무마하자고 한 이유가 여기에 있었다.

"네놈은 반역자다! 근위 기사들은 무엇을 하는가? 이 반역자를 즉시 체포하라. 내가 폐하께 진상을 알리고 직접 이 반역자의 영지를 치겠다."

쩌렁쩌렁하게 울리는 스팔시온 후작의 목소리에 대전 주변에서 경비를 서고 있던 근위 기사들이 달려왔다.

그들 역시 상황을 보고 있었지만, 이 일이 처음에 누가 잘못한 것인가 와는 관계없이 지금 자신들이 체포해야 할 대상은 레오라고 판단했다.

말하자면 레오라는 지방 귀족은 억울한 일을 당하자 자살하듯 일을 확대한 것인데, 그것이 너무나도 심했다. 상식적으로 말이 안 될 정도로!

근위 기사 중 한 명이 나와서 레오에게 말했다.

"레오 경, 경을 체포하겠소. 무단으로 후작령을 공격한 것과 왕족을 살해한 혐의요."

'과연 이렇게 되는군.'

레오는 다른 사람은 느끼지 못할 정도로 미미하게 고개를 끄덕였다.

그렇다면 자신도 생각대로 해야 할 것이다. 자신은 아직 왕에게 충성을 맹세하지 않았다. 왕국이 자신을 적대한다면 왕국을 상대로 싸울 뿐이다.

레오는 의연하게 서서 근위 기사들이 자신을 둘러싸는 것을 보고만 있었다. 옆에 있던 로엔이 레오의 손을 꾹 잡았다. 그는 적어도 이런 일을 생각해 보지 못한 것 같았다.

발렌과 휴케바인은 레오의 양 옆에서 보호하듯 막고는 있지만 차마 무기를 뽑아 근위 기사들에게 대항하지는 못했다.

레오는 혼자서 근위 기사들을 다 처리할까 아니면 발렌과 휴케바인에게 기회를 줄까 하고 잠시 고민했다.

힘을 보여주고 따르게 할 것인가? 아니면 시험하듯 명령을 내릴 것인가? 그러나 곧 생각을 바꾸었다. 발렌과 휴케바인은 자신의 수하이고, 충성을 맹세한 기사들이다.

'수하를 의심하는 것은 별로 좋지 못하지. 일단 후작을 베고 나서 내키는 대로 하는 게 좋겠군.'

레오는 생각을 굳히고 천천히 검을 잡아갔다. 근위 기사들이 그 모습을 보고는 긴장을 하며 한 걸음씩 물러나 스스로의 무기를 잡았다.

군영전에서 피바람이 일어나려 하고 있었다. 다른 귀족들은 놀란 눈으로 대전의 구석으로 몸을 피한 채 이 일촉즉발의 순간에서 시선을 떼지 못하고 있었다.

일촉즉발의 순간, 갑자기 문 저쪽에서 누군가의 목소리가 들려왔다.

"국왕 폐하께서 들어가십니다!"

궁 내부원의 목소리였다.

사람들은 급히 왕이 나오는 출구 쪽으로 시선을 돌렸다. 레오 일행을 포위했던 근위 기사들도 얼른 물러나 예를 취한 채 왕의 출현을 기다렸다.

스팔시온 후작도 예외는 아니었다. 대전 한가운데에는 레오 일행만이 남았다.

"어떻게 할까요? 도망을 치려면 지금입니다."

휴케바인이 작은 목소리로 레오에게 속삭였다. 근위 기사들의 포위가 풀렸다. 이 순간 왕궁 밖으로 탈출하려 한다면 가능은 할 것이다.

"하지만 그러면 정말로 반역자로 몰릴 것입니다."

발렌이 다시 말했다. 그는 비장한 얼굴을 하고 있었다. 도망을 가지 않는다고 해도 반역죄를 벗어날 것 같지는 않았지만, 적어도 도망을 가면 스스로 죄를 시인하는 것이나 마찬가지이다.

"도망은 가지 않는다."

레오는 말했다. 그는 여전히 차분해 보였다. 로엔과 발렌, 그리고 휴케바인은 조용히 레오의 옆에 버티고 선 채 당당한 모습을 보이려 했다.

이윽고 슈란 왕국의 국왕인 타카 2세가 나타났다.

두 명의 궁중 마법사와 여덟 명의 로얄 가드가 그의 뒤를 따르고 있었다. 근위 기사들 중 뛰어난 자들만 가려 임명한 서른여섯 명의 상급 기사가 바로 로얄 가드이다.

그리고 로얄 가드 중 가장 앞에 있는 자는 로얄 가드의 수장인 바로크 백작이었다.

왕국 최강자를 의미하는 프라임 나이트의 칭호를 가진 자! 대륙을 통틀어서 열두 명밖에 없다고 하는 마스터! 오라를 발현하여 물리력을 행사할 수 있는 경지를 뜻하는 마스터와 그렇지 못한 자들과는 절대로 넘지 못할 차이의 벽이 있다고 한다.

"무슨 일이냐? 감히 이 왕궁에서 살기를 흘리다니?"

일단 왕좌로 가서 앉은 타카 2세는 주변을 한 번 둘러보고는 크게 노한 목소리로 대전이 울리도록 크게 고함을 쳤다. 과연 야심 많고 패기에 찬 왕답게 기운이 충만한 목소리였다.

군영전이 소란스럽다는 보고를 받자마자 그는 로얄 가드들을 이끌고 이곳으로 왔다. 왕의 궁에서 좋지 않은 소란이 일어나면 자신의 체면이 손상되기 때문에 이 일은 결코 가볍게 넘길 수 없었다.

사십대 중반의 타카 2세는 전쟁에서 부상을 당했다고 했지만, 여전히 피부색이 붉고 짧게 깎은 머리카락과 수염이 마치 전선에서 싸우고 있는 무장과도 같은 박력을 보이고 있었다.

"폐하! 저자입니다. 저자가 감히 저의 영지를 침입해 제 장자를 살해했습니다. 폐하의 조카인 베그달을 무참히 살해하고 그 머리를 저에게 던졌습니다!"

스팔시온 후작은 급히 타카 2세의 앞에 무릎을 꿇고 비통한 목소리로 사정을 말했다. 그러면서 그는 떨리는 손으로 자신이 들고 있던 베그달의 머리를 앞으로 내밀었다.

타카 2세는 놀란 표정으로 잘린 머리의 얼굴을 자세히 살펴보았다.

"과연 경의 아들이 틀림없군. 내 얼굴을 기억하고 있지."

그리고는 레오에게 시선을 돌려 엄한 눈으로 노려보며 물었다.

"그대는 어찌하여 그런 일을 벌였지? 그대는 반역죄가 두렵지 않은가? 짐에 대한 충성심이 없는가?"

왕은 노골적으로 레오에게 반역의 의사를 물었다.

꿀꺽.

누군가가 참지 못하고 침을 삼키는 소리가 들렸다. 그 누구도 감히 입을 열어 말하지 못했다.

레오는 타카 2세를 보았다. 무표정한 얼굴이었다. 그러나 그는 내심 곤란해하고 있었다. 타카 2세가 자신에게 이렇게 노골적으로 물었으니 대답을 해야 했다.

그런데 그게 왠지 변명을 하는 것 같아 기분이 나빴다.

"스팔시온 후작이 아버님과 형님의 이름과 문장을 도용하여 본인을 속이려 했습니다."

"문장을 도용? 위조를 했다는 뜻인가?"

"그렇습니다. 저는 후작의 집에 있는 위조 전문가를 데려왔습니다. 여기 있는 밀러란 자입니다."

딸꾹.

밀러는 구석에서 가능한 한 눈에 띄지 않게 웅크리고 있다가 레오가 자신을 가리키자 놀라서 딸꾹질을 했다. 평민 출신인 그가 국왕의 시선을 감당해 낼 리가 없었다.

밀러는 지금 자신이 죽었는지 살았는지도 모르겠다는 얼굴로 벌벌 떨었다.

타카 2세는 차가운 눈으로 스팔시온을 보았다. 문장 위조는 정말로 귀족답지 않은 파렴치한 짓이라고 할 수 있었다. 죄를 따지기 전에 경멸의 감정이 드는 것이 당연했다.

국왕의 경멸 어린 시선을 받은 스팔시온 후작은 레오를 노려보며 이를 갈았다. 자신이 이런 수모를 당하게 될 줄은 꿈에도 생각하지 못했다. 하지만 이미 이렇게까지 된 이상 잃을 것은 이미 다 잃은 셈이다.

"제가 잘못한 것은 차후에 재판으로 죄를 달게 받겠습니다. 하지만 저자가 행한 일은 그야말로 저를 모독하고 반역의 죄까지 범한 것이니, 폐하께서는 저자를 체포하고 소신이 저자의 영지를 치는 것을 허락해 주십시오."

　문장 위조는 체면상으론 심각한 문제가 되기는 하지만 죄 자체는 그렇게 무겁지 않다. 사기죄에 해당하는데, 이것은 재판을 받고 벌금을 물면 끝나는 일이다.

　그나마 후작의 작위는 웬만한 죄에 대해 면책 특권을 가지고 있었다. 만약 그 범위에 들지 않아 면책이 안 된다고 해도 가이안 자작을 털면 벌금 정도는 나오지 않겠는가? 이미 수모는 당할 데로 당한 스팔시온 후작으로서는 무서울 것이 없었다.

　"흐음, 과연 그렇게 된 것이군."

　타카 2세는 알았다는 듯이 고개를 끄덕였다. 사정을 모두 들어보니 레오의 심정도 알 것 같았다. 그러나 법으로 따지자면 후작의 말이 옳았다.

　왕국의 법은 기본적으로 귀족에게 유리하게 되어 있고, 그중에서도 고위 귀족에게는 가지가지 특권이 주어지게 되어 있다. 그렇지 않다면 귀족들이 왜 왕에게 충성을 맹세하겠는가?

　타카 2세는 신중하게 생각했다.

　둘 중 하나를 버려야 한다.

　만약 자신이 후작의 편을 들지 않는다면 차후 북부 귀족들의 적극적인 충성은 기대할 수가 없게 될 것이다.

　반대로 저 무모한 젊은 귀족을 버린다면? 그 또한 좋지 않다. 지금 이 자리에 있는 지방 귀족들에 의해 왕국 내의 하급 귀족들에게 이 사실이 알려질 것은 분명하다.

　후작의 청을 받아들여 레오를 벌하는 것은 파장을 일으킬 것이 뻔했다. 그들은 명예를 위해 죽음을 두려워하지 않고 일을 벌인 젊은이를 칭송할 것이며, 먼저 파렴치한 행위를 하고도 멀쩡한 후작을 욕할 것이다.

과거 왕으로서의 수업을 받을 때, 하급 귀족이 상급 귀족을 욕하기 시작하면 왕국의 힘이 약해진다고 배웠다. 그렇다고 왕국의 실세인 후작의 주장을 무시하는 것도 좋은 결정이라고 할 수는 없었다.

이러한 이유로 타카 2세는 쉽게 판결을 내리지 못하였다.

그때 타카 2세의 옆에 서 있던 바로크 백작이 그의 귀에 대고 속삭였다.

"저 레오라는 자의 기세가 이상합니다."

타카 2세는 놀란 눈으로 바로크 백작을 보았다. 자신이 신뢰하는 자다. 왕국 최고의 기사, 그가 하는 말을 무시할 생각은 없다.

타카 2세는 눈으로 설명을 요구했다. 그러자 바로크 백작은 다시 왕의 귀에 대고 왕 이외에는 아무도 들을 수 없게 말했다.

"소신은 그의 기를 전혀 느낄 수 없습니다. 그야말로 평생 무공 수련을 전혀 안 한 평민과도 같이 느껴집니다. 그러나 그런 자가 스팔시온 후작의 저택에 침입해서 문장 위조사를 빼온다는 것은 말이 안 됩니다."

"으음."

타카 2세는 바로크 백작이 말하는 의미를 깨달았다. 마스터인 바로크 백작이 실력을 가늠할 수 없다! 그게 가능한가?

'어쩌면 마법으로 기를 숨기고 있을지도 모르지.'

타카 2세는 궁중 마법사를 보며 손짓을 했다.

'마법사인가?'

미리 약속된 신호, 상대에게 마법적인 기운이 느껴지면 마법사는 즉시 왕에게 주의를 준다. 마법사라는 것은 상황에 따라서 훌륭한 자객이 되기도 하기 때문이다.

두 명의 궁중 마법사는 동시에 가볍게 고개를 저었다. 마법적인 기운이 전혀 느껴지지 않는다는 뜻이었다.

"흠, 과연! 그렇다는 말이지?"

타카 2세는 다시 레오를 보았다. 당당한 자세, 젊은 패기, 그러면서도 이유를 알 수 없는 여유, 왕은 문득 레오가 마음에 드는 자신을 느꼈다.

그러고 보니 그의 형이라는 전대 영주도 저런 앞뒤를 가리지 않는 성격이었던 것 같다.

"폐하! 어서 명을 내려주십시오. 저자는 폐하의 조카를 죽인 자입니다!"

스팔시온 후작이 참지 못하고 왕을 재촉했다.

타카 2세는 그를 보았다. 돌연 짜증이 치밀어 올랐다.

'뻔뻔스러운 놈, 문장을 위조해서 이익을 취하려 하다니.'

솔직히 말해서 타카 2세는 스팔시온 후작을 별로 좋아하지 않았다.

왕은 개인의 감정으로 국정을 처리해서는 안 된다. 항상 모든 것의 위에 서서 냉정하게 손익을 따져야 왕으로서 군림할 수가 있다.

하지만 이처럼 이래저래 탈이 난다면 모처럼 왕이 아닌 자신의 기분대로 일을 처리해도 되지 않겠는가?

타카 2세는 결심을 굳히고 손에 든 왕의 지휘봉으로 왕좌의 손잡이를 탕탕 하고 두 번 두드렸다. 판결을 하겠다는 신호이다.

"왕국의 신성한 법으로 따지면 스팔시온 후작의 잘못은 재판으로, 레오 경의 경우는 즉시 체포하여 감금하고 반역죄로 다스려야 함이 옳다."

"현명하신 처사이십니다!"

스팔시온 후작이 즉시 고개를 숙이며 대답했다. 그의 두 눈에서 복수의 불길이 화려하게 불타오르고 있었다.

가이안 영지 전체를 빠짐없이 약탈하여 죽은 아들의 원혼을 달래고 싶었다. 잡힌 레오에게 직접 고문을 가하면서 너의 가문과 영지는 끝이라고 조롱하고 싶었다.

그는 당장이라도 레오의 목숨을 뜻대로 할 수 있으리라 생각하고는 이를 갈며 다짐했다.

'내 결코 쉽게 죽여주지는 않을 것이다. 아주 죽여 달라고 애원하게 만들어주지!'

웅성웅성.

주변의 귀족들은 자신들의 의견을 친한 사람들과 속삭였다. 레오라는 자가 무모한 짓을 했으니 어쩔 수 없다는 의견도 있었고, 그래도 후작의 횡포는 너무하다는 말도 있었다.

탕.

타카 2세의 지휘봉이 다시 왕좌의 옆을 두드렸다. 모든 귀족들이 입을 다물었다. 왕의 판결은 아직 끝나지 않은 것이다.

"그러나 짐은 가이안의 전대 영주인 다인 자작이 짐과 왕국을 위해 목숨을 던진 것을 잊지 않았다. 짐에 대한 충성으로 죽은 자의 후계자를 짐이 벌한다면 그 누가 다시 짐을 구하려 하겠는가?"

타카 2세는 그렇게 말하며 주변의 귀족들을 돌아보았다.

자신이 부상당하고 왕국의 군대가 위기에 빠졌을 때 다인 자작이 나서지 않았다면, 추적군에 의해 본대가 큰 손실을 당했을 것이다.

이 자리에 있는 귀족들의 태반은 죽었을 것이고, 절반밖에 안 되는 군사력으로는 적국의 침략에 방어할 능력도 없어 결국 망했을지도 모른다.

타카 2세는 다시 한 번 다짐하듯 강렬한 눈빛으로 좌중을 둘러본 후 최후의 판결을 공표했다.

"이렇게 하도록 하지. 다인 자작이 짐에게 보인 충성과 공의 일부를 베그달의 생명으로 대신하겠다. 원래 짐은 레오 경에게 백작의 작위를 수여하고 충분한 영지와 상금을 내리려 했지만, 그가 이번에 한 일의 책임을 물어 상금은 취소하도록 하겠다. 베그달은 짐을 위해 죽은 것으로 하여 작위를 올리고 레오 경에게 내리려고 했던 삼십만 골드의 상금을 베그달 경에게 대신 주도록 하겠다."

"폐하!"

스팔시온 후작은 찢어질 것 같은 비명을 질렀다. 복수를 확신하며 비뚤어진 희열에 빛나던 그의 두 눈은 배신당한 사람의 그것처럼 당혹과 분노로 얼룩져 있었다.

타카 2세는 다시 말했다.

"그대가 원한 것은 삼십만 골드의 금액이라고 했다. 그러니 이것으로 참도록 하게. 후작, 다인 경은 짐뿐만 아니라 그대의 생명도 구한 것이다."

"크윽."

스팔시온 후작은 타카 2세의 차가운 말에 대답을 할 수 없었다. 이론적으로 왕의 판결은 말이 된다. 방금 전 자신이 주장했던 것처럼 왕은 법에 따라 그에게 충분한 보상을 한 셈이다.

하지만 그걸로 만족할 수는 없다. 이렇게 되면 결국 자신은 완벽하게 체면을 구기고, 레오란 놈은 보란 듯이 백작의 작위를 수여받아 자신의 영지로 귀환하지 않겠는가?

자신의 아들을 죽인 자가 그것을 명예로 삼지 않겠는가?

한편 레오는 담담한 표정으로 왕의 판결을 듣고 있었다. 옆에서 발렌과 휴케바인, 그리고 조카인 로엔이 감격한 표정을 지으며 왕을 보고 있었지만 레오는 오히려 속으로 한숨을 쉬었다.

'예상 외로군. 일이 복잡하게 되었는데?'

그의 생각과는 많이 다른 결과였다. 타카 2세가 예상했던 것과는 다르게 자신의 편을 들었다.

사실 부친이나 형은 어떤 상황에서도 관계가 바뀌지 않는다. 하지만 왕은 다르다. 레오는 아직 왕에게 충성의 맹세를 하지 않았고, 왕에게 그 어떤 빚도 없었다.

스팔시온 후작이 자신을 속이려 했을 때 레오는 이런 상황을 생각했다.

그리고 그는 왕이 스팔시온 후작의 편을 들어 자신을 반역자로 지목하리라고 생각했다. 그것이 일반적인 왕의 판결이었기 때문이다.

그것으로 모든 것은 정리된다.

왕궁을 쓸어버리고 영지로 돌아가 미리 조사한 것에 따라 주변 영지를 하나씩 통합한다. 늦어도 이 년 안에 자신의 왕국을 세울 수 있다고 판단했다.

레오는 지금 자신의 위에 아무도 없다고 생각했고, 유일하게 윗사람이 될 수 있는 왕도 자신을 버릴 것 같은 느낌이 들었기 때문에 형의 유언에 따라 영지를 최대한 키우기로 했다.

바로 왕국을 세우기로 결심한 것이다.

그러나 지금 상황이 변해 버렸다. 타카 2세는 아버지 때부터 왕이었고, 아버지와 형이 충성을 맹세한 대상이다. 그가 자신을 버리지 않는 이상 자신이 그를 버릴 수는 없다.

'이렇게 되면 이 왕을 위해 일해야 하는 건가?'

그는 일단 자신의 야망을 접고 다른 쪽으로 생각하기로 했다. 타카 2세는 여전히 왕이고, 자신은 신하이다. 가이안은 슈란 왕국의 영지이다. 아버지 구스타프가 살아 있었다면, 자신은 좋든 싫든 간에 왕에게 충성을 맹세해야 했을 것이다.

결국 이건 아버지의 뜻이라고 할 수 있었다.

벗어날 수 없다면 오히려 충실하게 따르는 것이 좋다. 타카 2세를 도와 슈란 왕국을 키우고 그럼으로써 가이안도 커야 한다.

'이것도 나쁘진 않지. 아직 나의 위에 한 명이 남아 있는 것이 어쩌면 다행일지도.'

레오는 문득 그런 생각이 들었다. 어째서 그런지는 알 수 없지만 안심이 되는 것 같았다.

❖ Chap 6 ❖
대천사 결투

타카 2세의 판결은 가히 충격적인 선언이라 할 수 있었다.

"와아아아!"

"국왕 폐하 만세!"

타카 2세의 말이 끝나기가 무섭게 스팔시온 후작의 영향 아래에 있지 않은 다른 귀족들은 일제히 만세를 부르며 환호했다. 그들은 너나 할 것 없이 현명하고 자비로운 왕의 처사를 칭송했다.

이러한 행동은 스팔시온 후작이 물먹은 것을 대놓고 기뻐한다는 의미를 포함했다.

이에 그치지 않고 귀족의 명예를 더럽히고 문장을 위조한 그를 노골적으로 비웃는 음성들이 여기저기서 튀어나왔다.

한 사람이나 두 사람만 그런다면 뒤가 두렵겠지만, 모두가 그런 만큼 후작의 분노를 걱정할 필요가 없었다.

스팔시온 후작은 그야말로 날벼락을 맞은 셈이다. 그의 얼굴이 붉어졌다가 파래졌다. 지금이라도 머리에 끓어오른 피로 인해 쓰러질 정도였다.

스팔시온은 화가 지나쳐 혼미해지는 정신을 억지로 수습하며 이를 악물었다. 이대로 끝낼 수는 없었다.

"폐하의 명이라면 따르겠습니다. 저자가 제 영지에 침입한 것도 모두 잊도록 하지요. 하지만 폐하! 현재 저자는 살아 있고, 제 아들은 죽었습니다."

스팔시온 후작은 평소에는 결코 왕에게 보이지 않았던 차가운 얼굴로 그렇게 말했다.

그에 따라 타카 2세의 얼굴도 차갑게 변했다.

"그래서 후작은 짐의 판결에 불복하겠다는 것인가?"

"그렇지는 않습니다. 왕법으로 저자가 무죄가 되었다는 것을 인정합니다. 하지만 개인적인 원한은 남았습니다. 저는 개인적인 원한을 명예롭게 풀기 위해 레오 자작에게 대전사 결투를 신청하겠습니다. 허락해 주십시오."

"대전사 결투! 과연 그것이 그대의 뜻인가?"

타카 2세는 스팔시온 후작의 의향을 알았다는 듯 고개를 끄덕였다. 그리고는 레오를 보고 물었다.

"후작이 그대에게 결투를 신청하겠다고 하는군. 그대는 받아들이겠는가?"

"대전사 결투라, 재미있군요."

레오는 그렇게 답하며 스팔시온 후작을 보았다. 그리고 때마침 자신을 보고 있던 후작과 눈이 마주치자 가볍게 미소를 지어 보였다.

스팔시온 후작의 눈이 분노로 타올랐다.

찢어 죽여도 시원치 않을 이 애송이는 감히 대놓고 자신을 비웃고 있었다.

귀족들 사이에 갈등이 생길 경우 이를 해소하기 위한 방법으로는 크게 세 가지가 있다.

가장 일반적인 것은 재판, 왕궁에 재판 신청서를 내서 판결을 받는 방법이다.

이 경우 주로 국법에 따라 판결이 나며, 그 결과는 서류를 통한 정식 사과부터 벌금까지 다양하다.

가장 온화한 방법이라고 할 수 있다.

반대로 가장 과격한 방법은 역시 영지전이다. 영지전은 말 그대로 영지 간의 전쟁을 의미한다. 영지의 사병을 이끌고 상대의 영지를 쳐서 점령하는 것이다.

승자는 패자를 잡아 목을 치든 자신의 영지로 데려가 감옥에 가두든 마음대로이다.

그러나 이것은 왕의 명으로 인해 금지된 상태다. 국력의 소진을 막기 위한 엄한 왕명으로, 일단 영지전을 벌인 자는 무조건 반역에 가까운 중죄에 해당한다.

스팔시온 후작이 판결 전에 생각했던 것은 정식으로 왕에게 허락을 받아 영지를 치는 것이었다. 이 경우 당연히 죄가 되지 않으며, 주로 일부 대귀족들에게만 허용되는 일종의 특혜라고 할 수 있다. 물론 국왕의 판결이 난 지금 영지전을 주장하는 것은 정면으로 불복함을 의미하기 때문에 불가능했다.

이 두 가지 방법 외에 그 중간에 해당하는 것이 바로 스팔시온 후작이 주장한 대전사 결투이다.

사실 명예와 원한이라는 것은 쉽게 이성적으로만 따질 수 없는 괴물이기 때문에 살다 보면 상대를 어떻게든 벌하고 싶어 하는 경우가 생긴다.

그때 행하여지는 것이 바로 대전사 결투인데, 귀족 스스로가 목숨을 걸고 결투를 하는 것이 아니라 서로 자신의 수하 중 뛰어난 자를 싸우게 하는 것이다.

슈란 왕국에서는 전통적으로 다섯 명에 의한 대전사 결투를 인정하고 있었다. 양측에서 각자 다섯 명의 대표가 나와 서로 싸워 그중 3승을 먼저 낸 측이 이기게 된다. 단지 이기는 것이 문제가 아니라 이긴 측은 미리 약속된 바에 따라 상당한 권한을 가질 수 있다.

이런 결투 방식이라면 한 사람이 강하다고 해도 다른 네 명이 약하면 이길 수 없다. 때문에 이 결투도 역시 세력적으로 뛰어난 상급 귀족에게 유리하게 되어 있는 것은 변함이 없다.

인생은 결코 평등하지 않은 것이다.

특히 스팔시온 후작의 경우, 북부 귀족들의 수장이나 다름없기 때문에 북부에 있는 무장들 중 강한 자를 모아 결투에 임할 것이 틀림없었다.

아무리 가이안 영지의 무력이 왕국 중에 알려졌다고 해도 이길 가능성은 그다지 많다고 볼 수 없었다.

그러나 레오는 스팔시온 후작을 보며 순순히 고개를 끄덕였다. 그리고는 담담한 목소리로 말했다.

"안 그래도 형님의 공을 베그달 같은 자가 일부나마 가로챈다는 것을 이해하기 어려웠지요. 이렇게 합시다. 이번 결투에 저는 제 영지 전부를 걸겠습니다. 후작께서는 베그달의 명예와 그가 받을 상금 삼십만 골드, 그리고 그 위에 다시 저를 속이려고 한 것에 대한 정식 사과문과 함께 그에 대한 배상금 삼십만 골드를 거십시오. 영지의 가치가 그 정도는 되니 정당한 결투라고 할 수 있을 겁니다.”

“흐흐흐, 과연 네놈은 나를 끝까지 화나게 하는구나! 좋다. 합이 육십만이군! 네가 이긴다면 내 아들의 죽음은 그저 사고사한 것으로 치겠다. 폐하께서는 너에게 상금을 내리실 것이다. 그리고 사과문과 함께 따로 삼십만 골드의 배상금도 내지. 하지만 내가 이길 시에는 너의 모든 영지는 우리 가문이 것이 되는 것이다!”

“정확하군요. 폐하, 허락해 주십시오.”

레오의 말에 타카 2세는 잠시 입을 다물고 생각을 하다가 어쩔 수 없다는 결정 사항을 공표했다.

“두 사람의 의견이 그렇다고 하니, 짐도 말리지는 않겠다. 아무쪼록 이 신성한 결투를 끝으로 두 사람의 갈등이 해소되기를 기원하도록 하지.”

타카 2세는 자신의 오른손에 든 왕의 지휘봉을 들어 그렇게 선언했다.

그리고는 전례에 따라 만월이 뜨는 날인 보름 후에 왕궁에 있는 경기장에서 결투를 열도록 했다.

“레오 경에 대한 작위 수여는 결투가 끝난 다음에 하도록 하겠다. 결투의 결과에 따라 그에게 내릴 것이 달라지니 그것이 좋을 것이다.”

타카 2세는 그렇게 말을 맺고는 이제 자신이 할 일은 끝났다는 듯 자리에서 일어나 다시 자신의 개인 집무실로 돌아가 버렸다. 부상을 당했다고는 믿기 어려울 정도로 당당한 걸음걸이였다.

사건이 두 사람의 개인적인 원한 관계로 흘러간 이상, 왕은 두 사람을 공정한 눈으로 지켜보아야만 했다.

하지만 그는 속으로 레오를 걱정했다.

스팔시온 후작의 말에서 그의 계산을 눈치챘기 때문이다. 타카 2세는 특히 이런 면에서 스팔시온 후작이 싫었다. 아들이 죽은 상황에서조차 그걸 기회로 상대를 등쳐 제 몫을 챙기는 인간이다. 의리나 충성은 고사하고, 인간으로서의 최소한의 정도 찾아볼 수 없었다.

어쨌든 간에 레오와 스팔시온 후작은 왕궁 관리의 앞에서 정식으로 결투 서류를 작성하고 그 대가에 대한 것을 써넣었다.

두 사람이 건 것은 그야말로 좀처럼 볼 수 없는 막대한 재물과 영지였기에 관리도 상당히 신중하게 서류를 작성하고 두 사람의 인장과 사인을 받았다.

그리고 그 증인으로 왕과 왕의 친동생인 타르안 공작, 그리고 왕국의 최고 기사인 바로크 백작과 궁중 마법사의 수장인 몬트 백작의 인장과 사인을 받았다.

이 정도의 증인이면 스팔시온 후작이라고 해도 함부로 무시할 수 없다. 일단 레오가 결투에서 이긴다면 배상금을 받게 되는 것은 확실하다고 할 수 있었다.

그러나 이를 지켜보는 사람들에게는 레오 쪽의 승리는 그야말로 회의적인 것으로 판단되었다. 많은 귀족들은 레오가 젊은 패기에 못 이겨 후작의 음모에 말려들었다고 판단했다. 그들은 이 철모르는 젊은 귀족을 딱하게 여기면서 모처럼의 국왕의 호의가 무색해졌다고 생각하며 안타까워했다.

"축하드립니다."

유스는 레오와 함께 숙소로 돌아오자마자 레오에게 그렇게 말했다.

"축하라, 무엇을 말이지?"

"일단 살아남았지 않습니까? 왕의 신뢰도 얻었습니다. 이제는 어떻게 하더라도 웬만하면 궁지에 몰리지는 않을 것입니다."

"그런가? 잘되었군."

레오는 소파에 앉아 하인이 가져다 준 차가운 음료수를 마시며 건성으로 대답했다.

로엔도 레오의 옆에 앉아 음료수를 마셨지만 그는 별로 안심한 표정이 아니었다. 그는 유스에게 조심스럽게 물었다.

"마법사 유스, 그대의 말을 이해하기 어렵습니다. 영주님께서는 이번 결투를 승낙하시고 그 대가로 전 영지를 거셨습니다. 그렇다면 이번 결투에서 지는 순간 큰일이 나지 않겠습니까?"

확실히 영지가 없으면 레오는 빈털터리가 된다. 병사도 유지할 수 없고, 그에게 충성을 맹세한 기사들에게 급료도 지불할 수 없다.

그러나 유스는 부드럽게 웃으며 말했다.

"과연 로엔 공자님은 머리가 명석하시군요. 그렇다고 할 수 있습니다. 그러나 이번 경우는 조금 다릅니다. 만약 영주님께서 이번 대전사 결투에 지셔서 영지를 빼앗긴다고 하더라도 새로 백작의 작위를 얻으시면 그에 따른 추가 영지를 받게 됩니다. 손해를 보더라도 망하는 것은 아니지요."

"아, 그렇군요! 음, 그런데……."

로엔은 다행스럽다는 감정을 숨기지 않았다. 하지만 곧 무언가 떠오른 듯 더 말을 하려다 입을 꼭 다물고는 살짝 고개를 갸웃했다.

'그런데 유스는 어쩐지 화가 난 듯하네? 그나저나 삼촌은 저걸 알고 그렇게 초연하셨던 걸까?'

유스의 부드러운 어투와 어울리지 않는 책망하는 듯한 시선은 슬쩍 레오 주위를 맴돌고는 사라졌다. 레오는 손을 들어 로엔의 머리를 쓰다듬고는 유스에게 말했다.

"말 돌리지 말고 할 말이 있으면 해라, 유스."

레오는 이미 이 이야기를 꺼낸 이유가 따로 있음을 짐작하고 있었다. 부드러운 말과 표정에 비해 유스의 시선은 날카롭게 빛나고 있었고, 어찌 보면 알아달라는 듯 노골적이기도 했다.

"영주님께서 그렇게 허락하시니 저도 솔직하게 말씀드리겠습니다. 솔직히 말해서 영주님께서는 제가 방금 말한 것처럼 백작의 작위를 받으면 추가로 얻게 되는 영지에 대한 생각은 하지 못하셨을 겁니다. 그렇지 않습니까?"

"그렇다."

"그런데도 영주님께서는 아무렇지도 않게 전 영지를 거시겠다고 말씀하셨습니다. 영지를 잃게 되면 그 영지에 있던 병사들이나 저 같은 마법사들은 둘 중에 하나를 선택해야 합니다. 새로운 영주에게 충성을 맹세하거나, 아니면 모든 것을 잃은 전 영주와 함께 떠나는 거지요."

"그런가?"

"저희를 시험하지 마십시오. 어쨌든 저는 선선대 영주님 때부터 가이안 가문에 충성을 맹세한 몸, 지금의 연구실을 잃고 떠도는 한이 있더라도 영주님을 모시겠습니다. 하지만 저희와 영지의 병사들을, 그들의 충성을 너무 가볍게 생각하지는 말아주십시오."

유스의 말에는 진심이 담겨 있었다. 그리고 이 대책없는 영주에게 날카롭게 경고하고 있었다. 당신은 이제 혼자가 아니라고! 한 지역과 수백, 수천 명의 사람들을 책임지는 영주라고!

레오는 가볍게 고개를 저었다.

'내가 그들의 주인인지 그들이 나의 주인인지 모르겠군. 이래서 영주가 되기 싫었지.'

확실히 가이안 영지의 기사들과 병사들은 일반 자작령에 비해 강력하고 충성심도 높다. 그러나 자신에게 도움이 될 정도는 아니었다.

결국 그들이 성장하여 실제적인 도움을 줄 때까지 그들을 지키는 것은 레오의 몫이었다. 문제는 남을 지키는 것은 정말로 레오의 성격에 맞지 않는 일이라는 점이다.

'하지만 일단 영주가 된 이상 책임을 회피할 수는 없다. 하지만 이 놈들을 어떻게 키워야 할지 모르겠군.'

레오는 한숨을 삼키며 맞은편에 앉아 있는 휴케바인과 발렌을 보았다. 그나마 쓸 만한 기사는 그들 둘뿐이다.

하지만 이런 레오의 감정은 결코 밖으로 표출되지 않았다. 사람들에게는 레오가 침묵하며 담담한 눈으로 사람들을 보고 있다고 느껴질 뿐이었다.

유스는 자신의 말이 너무 심해서 영주가 괴로워하고 있는 것이 아닌가 하고 생각했다.

'이런, 내가 너무 몰아붙인 모양이군. 영주님은 아직 너무 젊어서 그러신 거야. 젊은 혈기에 무인의 성격을 가지셨으니 스스로도 어쩔 수

없었겠지. 행동 하나하나를 신중하게 하면 좋겠지만 아직은 무리한 요구였는지도…….'

레오의 속을 알 리가 없는 유스는 자신의 말이 지나치게 심했다고 나름대로 판단했다. 첫 술에 배부를 수는 없는 법! 다행히 이번에 살아남았으니 다음번에는 조심하면 된다.

유스는 조심스럽게 레오를 위로하기 시작했다.

"제가 말이 심했습니다. 사실 방금 말씀드렸듯이 만약 이번 결투에서 진다고 해도 우리가 궁지에 몰리는 것은 아닙니다. 오히려 사람들은 용감하게 끝까지 후작과 맞선 영주님의 패기를 높이 살 것입니다."

"그런가? 그럼 잘됐군."

레오는 여전히 무표정을 고수하며 건성으로 대답했다. 별로 다른 말을 하고 싶지 않았다. 밤이 되었으니 어서 침실로 가서 잠을 자고 싶을 뿐이었다.

레오는 자신의 품속에서 몇 장의 서류를 꺼내 유스에게 내밀었다.

"결투에 대한 약정 서류다. 왕궁 관리가 정확하다고 한 것이지만 혹시 모르니 살펴보도록 하게. 그럼 난 이만 자도록 하지."

그는 그렇게 말하며 소파에서 일어나 그대로 자신의 침실로 들어가 버렸다.

유스는 그런 레오의 태도에서 자신의 충언이 받아들여졌는지에 대한 어떤 힌트도 얻을 수 없었다. 이전의 주군들과 달리 이 새로운 주군의 속내는 도저히 짐작할 수 없었다.

"하아."

그는 닫힌 방문을 향해 한숨을 쉬고는 탁자에 서류를 펼쳐 놓았다.

지금은 무엇보다 머리를 모아 이 서류를 검토하는 것이 중요했다. 따로 부를 필요 없이 발렌이 다가왔고 로엔도 서류 내용에 흥미를 보였다. 휴케바인도 어슬렁거리는 걸음으로 다가와 서류 한 장을 집어 들었다.

실제적인 검토는 주로 발렌과 유스가 해야 했지만, 서류의 내용 자체가 워낙 단순하고 명확해서 알아보는 것은 누구나 가능했다.

서류에는 대결의 사유와 날짜, 그리고 장소에 대한 것이 쓰여 있었다. 틀림없는 내용이었다.

그리고 그 뒷장에는 두 사람이 이번 결투에 건 것에 대한 보상이 적혀 있었다.

가이안의 영주가 이길 경우,

1. 폐하께서 내리시는 삼십만 골드의 상금은 그에게 수여된다.

2. 스팔시온 후작은 결투에서 패한 날로부터 한 달 안에 가이안의 영주에게 정식 사과문을 보내야 하고, 그 내용은 자신이 서류를 위조해 사기를 치려고 한 것에 대한 사과가 정확하게 들어가야 한다.

3. 스팔시온 후작은 자신의 사과문을 보냄과 동시에 배상금 삼십만 골드를 가이안의 영주에게 지불해야 한다. 만약 현금을 준비 못할 경우, 왕궁 재정부에서 정식 이자를 받고 돈을 빌려줄 수 있다.

"정확하군."

"이기면 정말 좋을 텐데요."

"하하하, 영주님께서 계시니 이길 겁니다. 발렌 경하고 저만 이기면 3승이 아닙니까?"

휴케바인이 크게 웃으면서 그렇게 말했다.

로엔도 휴케바인의 말에 약간은 불안함이 가시는지 차츰 안색이 밝아졌다.

적어도 발렌과 휴케바인은 북부의 어느 기사와 견주어도 뒤떨어지지는 않을 것 같았다. 그렇게 생각하면 충분히 승산이 있었다.

유스도 동의하는지 미소를 지으며 대답했다.

"본인도 특별히 지리라고는 생각하지 않소. 하지만 아무리 승산이 있다고 해도 자신의 모든 것을 걸고 도박을 하는 것은 결코 좋은 일이 될 수 없는 것이오."

"하기야 그렇지요."

"그럼 계속 살펴봅시다."

사람들은 그렇게 말하며 나머지 서류 내용을 살펴보았다. 몇 장에 걸쳐 결투의 내용에 대한 상세한 규칙이 명시되어 있었다. 이는 독을 묻힌 무기를 쓰거나 마법을 사용해서 몸을 강화해서는 안 된다는 등 기사들 간의 결투에서 일반적으로 규제되는 내용이었다.

이상한 곳은 없었다.

이 부분에 대해서는 로엔과 유스보다 더 지식이 많은 발렌과 휴케바인이 편안한 표정으로 고개를 끄덕였다. 최소한 결투 부분에 장난을 쳐놓지는 않았다고 확언할 수 있었다.

휴케바인은 들으라는 듯 낙천적인 어투로 단언했다.

"이제 이기기만 하면 되는 거군요. 혹시 패하더라도 새로운 영지로 이사를 가면 되니 불안해할 것은 없습니다."

"그렇지. 하지만 질 경우 가이안의 영지를 포기해야 하는 것이 가슴 아프네."

“아무래도 정이 든 곳이니 그렇지요. 뭐, 나중에 협상을 잘해서 새로 얻는 영지와 가이안 영지를 바꾸자고 하는 것도 가능하지 않을까요?”

“후작이 영주님께 원한이 없다면 가능하겠지만, 쉽지는 않을 걸세. 아무래도 이기는 것이 깨끗하겠지.”

발렌과 휴케바인은 어느 정도 편한 심정이 되어 말을 주고받았다. 실제로 결투에 참여할 것이 분명한 이들의 자신감 있는 태도는 유스에게도 상당한 안도감을 주는 역할을 했다.

사람들은 다시 서류로 눈을 돌렸다. 그곳에는 이쪽이 패했을 때에 상대에게 해야 할 배상에 관한 것이 적혀 있었다.

스팔시온 후작이 이길 경우,

1. 가이안의 영주는 그가 받아야 할 모든 영지를 스팔시온 후작에게 넘겨야 한다.

“이것은!”

“으음.”

사람들의 안색이 급변했다. 이것은! 완전히 황당하다는 표정이었다. 유스나 발렌은 특히 심각한 얼굴로 레오가 들어간 방 안을 노려보았다. 어떻게 이럴 수가 있는가 하는 시선이었다.

로엔 역시 불안한 표정으로 유스에게 물었다.

“마법사 유스, 이 대목에서 말입니다. 레오 삼촌의 영지가 아닌 레오 삼촌이 받아야 할 모든 영지라고 적혀 있는데, 이것이 정확한 표현인가요?”

"그럴 리가 없지요. 그는 영주님께 아주 유치한 사기를 친 것입니다."

로엔은 유스의 말에 다시 서류를 보았다. 과연 스팔시온 후작이 이길 경우에 대한 배상 내용에 대한 표현이 너무 이상했다. 불과 13세인 로엔도 알아챌 수 있었다.

로엔은 잠시 생각을 하다가 점점 얼굴이 창백하게 변했다.

"설마 속은 겁니까?"

로엔이 심각한 얼굴로 물었다. 그 역시 귀족으로서 후계자 수업을 받은 몸이라 영지를 이어받는 절차에 대해 잘 알고 있었다.

"그런 것 같군요. 영주님을 깨워서 상의를 해야 합니다."

좀 전까지의 여유는 이미 사라진 후였다. 서류를 잡은 유스의 손은 눈에 띄게 떨렸고 안 그래도 흰 편인 얼굴은 핏기 한 점 없이 창백해져 있었다.

턱.

허둥대며 일어서는 유스의 팔을 잡은 것은 휴케바인이었다.

"영주님은 적이 쳐들어온 경우가 아니면 절대로 잠에서 깨지 않습니다. 깨웠다가는 큰일이 나니 상의하실 것이 있으면 내일 하십시오."

"큰일은 이미 났소! 만약 우리가 지게 되면 모든 것을 잃게 된단 말이오!"

지금 그는 사람들이 잘 아는 냉정하고 침착한 유스가 아니었다.

'어떻게 이런 유치한 사기에 넘어갈 수 있지?'

유스의 눈에는 경악과 분노, 자책감이 한데 어우러져 광기처럼 번들거리고 있었다.

"저 스팔시온 후작이 영주님을 뭘로 봤기에 이런 뻔한 사기를……."

발렌은 분한 듯 이를 갈았다.

"아, 그래도 지금 영주님을 깨우는 것은 절대 불가능하다니까요. 지금 어떻게 할 수 있는 것도 아니니 아침까지 기다리세요."

휴케바인은 막무가내로 유스를 말렸다. 레오를 자는 도중에 깨우는 것이 얼마나 위험한가를 잘 알고 있는 그였기에 유스가 레오의 잠꼬대에 맞아 죽는 것을 막아야 했다.

그리고는 곧 궁금한 얼굴로 유스에게 물었다.

"그런데 뭐가 이상한 겁니까? 전 잘 모르겠습니다만."

"응?"

"모르겠다고? 이걸?"

레오와 휴케바인, 둘은 같은 레벨이다. 사람들은 그것을 느꼈다.

심적인 충격으로 거의 탈진 상태에 빠진 유스는 자리에 털썩 앉더니 체념한 투로 설명을 시작했다. 생각해 보니 지금 주군을 깨운다 해도 딱히 방법이 없었다.

원래 영지라는 것은 왕에게 작위를 수여받을 때 같이 받는 것이다. 물론 그것은 형식적으로 작위를 수여하면서 영지를 내리지 않는 경우는 없다.

그래서 사람들은 가이안 영지를 가이안 가문의 것이라 생각했고, 이번에 백작이 되면 추가로 다른 영지를 얻게 된다고 믿었다.

그러나 어디까지나 정식 법에 의하면 가이안 영지는 아직 레오의 것이 아니다.

이번에 작위를 내릴 때 왕이 다시 레오에게 가이안의 영지와 새로운 영지를 같이 내리게 되는 것이다.

후작은 이것에 대해 아주 잘 알고 있었고, 그는 서류를 작성할 때 고의적으로 이 문장을 넣도록 했다.

서류를 직접 작성하는 것은 하위 귀족인 행정 관리들이다. 이들 중 왕국의 큰 실세인 후작과 원한 관계를 가지고 싶은 사람은 당연히 없었다.

반면 이미 언급된 사항을 작성했을 거라는 선입관 탓에 나중에 서류를 보게 된 이들은 이 부분을 자연스럽게 간과했다.

즉, 중립적인 입장이었던 증인들의 경우에는 이 서류에 담긴 악랄한 의도를 알지 못했다. 너무 뻔한 내용이고 레오가 아무 생각 없이 승낙하자 원래 이야기가 그렇게 된 것인 줄 안 것이다.

귀족들이나 기사들 사이에서는 이 정도는 당연한 상식이지만, 평민들에게는 아니다. 후작은 레오가 부랑아처럼 떠돌았다는 것을 알았기에 마음 놓고 서류를 조작했다.

결국 후작의 음모대로 누구도 알지 못하는 사이 자연스럽게 모든 일이 진행된 것이다.

단순한 하나의 문장, '그가 받아야 할 모든 영지' 라는 부분은 바로 가이안 영지와 새로 받을 모든 영지를 포함한 의미이다. 즉, 결투에서 지게 된다면 레오는 그야말로 영지가 없는 귀족이 되고 마는 셈이다.

"으드득, 당했군!"

이 가는 소리를 요란하게 내면서 휴케바인이 주먹을 불끈 쥐었다.

"실로 뱀같이 교활한 자입니다."

발렌도 치미는 분노에 거의 으르렁거리는 소리로 쥐어짜듯이 말했다.

"지금이라도 발견했으니 수정을 요구하면 안 될까요?"

"현재로서는 그것만이 유일한 방법이겠죠."

국왕의 중재를 요구하는 방법이 유일한 희망일 터였다. 하지만 운이 좋아 그리 된다고 해도 레오의 체면에 손상이 있는 것만은 틀림없었다.

"하지만 증인이 되신 고위 귀족들도 똑같이 속은 거잖아요?"

유스가 자신의 의견을 말하자 로엔이 이해가 안 된다는 듯 물었다.

"물론 내심 불쾌하기는 하겠지만 그건 속으로 괘씸하게 생각할 일에 불과합니다. 아마 누구도 그 부분을 몰라서 속았다고 자인할 이는 없을 것입니다."

냉정을 되찾은 유스는 로엔에게 대답을 하면서 스스로도 상황을 정리하고 있었다.

입을 다물고 있던 휴케바인이 중얼거렸다.

"까짓것 이기면 되는 거지. 그나저나 귀족들이란 정말 치사한 작자들이란 말야."

휴케바인의 말에 귀 기울일 여유가 없었던 유스는 레오를 설득하기로 작정하고 다른 셋에게도 자신의 의견을 지지해 줄 것을 부탁했다.

다음날, 레오는 일어나자마자 자신의 방 앞에 늘어서 있는 사람들의 기척을 느낄 수 있었다.

그는 머리를 두어 번 긁적거리고는 천천히 몸을 일으켜 평소와 같이 여유있게 몸을 씻고 옷을 입은 후 방을 나섰다.

"무슨 일이지?"

"영주님, 이 계약은 사기입니다. 지금이라도 왕궁에 알려 무효화해야 합니다.”

유스는 레오가 나오자마자 숨도 쉬지 않고 단숨에 말했다.

“사기?”

레오는 영문을 모르겠다는 표정으로 되물었다.

유스는 답답한 표정을 지으며 급히 어제 로엔이 발견한 사실에 대해 설명했다.

사실 그도 영지를 가진 귀족 출신이 아니었기 때문에 이런 이치를 몰랐지만, 일단 알고 나니 눈앞이 깜깜해졌다. 밤새 얼마나 걱정을 했는지 그는 그 짧은 시간 동안 볼까지 홀쭉해져 있었다. 하지만 유스의 설명이 끝난 후에도 레오의 표정은 초연하기만 했다.

“그렇군. 확실히 이 문서의 내용대로라면 지게 될 경우 나는 모든 영지를 잃게 되는군.”

레오는 담담하게 말하고 그대로 거실로 걸어가 소파에 앉아버렸다. 전혀 당황하거나 걱정하는 표정이 아니었다.

발렌과 휴케바인, 그리고 유스 등은 그런 레오를 따라 거실까지 왔다. 로엔 역시 이미 일어나 있었고, 그 외에도 여섯 명의 기사가 모여 있었다.

“앉아라.”

“이러고 있을 때가 아닙니다. 왕궁으로 사람을 보내 결투 내용을 바꿔야 합니다.”

유스는 반복해서 그렇게 말했다.

누가 봐도 육십만 골드와 백작의 영지 전체는 불공평한 보상이라고 할 수 있다. 그렇기 때문에 충분히 내용을 바꿀 수 있다고 생각했다.

레오는 그런 유스의 생각을 부정하듯 고개를 저었다.

"이미 늦었다. 보상은 공평하고 그 내용은 바꿀 수 없다."

"공평하다고요? 백작의 영지는 보통 이백만 골드의 가치가 있는 겁니다! 그런데 어떻게 육십만 골드의 보상금이 공평하다고 할 수 있는 겁니까?"

유스가 답답하다는 듯 반박하자 레오는 냉랭한 표정으로 되물었다.

"가치라, 그렇다면 그대에게 묻겠다. 나의 명예는 얼마의 가치가 있지? 반대로 후작의 명예와 죽은 그의 아들의 명예는?"

"으윽!"

"이 결투에 걸린 것은 서로의 명예다. 그런데 그 명예의 끝에 형식적으로 달린 돈 부스러기에 대해 논한다는 것은 나의 명예가 그보다 못하다고 선언하는 것과 같다. 적어도 나는 그것을 알지."

실제로 레오는 계약을 할 당시 유스가 말한 백작의 영지에 대해서는 전혀 생각하지 않았었다. 그야말로 스스로 모든 것을 걸었다고 할 수 있었다.

레오 입장에서는 스팔시온의 음모대로 된다고 하더라도 처음 생각한 대로 될 뿐이었다. 하나 이것은 어디까지나 레오의 생각일 뿐, 듣는 이들은 황당해서 미칠 노릇이었다.

'돈 부스러기라고! 백작의 영지란 말이다! 이 바보야!'

유스는 속으로 그렇게 소리쳤다. 어린 놈이 지난 십 년간 어떤 생활을 했기에 이렇게 세상과 동떨어진 상식을 가지고 있을까 하는 생각이 절실하게 들었다. 기가 막혔다.

솔직히 말해 레오가 무릎을 꿇고 후작에게 사정을 해서라도 결투의 보상 내용을 바꿀 수 있다면 좋겠다고 생각했다. 하지만 이런 것은 차마 입으로는 말할 수 없는 것이다.

유스는 지금도 영지에 남아 고생하고 있을 가넨에게 애도의 염을 보냈다.

레오는 기가 막혀 말을 잇지 못하는 유스를 무시하고 고개를 돌려 휴케바인과 발렌을 보았다. 그리고는 차분한 목소리로 말했다.

"슈란 왕국의 대전사 결투는 5판 3승제다. 승자 진출전이 아닌 오 인의 기사가 각각 한 번씩 싸워야 한다. 그렇지 않나?"

"그렇습니다. 아마 후작은 북부의 강자들을 모두 동원할 것입니다."

발렌이 신중한 태도로 대답했다.

"다른 모든 것을 생각하지 않고 앞으로 나아가야 할 때가 있다. 이 결투가 그런 것이라고 나는 생각한다. 지는 것은 생각해 보지도 않았다. 이긴다."

발렌은 레오의 말에서 신념을 감지했다. 이 주군은 정말 진다는 만약의 경우를 전혀 고려하지 않음이 분명했다.

"으음, 그러나 쉽지는 않을 것입니다."

이 일은 정말로 위험하다. 북부의 기사들 중에서 다섯 명의 강자를 뽑아 내보낸다면, 그것은 일개 자작령의 기사 수준으로서는 감당하기 어려운 벽일 것이다.

발렌의 진중한 대답을 들은 레오는 그의 눈을 직시하며 다시 말했다. 그의 목소리와 황금빛 눈에서는 형언하기 힘든 힘이 뿜어져 나왔다.

"내가 혼자의 몸이라면 이런 결투는 아무런 의미가 없다. 다섯 명을 모을 수도 없겠지. 하지만 나는 영주다. 나에게는 충성을 맹세한 기사 가 있고, 그들은 나와 함께 싸울 수 있다."

“…….”

“결투는 내가 직접 참가한다. 나는 이기겠다. 발렌 경, 그대도 이겨라. 휴케바인, 그대도 마찬가지, 지는 것은 허락지 않겠다.”

“그럼 발렌 경하고 제가 이기면 우리가 승리한다는 거죠?”

휴케바인은 오히려 신이 난다는 듯 들뜬 목소리로 대답했다. 이를 본 발렌은 경고하듯 휴케바인을 노려보면서 말했다.

“그러니까 다시 말해서 만약 누군가가 지면 그 사람에게 책임이 있는 거군요?”

휴케바인은 발렌의 말에 잠시 당황한 기색을 보이면서 레오를 돌아보았다. 그가 아는 레오는 수하에게 책임을 미룰 사람이 아니었다. 이에 화답이라도 하듯 레오는 발렌의 해석을 정정했다.

“책임은 나에게 있다. 아니, 솔직히 말하지. 내가 하고 싶은 일은 많지 않다. 그러나 그 일을 위해서는 실력있고 믿을 만한 수하가 필요하다. 너희들은 충분히 승리를 거둘 수 있다. 그리고 북부의 기사들과 싸워서 2승을 올릴 수하도 없다면, 영지를 버리고 새로 시작하는 것이 낫다.”

“으음, 그런!”

기사들은 자신도 모르는 사이 신음성을 흘렸다. 이제 보니 이 단순해 보이는 새 영주는 자신들을 믿고 모든 것을 걸었던 것이다. 만약 그 믿음이 깨지면 아예 처음부터 일어서겠다고 선언하였다.

“너희들은 나를 믿어라. 나도 너희들을 믿겠다. 패배는 없다. 무조건 이기는 것이 나의 명령이다. 그럼 이야기는 이것으로 끝내고 아침을 먹도록 하지.”

레오는 그렇게 말하며 의자에서 일어나 로엔에게 아침을 먹었냐고 물었다. 이미 정오가 지난 시각이었다.

로엔은 이미 아침을 먹었으며 한 시간 있다가 점심을 먹을 생각이라고 말했다.

"그러니? 또 새벽부터 일어나 공부를 한 모양이구나. 귀족답지 않은 일이다. 원래 귀족은 오후에 일어나야 한단다."

레오는 그렇게 말하며 식당 쪽으로 몸을 돌렸다. 막 걸음을 옮기려는 순간 뒤에서 발렌의 음성이 들렸다.

"영주님, 영주님의 명대로 반드시 승리하겠습니다."

그의 두 눈은 차분하게 가라앉아 있었지만 그 안쪽은 얼음의 불꽃처럼 차갑게 타오르고 있었다. 옆에 있던 휴케바인도 가슴을 탁탁 두드리며 질 새라 대답했다.

"제가 검술 실력은 발렌 경보다 아주 약간 뛰어납니다. 염려 마십시오."

레오의 걸음이 멈춰졌다. 그는 뒤를 돌아보며 가볍게 미소를 지었다.

"그런가? 이제 겨우 할 마음이 생긴 거군. 남은 두 사람의 선출은 발렌 경에게 맡기겠다. 그리고!"

그는 그렇게 말하고는 잠시 여유를 두었다가 그 자리에 모인 기사들을 보면서 모두를 향해 힘주어 말했다.

"앞으로 가끔 모든 것을 걸고 싸울 일이 있을 거다. 그때 후회하지 않으려면 알아서 실력을 키워라."

그 말과 동시에 레오는 몸을 돌려 식당으로 향했다.

유스와 발렌은 레오의 마지막 말에 기겁을 하며 뭐라 말하려 했지만, 결국 한숨을 내쉬면서 약속이라도 한 듯 입을 다물었다.

그날부터 그 자리에 있던 발렌과 휴케바인, 그리고 여섯 명의 기사는 필사적으로 수련을 하기 시작했다. 과거에도 그들은 다른 영지의 기사들에 비해 혹독하고 실전적인 수련을 해왔지만, 지금의 수련 강도는 그보다 한층 다른 수준을 보이고 있었다.

필승의 실력! 그것은 영원히 장담할 수 없는 것이기에 그들은 쉴 수 없었다.

그들은 항상 자신의 검을 갈고 닦아 언제라도 주군이 결정적인 순간 자신을 내세워도 될 수 있도록 준비해야 했다.

그런 그들의 노력은 곧 다른 기사들에게도 퍼져 가이안 영지의 기사들은 수련 중독자라는 소문이 돌게 되는 시초가 되었다.

일단 승리한다는 것을 믿어 의심치 않기로 모두가 합의를 보았다. 모든 계획이 그것에 맞추어 진행되기 시작했다.

발렌은 일단 북부에서 나올 가능성이 있는 기사들의 명단을 정리하고 그 실력을 나름대로 분석했다. 그 결과 약 십여 명 정도로 좁혀진 명단이 완성되었다. 그들은 하나같이 발렌이나 휴케바인에 비해 결코 뒤떨어지지 않을 정도의 명성을 가진 강자들이었다.

발렌이 명단을 들고 고심하고 있을 때 누군가 말을 걸었다.

"발렌 경, 그렇게 고민해 봤자 소용없습니다. 그래도 이자들 중에 우리가 꼭 진다고 생각할 정도의 사람은 없지 않습니까?"

"휴케바인 경."

휴케바인은 이를 드러내며 씨익 웃어 보이고 말을 이었다.

"바로크 백작 이외에 이 슈란 왕국에서 우리보다 압도적으로 강한 기사는 없습니다. 각오를 하고 결투에 임하면 꼭 이길 수 있습니다."

자긍심 가득한 그의 말에 발렌도 비로소 미소를 되돌릴 수 있었다.

발렌은 누구보다 이 거인 기사의 실력을 잘 알고 있었다. 확실히 이 왕국에서 휴케바인은 마스터인 바로크 백작을 제외하면 가장 강하다고 할 수 있었다.

상대로 나올 이들과 자신들의 실력은 그야말로 우열을 가리기 힘든 종이 한 장의 차이이다. 상대에 대해 연구하고 준비한다면 어떻게든 이길 수 있을 것이다.

발렌은 그 나름대로 최선의 노력을 하는 중이었다.

힘든 수련 끝에 피곤한 몸으로도 꼭 시간을 내어 상대에 대한 연구를 했다. 그리고 그것에 대해 다른 기사들과 토의하여 그 허점을 찾으려 노력했다.

그러면서 그들은 조금씩 강해지고 있었다.

기사들이 땀을 흘리며 협력하여 온 힘을 다해 승리를 위해 노력하는 동안 마법사 유스도 놀고 있지는 않았다. 망설임을 버린 그는 매우 적극적으로 움직이기 시작했다. 결국 레오의 마음에 들도록 움직이는 것이 서로 편하다는 것을 깨달은 것이다.

그들이 당면한 적은 다름 아닌 스팔시온 후작이었다. 레오가 왕궁에서 일을 벌이기 전부터 이 일에 대해 유스와 발렌은 많은 논의를 하고 그 대책을 세웠다.

이제 협상의 여지가 없다고 판단한 그들은 자신들이 세운 계획들 중 가장 후작을 괴롭히는 방법만 골라서 시행하기로 했다.

문장 위조사인 밀러가 만든 귀족들의 문장들은 그 수가 적지 않았다. 유스는 미리 레오에게 그것을 왕궁으로 같이 가져갈 필요가 없다고 말해서 모든 문장들을 넘겨받아 두었다. 이제 미리 대비했던 일들을 실행에 옮길 때였다.

유스는 조용히 움직이기 시작했다.

그날부터 가이안 영지의 하인들은 적당한 선물과 함께 위조된 문장들을 들고 그 주인인 귀족들을 방문하기 시작했다.

"아니! 이, 이것은?"

"스팔시온 후작의 저택에서 나온 문장입니다. 경의 명예에 관련된 것이라 조용히 전하라고 가이안의 영주님께서 말씀하셨습니다."

"으음, 그 파렴치한 작자가 우리 가문의 문장까지 만들어두었을 줄이야! 알았다. 레오 경에게 호의에 감사한다고 전하도록."

"레오 경께서도 호의를 알아주신 경께 감사드릴 것입니다."

하인들은 하나같이 미리 유스에게 교육받은 대로 이런 식으로 말을 하고는 그 귀족의 집을 나섰다.

문장은 귀족들 대부분이 포함될 정도로 많았고, 그중에는 후작파에 속한 사람들의 것도 적지 않게 있었다.

후작파에 속한 사람들은 그런 사실에 크게 분노하며 배신감에 치를 떨었다. 누구도 대놓고 후작에게 항의를 하지는 못했지만 후작이 언제라도 자신을 속일 수 있다는 것을 마음속에 담았다.

유스는 하인들의 보고를 통해 이러한 반응을 알 수 있었다. 그는 예상한 결과라고 생각하며 회심의 미소를 지었다.

문장들을 왕궁에 증거로 제시하지 않은 것은 바로 이를 위함이었다. 그렇게 했더라면 누구의 문장이 위조되었는지는 일일이 밝혀지지 않은 채 끝났을 것이 뻔했다.

반면 지금처럼 공공연한 비밀리에 하나씩 개별적으로 전한다면?

문장을 받은 이들 모두는 후작이 언제든지 자신에게, 혹은 자신의 아들에게 사기를 칠 준비가 되어 있다는 것을 깨닫게 된다.

이제 후작은 자신도 모르는 사이 정치적으로 서서히 고립되어 갈 것이다.

"영주님께서 잘하시는 것은 따르고, 그렇지 못한 부분은 우리가 알아서 메워야 하겠지. 암, 이쪽이 내 성격에 맞는군."

유스는 발렌과 일의 진행에 대해 상의하면서 그렇게 말했다. 발렌 역시 마법사 유스가 머리를 쓰는 것에는 조금의 이견이 없었으므로 별다른 반대를 하지 않았다.

하루하루가 지나면서 수도 내의 공기는 레오와 스팔시온 후작의 일로 후끈 달아오르고 있었다.

*   *   *

넓은 방 안은 화려하고 값비싼 장식들로 가득 차 있다. 그야말로 북부 귀족들의 대표인 스팔시온 후작의 방다운 면모였다.

하지만 지금 방 안은 후작의 손에 의해 점점 황폐화되고 있었다.

휘익, 캉.

또 하나의 꽃병이 벽에 부딪쳐 산산조각이 나버렸다. 적어도 백 골드 이상의 가치가 있는 골동품이었건만, 단지 후작의 손에 걸린 것이 그 꽃병의 마지막 운명으로 이어졌다.

"그놈이 가짜 문장을 각 가문에 보냈다고? 어째서 그런 사실을 미리 알지 못했지?"

후작은 지금에야 겨우 정보를 입수할 수 있었다. 미리 알았다면 문장을 전달하는 하인들을 납치하거나 암살해 버렸을 것이다. 그러나 이미 일주일이나 지나 거의 모든 문장이 각 귀족들에게 전달된 후였다.

믿을 수 없었다. 수도에서의 정보를 빠르게 얻는 것은 정치 권력에 상당히 중요한 요소이다. 그런 만큼 후작은 나름의 비밀 조직을 가지고 있었고, 그들은 항상 후작의 기대에 부응하여 신속하게 정보를 전달했다.

그런데 지금 그는 거의 두 눈과 귀가 막힌 것처럼 답답함을 느꼈다. 정보가 차단되고 있다! 누구냐? 감히 내 조직 쪽의 정보를 차단할 수 있는 자는?

"이해할 수 없는 점은 저희 쪽 사람들에게도 그 문장이 전해졌는데도 저에게 그런 정보가 전달되지 않았다는 겁니다."

보고를 한 돌룬 남작도 심각한 얼굴로 그렇게 말했다. 그는 후작의 심복으로, 정보 조직을 맡아서 관리하고 있었다.

"우리 조직의 정보를 차단할 수 있는 세력은?"

후작은 차가운 목소리로 물었다. 일단 자신의 적이 누군지를 알아내야 했다. 아무래도 저 미친개 같은 애송이에게 그런 힘이 있을 리는 없다.

"생각하기 어려운 일입니다만, 국왕 폐하가 직접 손을 쓴다면 가능합니다. 그 이외에는 두카 공작도 가능하다고 생각합니다만, 그분의 성격상 이런 틈을 타서 우리 파의 세력을 약화시키려는 음모는 꾸미지 않을 것입니다."

"음, 그건 그렇지. 두카 공작께서 일부러 그런 일을 할 필요가 없으니."

스팔시온 후작은 돌룬 자작의 말에 순순히 동의했다.

왕의 친동생이자 슈란 왕국 최고의 귀족인 두카 공작은 온화하고 착실한 성격의 소유자로 알려져 있었다. 그는 형인 타카 2세를 도와 국정을 충실히 수행함으로써 다른 귀족의 존경을 받고 있었다. 그러면서도 정치적인 다툼에는 중립의 입장을 고수하며 진중하게 행동하는 이상적인 왕족인 것이다.

스팔시온 후작은 누군가가 자신의 실각을 노리고 암중으로 레오를 돕고 있다고 생각하였다. 때문에 일단 두카 공작처럼 원래부터 자신의 위에 있는 사람은 혐의에서 제외하기로 했다.

"도둑 길드가 관여했을 가능성은?"

"도둑 길드는 전통적으로 어떤 귀족의 편도 들지 않습니다. 의뢰에 따라 일시적으로 움직일 뿐입니다. 레오 자작에게 도둑 길드에 우리 조직의 정보 차단 같은 크나큰 일을 의뢰할 자금이 있다고는 생각할 수 없습니다."

"그렇겠군. 그들은 돈이 아니면 절대로 움직이지 않으니까. 그렇다면 역시 폐하께서 그 애송이의 편을 들고 있다는 뜻인가?"

"아무리 그래도 폐하께서 그렇게 노골적으로 레오 자작의 편을 들 것 같지는 않습니다. 오히려 남부와 동부의 귀족들이 연합했을 가능성을 생각해 봐야 합니다."

"크흐흐, 과연 그럴 수도 있겠군. 그 너구리 같은 자들은 틈만 나면 나의 힘을 약화시키려고 하니, 이번에는 정말로 날아갈 정도로 기뻐했겠지."

뿌드득.

스팔시온 후작은 화를 참지 못하고 이를 갈았다.

까딱 잘못해서 미친개에게 물리는 바람에 이게 무슨 꼴인가 하는 생각도 들었다.

들자하니 자신의 저택은 그야말로 벽에 바른 금박 하나까지 남기지 않고 털렸다고 한다. 물론 그 저택에 있는 자금은 자신의 재산 중 일부에 불과하다. 하나 그로서는 자신의 재산을 시골 귀족이 약탈한 것 자체가 참을 수 없는 모욕이었다.

"정보를 제한당한다는 것은 이쪽의 정보가 새어나갈 수도 있다는 뜻이 된다. 설마 그로달 왕국으로 보낸 사자의 일까지 들키지는 않았겠지?"

후작은 문득 생각이 난 듯 심각한 표정으로 그렇게 물었다. 그로달 왕국에 있는 자신의 처남에게 보낸 편지는 외부에 밝혀져선 안 되는 것이다. 잘못하면 정말로 큰 문제가 된다.

"그 점은 염려 마십시오. 후작 각하와 저 이외에는 아무도 모르게 했습니다. 어떤 조직이라도 그 사실만큼은 눈치채지 못했을 겁니다."

"음, 그렇다면 되었다. 어차피 결판은 대전사 결투에서 나는 것. 눈치를 보아하니 그 애송이가 제법 강해서 트루 나이트 발렌, 그리고 자이안트 나이트 휴케바인과 함께 3승을 노릴 생각이겠지만 시합이 시작되면 그것이 얼마나 멍청한 생각이었는지를 알게 될 것이다."

스팔시온 후작은 그렇게 말하며 음흉하게 웃어 보였다. 아니, 그것은 웃음이라기보다 살기가 어우러진 미소였다.

"그렇겠지요. 일개 자작령에 우리 북부의 실력자들을 상대할 수 있는 기사가 둘이나 있다는 것은 놀라운 일이지만, 그렇다고 해서 승패는 변하지 않을 겁니다."

돌룬 자작의 얼굴에도 후작과 흡사한 미소가 떠올랐다. 약속이나 한 듯 음흉한 미소를 주고받는 이들은 그야말로 잘 어울리는 주군과 수하일 수밖에 없었다.

"아무튼 정보 차단을 하는 자들의 정체는 꼭 밝혀내라! 지금은 몰라도 언젠가는 이 빚을 갚을 수 있도록 말이야."

"알겠습니다. 도둑 길드에게 정식으로 의뢰하겠습니다. 누군지는 몰라도 그들은 절대로 숨을 수 없을 겁니다."

"암, 적을 알려면 돈을 쓸 때는 써야지."

후작은 돌룬의 일처리에 흡족한 표정으로 맞장구를 쳤다.

이들은 도둑 길드가 아무 대가 없이 레오를 위해 알아서 정보를 차단해 주고 있다는 사실은 꿈에도 생각지 못했다.

도둑 길드는 돈으로만 움직일 수 있다는 것은 이미 절대 상식이라고 할 수 있었기 때문이다.

기다리는 사람의 조급함을 시간의 흐름이 알아주듯 보름은 금방 지나가 버렸다. 그리고 오늘 드디어 왕궁의 경기장에서 결투가 열리게 되었다.

때는 해가 정오에 뜬 한낮, 경기는 정오에 시작하게 되어 있다.

귀족들은 좀처럼 볼 수 없는 빅 이벤트에 크나큰 관심을 보였다. 이미 그들 사이에서는 적지 않은 금액이 걸린 내기가 벌어진 상태였다.

레오 측에서 나오리라고 예상되는 사람으로는 레오 본인과 발렌, 휴 케바인, 이 셋이 확실시되고 있었다. 그 외에 건실하게 실력을 키워온 기사 라이안과 기사 피터슨이 나올 것으로 예상되고 있었다. 확실히 레오 측의 기사는 그 수가 많지 않았기 때문에 예측하기가 쉬운 편이었다.

그에 반해 후작 측은 후보가 많았다. 적어도 열 명은 되었는데, 귀족들은 조심스럽게 현재 수도에서 후작을 위해 출전할 수 있는 기사들을 물망에 올렸다.

그 결과, 무로카 백작, 몬순 자작, 칼슨 자작, 크루거 자작, 두만 남작이 지목되었다. 이들은 하나같이 북부에서 나름대로의 명성을 떨치고 있는 기사들이었다.

귀족들은 예상했던 기사들이 모두 경기장 안으로 들어서는 것을 확인하게 되자 더욱 흥분했다. 이들은 이미 오전부터 경기장의 관람석을 꽉 채우고 계속해서 내기를 걸고 있었다.

경기장 관람석을 가득 채운 귀족들의 열 배에 달하는 하위 귀족들은 작위와 권력에서 밀려 입장조차 하지 못하는 형편이었다. 그도 그럴 것이 이 경기장은 대형 경기장이 아니라 결투를 위한 소형 왕실 경기장이었기 때문에 관람석이 백여 석에 불과했던 것이다.

"대단하군요! 우리가 마치 오페라의 스타가 된 것 같은 기분입니다."

휴케바인은 대기실의 입구에서 관중석의 열기와 흥분된 분위기를 확인하고 재미있다는 듯 말했다. 즐거운 표정의 휴케바인과 달리 발렌은 인상을 찡그리며 중얼거렸다.

"결투가 아닌 검투를 치르는 기분이로군."

기사의 검은 남의 구경거리가 될 수 없다고 생각하는 발렌은 결코 웃을 기분이 아니었다. 그의 말에 찔끔한 휴케바인은 얼른 엄숙한 표정을 만들면서 입을 굳게 닫았다.

"백 명이 구경하든 만 명이 구경하든 경이 집중해야 할 것은 상대의 검이다."

발렌의 동요를 감지한 레오가 침착한 어조로 충고했다.

"그렇겠지요. 마음을 안정시키겠습니다."

발렌은 순순히 레오의 말에 수긍하며 눈을 감고 명상에 잠겼다. 상대 기사들은 강하다. 관중들에게 정신이 분산된 상태에서 대전에 임할 수는 없다.

레오는 발렌의 기가 안정됨을 느끼고 고개를 돌려 긴장한 모습으로 서 있는 라이안과 피터슨을 보았다.

라이안은 그가 집을 나서기 전까지 그의 담당 기사였다. 아버지 구스타프가 내심 후계자로 정하고 있던 레오에게 붙여준 기사이니만큼 범상할 리가 없다. 비록 발렌이나 휴케바인에는 한 수 떨어지지만 그는 상당히 견실한 실력의 기사였다.

옆의 피터슨은 20세로, 그들 중 가장 어리고 체격도 그다지 크지 않다. 하지만 영지 내에서 휴케바인을 제외한 그 누구보다도 빠른 검술을 구사하여 이미 질풍검이라는 별명이 붙을 정도로 재능과 실력을 인정받고 있었다.

"라이안, 피터슨, 경들은 아직 적을 이길 준비가 되어 있지 않다. 하지만 오늘 그대들이 상대를 맞서 싸울 때 한 걸음도 물러나는 것을 허용하지 않겠다. 부딪쳐서 깨져라. 살아남기만 한다면 적지 않은 것을 얻을 수 있을 것이다."

"명대로 따르겠습니다."

입을 모아 대답하는 두 기사의 얼굴에는 일말의 두려움도 없었다. 사실 그들도 과거 전쟁 당시 적지 않은 실전을 겪었다. 죽음을 두려워하지 않는 것은 아니지만, 적어도 당당하게 맞설 수는 있었다.

"좋다. 적어도 싸울 준비는 된 것 같군."

레오는 사람들을 둘러보며 그렇게 중얼거렸다.

사실 라이안과 피터슨에게는 가혹한 명령을 내린 셈이었다.

레오는 경험상 죽을 각오로 달려드는 상대에게는 오히려 치명적인 수를 쓰지 못한다는 사실을 알고 있었다.

결정타라는 것은 위력이 강한 만큼 자신의 허점도 드러내게 된다. 물러서지 않는 상대를 죽이려 한다면 자신도 심한 부상을 각오해야 한다.

결국 전장에서가 아닌 승부를 위한 결투라면, 적극적으로 싸우는 것이 물러서면서 버티는 것보다 살아날 확률이 높다.

물론 라이안과 피터슨이 이런 것을 알 리 없었다. 그런데도 그들은 두말없이 레오의 명을 받았다. 레오는 그런 그들을 보며 자신이 이 영지와 기사들을 맡기로 결정한 것이 적어도 후회할 일은 아니라고 생각했다.

"레오 경, 첫 출전자를 내보내십시오."

입구에서 진행을 맡은 관리가 안에 대고 말했다. 이미 상대 쪽의 대표 한 사람이 밖으로 나온 모양이었다.

휴케바인이 얼른 입구로 가서 그자를 확인했다.

"칼슨 자작입니다. 쾌검으로 유명한 자이지요."

"그런가?"

레오는 잠시 눈을 감고 결투장에 서 있는 자의 기세를 살폈다. 잠시 후 눈을 뜬 레오는 곧바로 피터슨에게 말했다.

"쓸 만한 자다. 피터슨, 그대도 쾌검을 쓴다고 했지? 그와 누구의

검이 더 빠른지 시험하고 와라. 단, 검을 정면으로 부딪치면 너의 패
배다."

"알겠습니다."

피터슨은 즉시 자리에서 일어나 레오에게 기사의 예를 취하고는 경
기장으로 나갔다. 그가 나서자 귀족들이 환성을 질렀다.

"피터슨으로는 힘들겠지요?"

휴케바인은 자신의 후배라고 할 수 있는 젊은 기사를 염려하는 눈으
로 보며 레오에게 물었다.

확실히 질 것은 예상하고 있었지만, 막상 이렇게 대결의 순간이 오
니 혹시 피터슨이 죽거나 회복 불능의 상처를 입을까 걱정이 되기 시
작한 모양이었다.

"힘들다. 저자는 너와 대적해도 승부를 점치기 힘들 정도의 실력을
가지고 있다. 하지만 검의 빠르기라면 피터슨도 한번 겨뤄볼 만할 거
다."

레오는 담담한 표정으로 그렇게 말했다.

피터슨과 칼슨 자작의 결투가 시작되었다.

칼슨 자작은 한 손으로 검을 들어 정면의 허공을 비스듬히 베면서
외쳤다.

"와라!"

상대가 젊은 기사이기 때문에 일단 선공을 양보하는 것이다.

피터슨은 사양하지 않고 두 손으로 롱 소드를 움켜잡은 채 정면으
로 찔러 들어갔다. 그의 롱 소드는 보통의 검보다 그 날이 얇고 약
10㎝정도 더 길었다. 그런 만큼 찌르기의 기세는 놀라울 정도로 날
카로웠다.

“과연!”

휘익.

칼슨은 감탄성을 발하며 급히 한 걸음 옆으로 이동하면서 자신의 검을 틀어 상대의 검을 튕기려 했다.

빠르지만 그만큼 가볍다고 느꼈다. 그리고 그것은 정확한 판단이었다. 단지 피터슨도 스스로의 검이 가볍다는 것을 알고 있었다.

슈슈슉.

“어헛!”

관람하던 귀족들 중 무관 쪽의 기사들이 놀라 소리를 질렀다. 피터슨의 검이 순간적으로 사라지는 듯하더니 어느새 다시 칼슨의 목을 찌르고 있었다. 번개 같은 이단 찌르기! 방어를 전혀 생각하지 않고 몸을 앞으로 날리며 찔러 들어가는 그의 검에는 상대를 압박하는 기백이 들어 있었다.

“이놈!”

칼슨 후작은 크게 노한 듯 역시 검을 두 손으로 쥐고 휘둘러 반격했다. 한 손으로는 도저히 상대의 빠르기에 대응할 수 없었다. 상대가 20세의 젊은 기사라 아주 약간 방심한 것이 그로 하여금 쉽게 상대를 제압하지 못하게 만들었다.

두 기사의 검은 어느새 더욱 빨라져 날카롭게 상대의 급소를 노렸다. 그러나 신기하게도 서로의 검은 거의 부딪치지 않았다.

한번 잡은 선공의 기회를 놓치지 않고 오직 찌르기 위주로 쉬지 않고 공격하는 피터슨의 처절한 투지가 그것을 가능하게 했다.

“대단하군요! 피터슨이 저런 식으로 공격하기 시작하면 저도 쉽게 제압할 수 없습니다. 그저 그가 지칠 때까지 기다릴 수밖에 없지요.”

휴케바인이 감탄한 듯 손으로 벽을 치며 말했다. 그의 후배는 자신의 장점인 쾌검을 충분히 살려 대결을 관람하는 모든 귀족들에게 깊은 인상을 주고 있었다. 한번 잡은 공세를 결코 잃지 않는 것으로, 이미 검의 속도 면에서는 칼슨 자작을 앞선다는 것을 증명해 보였다!

"그런가? 그렇다면 그에게 필요한 것은 한번 공격하면 상대가 쓰러질 때까지 지치지 않는 체력이겠군."

"예? 하하하, 과연 그것도 말이 됩니다."

휴케바인은 레오의 말에 크게 웃었다. 승부를 떠나서 피터슨이 자랑스럽게 느껴졌다.

결국 첫 결투의 승부는 칼슨 자작의 승리로 끝났다. 휴케바인이 말한 대로 전력으로 공격을 계속한 피터슨이 결국 지쳐서 빈틈을 보인 것이다.

그러나 피터슨은 죽지 않았다. 칼슨 자작이 피터슨의 날카로운 찌르기를 경계하여 깊게 공격하지 못하고 빈틈이 드러난 상대의 다리를 찌르는 것으로 승부가 결정되었다.

피터슨은 그 상황에서도 칼슨 자작의 검을 막아 튕기려 했지만 검이 정면으로 부딪치는 순간 오히려 그의 검이 힘을 잃고 튕겼다.

칼슨 자작의 검은 속도뿐만 아니라 그 힘도 무서웠던 것이다.

다리에서 피를 흘리며 겨우 걸어 들어오는 피터슨을 기사들은 반갑게 맞아주었다. 그러나 피터슨은 그대로 레오의 앞으로 와서 한쪽 무릎을 꿇고 보고를 했다.

"결투에서 패했습니다."

레오는 한 손을 들어 피터슨의 어깨를 가볍게 두어 번 두드렸다. 그는 자신의 명을 충실하게 따랐고 훌륭하게 살아 돌아왔다.

“그런가? 하지만 너의 검은 그자보다 빨랐다.”

“칭찬해 주셔서 감사합니다.”

“피터슨, 다음에 그와 싸우게 된다면 아마도 전장에서일 것이다. 그 때의 패배는 곧 죽음이니 지지 않도록 실력을 키워라.”

“알겠습니다.”

보고를 끝낸 피터슨은 즉시 다른 기사들에 의해 상처를 치료받았다. 대기하고 있던 신관이 신성 마법으로 치료를 시작했다.

이미 물질계에서 신성 마법의 힘이 크게 약화된 지금, 치유가 가능한 신관은 그렇게 많지 않았다. 오늘 레오는 상당한 기부금을 내고 신관을 데려왔다. 물론 그 자금은 도둑 길드가 지불했다.

“레오 경, 다음 출전자를 내보내 주십시오.”

관리가 안을 보며 말했다. 처음 결투에서 상대편에서 먼저 사람을 내보냈으니 이번에는 레오 측에서 먼저 보내는 것이 예의라고 할 수 있었다.

레오는 잠시 눈을 감고 생각을 하다가 고개를 돌려 발렌을 보았다.

“발렌 경, 그대가 나가라.”

“옛, 승리를 가지고 돌아오겠습니다.”

발렌은 예를 취하고는 당당한 걸음으로 경기장을 향해 나갔다. 상대가 누군지 모르는 이상 섣부른 대비책은 세우지 않았다.

“누가 나올까요?”

휴케바인이 그런 발렌의 등을 바라보며 레오에게 물었다.

“두만 남작이다. 그는 기괴한 수법으로 상대를 현혹시키는 검을 사용한다고 했지. 그러나 발렌 경의 평정심을 깰 수는 없을 것이다.”

레오가 당연하다는 듯 바로 대답했다.

"그런가요?"

휴케바인은 확실히 레오의 말에 동의하면서도 레오가 어떻게 그 사실을 확신하는지 궁금해하며 안색을 살폈다.

하나 레오는 궁금증을 덜어줄 생각은 없는 듯 다시 명상에 잠겼다.

사실 그는 이미 상대편 진영에 있는 자들의 기운마저 모두 느끼고 있었다. 스팔시온 후작의 진영에서 일어나 싸울 준비를 하고 있는 자의 기운은 두만 남작의 것이 틀림없었다.

상대가 나오기 전에 벌써 안에서 검을 휘두르며 몸을 푸는 것이 성격이 급한 자 같았다. 그런 자에게는 발렌이 천적이라고 판단했다.

발렌이 준비하여 보고한 자료를 토대로 상대 진영의 기세를 읽어낸 레오는 이미 출전자들의 능력을 파악한 후였다. 그는 이미 자신의 본능과 경험에 따라 부하들에게 가장 상성이 맞는 상대를 상정해 놓았다. 이것만으로도 자신의 부하들에게는 상당한 이익이 있을 것이다.

발렌과 휴케바인에게는 확실하게 이길 만한 상대를, 그리고 라이안과 피터슨에게는 가능한 한 쉽게 패하지 않고 치열하게 싸울 수 있는 충고를 준비해 두었다.

그 후에 저 안에 있는 가장 강한 자를 자신이 맡아 처리하면 모든 일은 끝난다.

적어도 유스나 발렌이 걱정하는 것과는 달리 레오는 일단 싸움에 임하면 모든 것을 세심하게 살펴 가장 확실한 승리의 방법을 취하는 습성이 있었다. 그때의 용의주도함은 발렌 같은 지장보다 오히려 더하다고 할 수 있다.

　레오의 상식으로는 일단 싸움을 시작한 바로 그 순간, 승패가 결정된 것이나 다름없었다.

❈ Chap 7 ❈
흑사자

흑사자

발렌은 눈앞의 상대가 오른손에는 도끼를 들고, 왼손에는 단창을 들고 있는 것을 보고 가볍게 웃으며 말했다.

"용병이나 검투사 같군."

"하하하, 그런 말을 많이 듣지. 사실 어렸을 때부터 정식 검법보다는 이런 쪽을 좋아했거든."

두만 남작은 크게 웃으며 대답했다. 그는 정말로 귀족답지 않은 생김새를 하고 있었다. 갑옷도 기사 특유의 전신 갑옷이 아닌 하프 플레이트에 변형 가죽 갑옷으로 보강한 듯했다.

그는 자신과 나이도 명성도 비슷한 발렌에게 상당한 호승심을 느끼는 듯 처음부터 반말을 했다.

변칙적인 기술과 그에 어울리는 성격으로 이름을 알린 두만 남작이었기에, 트루 나이트라고 불릴 정도로 품격이 있는 발렌에게 좋은 감정을 가지기 어려운 것 같았다.

"과연 검투 기사다운 말이군. 의외로 장소에는 어울리는데? 하지만 그런 것이 오히려 경에게 짐이 되지 않았으면 좋겠군. 본인은 가이안의 기사 발렌 타이먼, 무기는 검과 방패, 그리고 신념과 명예다."

발렌은 그렇게 말하며 검을 가슴에 대며 기사의 예를 취했다. 정당한 결투를 행할 때 하는 예였다.

그러나 두만 남작은 그대로 자신의 전투 도끼를 휘두르며 거칠게 대답했다.

"이 무기들로는 그런 형식적인 예를 취하는 법조차 없다. 시작하자!"

"좋겠지!"

위잉.

말이 끝남과 동시에 두만의 단창이 발렌의 다리를 노리고 찔러 들어왔다.

처음부터 상대의 하체를 노리는 것을 기사들은 별로 좋아하지 않는데 두만 남작은 그런 것은 전혀 신경 쓰지 않는 듯했다.

'정말로 용병 같군. 아니, 용병들도 이런 무기 조합은 잘 안 쓸걸?'

발렌은 검을 휘둘러 그 단창을 튕겨내며 생각했다. 전쟁 때 용병들과의 싸움을 경험한 발렌은 상대의 기술이 용병들의 그것과도 또 다르다는 것을 알 수 있었다.

두만 남작이 사용하고 있는 것은 그야말로 검투 기술! 그의 명칭처럼 북부의 왕국에서 유행하는 검투사의 수법을 구사하고 있었다.

"좋은 자세야! 정말로 검법 교본과 같은 움직임이로군. 하지만 그런 정직한 검법은 같은 정직한 무기와의 싸움에서나 통하는 법이지! 일대 일 대결에서 검투사를 당할 수는 없을걸?"

바앙, 카캉.

두만의 도끼가 허리를 노리고 날아들었다. 그것도 비스듬히 아래에서 위로 향하는 궤적이었다.

발렌은 방패로 그것을 막아 흘리자 두만은 그것을 미리 예상했는지 어느새 도끼를 돌려 뒷면의 해머와도 같은 부분으로 방패를 때렸다.

그리고는 그 탄력으로 빠르게 도끼를 회전시켜 발렌의 오른쪽 어깨를 향해 내리찍었다.

상대의 힘을 역이용한 절묘한 기술에 관중석에서 탄성이 터져 나왔다.

하지만 발렌은 전혀 당황하지 않고 매처럼 날카로운 눈으로 두만을 보고 있었다. 그의 눈은 도끼를 보지 않았다. 오히려 상대의 왼손에 들린 단창을 주시했다.

파캉.

도끼는 발렌의 어깨 보호대를 때렸다.

검이나 레이피어 같은 가벼운 무기라면 몰라도 전투 도끼에 맞으면 아무리 갑옷의 위라고 해도 뼈가 버티지 못한다. 두만과 같은 실력자의 공격이라면 더욱 그렇다.

그러나 신기하게도 두만의 도끼는 발렌의 어깨를 때리고도 미끄러지듯 바깥으로 튕겼다.

그 바람에 그의 자세가 크게 흔들렸다.

"어깨 보호대로 내 도끼를 흘려내?"

발렌은 방패도 아니고 어깨의 간단한 움직임으로 그 무거운 공격을 흘려 버린 것이다. 그리고 그런 어깨의 정교한 움직임은 검을 앞으로 찌르는 동작에 포함되어진 것에 불과했다.

신기에 달한 공방일체의 수법은 단번에 상대의 자세를 흐트러뜨리고 동시에 날카로운 찌르기로 빈틈을 노렸다.

"이놈!"

캉, 카카캉.

두만이 급히 창으로 검을 막았지만 한번 시작된 검의 공격은 끊이지 않았다.

한 걸음 한 걸음씩 옆으로 이동하며 두만의 몸 주변을 돌면서 쉬지 않고 몰아쳤다.

두만의 도끼가 전혀 힘을 발휘하지 못하게 하는 발렌의 움직임은 놀랍게도 모두 정식 검법의 동작이었다.

그는 그야말로 기사 검법의 극치를 보여주고 있었다.

그러나 두만도 발렌에 비해 조금도 뒤떨어지지 않는 명성을 지닌 기사, 그대로 승부가 결정되어질 정도로 실력이 없지는 않았다.

휘익, 퐉.

듀만은 갑자기 다리를 들어 발렌의 찌르기를 무릎과 정강이의 보호대로 막아냈다. 그리고는 그대로 몸을 비틀며 크게 돌려차기를 해서 발렌의 머리를 노렸다.

"격투술까지!"

바앙.

무기를 들고 싸우는 결투 중에 차기를 하다니?

발렌은 급히 고개를 숙이며 자신도 모르게 중얼거렸다. 간발의 차이로 두만의 발이 발렌의 투구 위의 장식깃을 스치며 지나갔다.

이어 두만의 몸이 그대로 한 바퀴를 회전하자 몸 뒤쪽으로부터 숨어 있던 단창이 나타나 발렌의 가슴을 찔렀다.

캉.

겨우 방패로 막았지만 미처 그 힘을 흘릴 수 없었다. 그 위 상대의 창에는 회전하는 체중의 힘이 실려 있었다.

발렌의 몸이 그대로 주르륵 뒤로 밀려났다.

와아아.

승부를 예감한 관중들의 환호가 터져 나왔다. 그 함성에 호응하듯 두만의 도끼가 발렌의 머리를 향해 떨어져 내렸다. 앞으로 돌진하는 힘이 그대로 실린 내리찍기!

막을 수 있는 성질의 공격이 아니다.

"타핫!"

발렌은 크게 기합을 넣으며 밀리던 몸에 힘을 더하여 그대로 뒤로 쏘아지듯 물러섰다. 또한 동시에 검을 들어 상대와 거의 같은 동작으로 위에서 아래로 휘둘렀다.

돌진하면서 공격하는 자와 물러서면서 반격하는 자! 무거운 전투 도끼와 가벼운 롱 소드! 그들의 우위는 누가 보아도 명확했다.

일단 옆이 아닌 뒤로 물러나기 시작하면 수세를 만회하기는 극히 어렵다. 두만처럼 양손에 두 개의 무기를 사용하는 자는 공격의 틈이 거의 없기 때문에 더 더욱 어렵다.

사람들은 승부가 거의 끝나간다고 생각했다. 그러나 그 순간, 그들의 눈에 믿기 어려운 일이 벌어졌다.

파캉.

"아! 도끼가!"

누군가가 놀라 소리쳤다. 두만의 도끼가 중간에서 잘라져 허공으로 날아가고 있었다.

믿을 수 없게도 두 개의 무기가 부딪치는 순간 도끼가 잘려 버린 것이다.

두만은 돌격을 멈추고 우뚝 서서 발렌을 주시했다. 왼손에 들린 단창으로 연속 공격을 할 수도 있었지만, 그랬다면 아마 자신은 상대의 반격에 치명상을 입었을 것이다.

그는 눈을 돌려 자루만 남은 자신의 도끼를 보았다.

자신의 도끼 자루는 나무가 아니다. 가장 단단하고 질긴 대나무 속에 강철심을 넣고 다시 그 위에 동으로 씌웠다. 롱 소드보다 강하면 강했지 이렇게 잘릴 수는 없다.

두만은 막 깨달은 사실을 재확인하듯 물었다.

"처음부터 내 무기를 노린 건가?"

"그렇다. 네 무기의 궤적과 내 무기의 궤적이 만나는 순간의 힘을 이용했지."

"과연! 도끼 자루가 맥없이 잘릴 만도 하군."

두만은 미련없이 한쪽 손을 들며 심판에게 말했다.

"패배를 인정하겠소."

패배를 인정한 두만은 슬쩍 고개를 돌려 발렌의 검을 보았다.

두 개의 검이 부딪치는 순간을 정확하게 잡아 오히려 상대의 힘을 이용했다. 말하자면 자신은 스스로의 힘으로 상대의 검에 자신의 도끼 자루를 부딪친 셈이다.

그 순간 다른 사람은 미처 보지 못했겠지만 싸우는 당사자인 그만은 보았다. 그 결정적인 순간 발렌의 검에서 순간적으로 뻗어 나오는 날카로운 기운을!

그것은 미약하지만 파란 기운을 띠고 있었다. 단순한 검기가 아닌 상급 단계의 검사임에 틀림없었다. 검사가 뿜어져 나오는 검이기에 자신의 무기가 손상된 것이다.

'나는 아직 검사를 얻지 못했다. 내가 기술에 집착하는 동안 저자는 공을 쌓았군.'

그는 속으로 그렇게 생각하며 조용히 스팔시온 후작 측의 대기실로 돌아갔다.

"두만 경의 기권으로 발렌 경의 승리를 선언합니다!"

짝짝짝짝.

심판의 선언이 내려지자 귀족들은 모두 박수를 쳤다. 양쪽 모두 드물게 보는 실력의 소유자였고, 멋진 경기였다.

"승리했습니다."

대기실로 돌아온 발렌은 바로 주군에게 결과를 보고했다. 그의 덤덤한 얼굴에는 이겼다는 기쁨의 기색조차 비치지 않았다.

보고를 받은 레오 역시 담담한 얼굴로 고개를 끄덕였다.

"쉬어도 좋다."

"네."

그것으로 두 사람의 대화는 끝이었다. 일단 실전에 들어간 후로는 레오도 발렌도 쓸데없는 말은 일절 하지 않았다.

휴케바인은 그런 두 사람을 보며 웃었다. 적어도 전투 상황에서 저들보다 더 냉정한 사람은 보기 힘들 것이다.

"그럼 다음에는 제가 나갈까요?"

휴케바인은 자리에서 일어나 몸을 풀면서 말했다. 일 대 일의 상황, 이제 자신이 나가 1승을 올리면 승부는 확실해진다.

그러나 레오는 고개를 저었다.

"라이안, 나가라."

"넷."

짧은 대답과 함께 일어나 준비를 하는 기사는 과거 레오의 담당 기사였던 라이안이다.

그는 어떻게 보면 발렌의 제자라고 할 수 있었는데, 착실한 성격과 정통 검법을 고수하는 고집까지도 모두 발렌과 닮아 있었다.

휴케바인은 벽을 향해 앉아 고개를 숙인 채 뭐라고 중얼거렸다. 모처럼 피가 끓어올랐는데 주군이 몰라주니 속상했다. 그렇다고 다른 이도 아닌 레오에게 군소리를 할 수는 없어 그답지 않게 속으로 중얼거리고 있는 것이다. 거구의 그가 삐진 표정으로 벽을 향해 앉아 입술을 내민 폼은 누가 보아도 우습기 짝이 없었다.

레오가 들어보니 이길 자신 있는데 그냥 싸우게 해주지라는 내용이었다. 휴케바인은 설마 레오가 그 말을 들을 거라 생각하지 못하면서도 단어 하나조차 불경한 말을 사용하지는 않았다.

솔직히 레오가 판단하기에도 휴케바인이라는 놈은 이번 상대로 느껴지는 무로카 백작보다 강했다.

아무리 무로카 백작이 북부의 무장들 중에서 최고의 실력을 가지고 있다고 해도 이 천성의 거력과 투지, 그리고 그와 어울리지 않는 섬세한 검법을 지닌 휴케바인을 이길 수는 없을 것이다.

문제는 그 다음이다.

다음에 나올 가능성이 높은 크루거 자작은 성격이 잔인하고, 싸우면 꼭 피를 보는 살초들로 뭉쳐진 검법을 사용한다. 만일 그가 나선다면 라이안으로는 감당하기가 힘들다. 단순히 부상으로 끝나지 않을 가능성이 높은 것이다.

반면 지금 나올 무로카 백작은 발렌과 비슷한 정통 검법의 소유자이다. 라이안에게 좋은 상대가 되어줄 것이다.

물론 승리를 위해서라면 이번에 휴케바인을 보내고 바로 다음번에 자신이 나가는 것으로 끝낼 수 있다. 하지만 모처럼 일을 벌였으니 후작과는 끝을 봐야 한다.

그가 준비한 카드를 정면에서 철저하게 부수어 그에게 참을 수 없는 공포를 줄 것이다. 레오는 그렇게 결정하고 있었다.

그는 준비를 끝내고 결투장을 향해 걸어나가는 라이안을 보며 아무도 모르게 가벼운 한숨을 쉬었다.

'피곤한 일이군. 부하를 배려해야 한다는 것은. 그냥 내가 저쪽 놈들을 한꺼번에 처리할 수 있다면 편한데…….'

역시 영지와 부하는 짐이라고 생각하며 고개를 젓는 레오였다.

그러나 레오가 어떻게 생각하든 다른 사람들은 그를 위해 목숨을 걸고 싸우고 있었다. 그런 만큼 레오도 부하들을 인정할 수밖에 없었다.

혼자가 아니다! 그것은 힘이기도, 약점이기도 했다. 그렇기 때문에 이것은 모험일 수도 있다. 적어도 아직 저들은 레오에게 힘보다는 약점에 가까웠다.

하지만 그들은 곧 자신의 힘이 된다! 레오는 그렇게 믿었다. 휴케바인을 비롯한 기사들의 눈빛과 행동이 그러한 믿음의 기반이 되고 있었다.

"와아!"

경기장 쪽에서 함성이 들려왔다.

입구에서 구경을 하고 있던 휴케바인이 씨익 웃으며 말했다.

"라이안, 저 친구 제법인데요? 십 년 전의 발렌 경을 보는 것 같습니다."

"그는 강하지. 앞으로도 더욱 강해질 걸세."

발렌은 휴케바인의 말에 마치 자신이 칭찬을 받은 것처럼 미소를 지으며 대답했다.

라이안은 과거에 레오 때문에 매일같이 혹독한 기합을 받아서 그만큼 기초가 충실했다. 여기에 워낙 성실한 성격으로 발렌의 가르침을 충실히 받아들이며, 실력을 차곡차곡 쌓아올렸다. 덕분에 그야말로 제2의 발렌이라고 할 만한 실력을 갖추게 되었다.

단점이라면 임기응변이 약간 부족한 것인데, 그것도 지금처럼 정통파 검법을 구사하는 상대를 만나면 크게 문제가 되지 않는다.

라이안은 북부 최강의 기사라는 무로카 백작을 상대로 백여 초 이상을 싸우고 있었다. 상대가 자신보다 고수임이 확실했지만 라이안의 검에는 주저함이 없었다. 그는 두려움없이 상대방의 공격에 전력을 다해 응하며, 하나하나 막거나 피해 나갔다.

바로 전의 발렌과 두만의 경기가 정공과 변칙의 대결이었다면, 이번 시합은 전형적인 기사의 검법을 소유한 자들끼리의 시합이다.

그들의 움직임은 그야말로 기사들의 모범을 보는 것과 같았고, 심지어 아름답기까지 했다.

그러나 역시 실력의 차이는 어쩔 수 없는지 백 초가 지나면서 라이안의 검은 점점 그 예리함이 사라지고 있었다. 포기한 것이 아니라 가진 힘을 소진하여 지친 것이다.

위잉, 카캉.

무로카 백작은 이제 승부를 낼 때가 되었다고 판단했는지 크게 검을 휘둘러 라이안의 방패 위를 때렸다. 그처럼 큰 동작을 펼쳤는데도 이미 라이안은 반격을 하지 못할 정도였다.

"으윽!"

라이안은 싸우기 시작한 후 처음으로 신음 소리를 내었다. 방패를 든 팔에 상당한 충격을 받았다. 상대의 공격은 한 손으로 롱 소드를 휘둘러 가해진 것이라고 믿기 어려울 정도로 파괴력이 강했다. 그리고 그 힘은 방패를 뚫고 라이안의 팔뚝을 부러뜨렸다.

바앙, 카카캉.

연속적으로 들어오는 두 번의 베기와 한 번의 찌르기를 가까스로 검으로 흘렸다. 무사히 공격을 막아냈음에도 불구하고 방패를 든 왼팔에서 극심한 통증이 느껴졌다.

충격이 몸 전체에 퍼지며 부러진 팔을 자극하는 것이다.

'한계인가?'

라이안은 암울한 눈빛으로 무로카 백작을 노려보며 생각했다. 애초에 이길 수 있다고는 생각하지 않았다. 아무도 그렇게 생각하지 않았을 것이다. 하지만 라이안은 그런 상대이기 때문에 오히려 전력을 다해야 한다고 생각했다.

발렌 경과는 다르다. 잘못하면 죽을 수도 있는 실전과도 다름없는 시합이다. 아니, 결투다!

기사는 명을 받으면 앞으로 나아가는 것, 그 앞에 영광이 있는지 죽음이 있는지는 나중에 생각한다.

머리 속에 떠오른 기사 서임의 맹세 중 한 구절이었다. 과연 지금이 그럴 때가 아닌가!

슈우욱.

무로카 백작의 검이 날카롭게 자신의 오른쪽 어깨를 노리고 찔러 들어오는 것이 보였다. 자신의 검의 빈틈을 정확하게 노린 공격이었다.

라이안은 이를 악물었다. 그리고 순간적으로 몸을 회전시키며 왼손
의 방패를 들어 전력으로 상대의 검을 후려쳤다.

캉.

"으음? 부러진 팔로 실드 배쉬를(Shield Bash)?"

무로카 백작은 자신의 찌르기가 바깥쪽으로 튕기는 순간 옆으로 한
걸음 움직여 몸의 중심을 자연스럽게 잡았다. 그러면서도 상당히 놀란
듯 방패로 몸을 가리고 이어질 라이안의 공격에 대비했다.

과연 무로카 백작의 예상대로 몸을 한 바퀴 회전한 라이안의 검이
위에서 그의 머리를 노리고 수직으로 떨어졌다. 횡으로 베는 것이 아
니라 검을 세웠다가 수직으로 내려친 것이다.

"좋은 수!"

카캉.

무로카 백작은 방패를 들어 라이안의 검을 막았다. 이것으로 상대의
최후의 발악은 끝난 것이나 다름없다고 생각했다. 바로 앞에 보이는
젊은 기사의 얼굴은 고통으로 하얗게 탈색되어 있었고, 입술에서는 피
가 흐르고 있었다. 고통을 참느라 입술을 깨문 모양이었다.

그런데 그 순간 라이안이 방패를 옆으로 세워 무로카 백작의 왼쪽
허리를 노려 휘둘렀다.

회전을 하는 동안 방패를 몸 반대편 안쪽으로 붙인 다음 무로카 백
작이 방패를 위로 치켜든 틈을 노린 것이다.

퍽.

"크윽!"

무로카 백작은 옆구리에 상당한 충격을 받았는지 신음성을 흘리며
옆으로 이동했다. 그리고는 자신의 검으로 완전히 빈 상대의 왼쪽 허

리를 노리고 검을 찔렀다.

"위험!"

휴케바인이 놀라서 외치는 소리가 들려왔다. 상대에게 제대로 된 공격을 가하겠다는 일념하에 무리한 방법을 사용했기 때문에 목숨이 위험하게 된 것이다.

그러나 라이안은 자신의 너덜너덜해진 왼팔에게 감사하며 그대로 상대의 검을 향해 몸을 던졌다. 검을 피하려 하지 않고 오히려 스스로 뛰어든 것이다.

푸욱.

라이안의 왼팔 어깨에 무로카 백작의 검이 박히며 피가 튀자 사람들은 비명을 질렀다. 그러나 일부의 기사들은 라이안의 대담성에 크게 감탄하며 탄성을 발했다. 상대의 공격을 피할 수 없다고 깨닫는 순간, 라이안은 치명적인 장소인 옆구리를 보호하기 위해 자신의 어깨로 무로카 백작의 검을 받은 것이다.

평생 검과 함께 살아온 자들조차도 결정적인 순간에 쉽게 상대의 검을 향해 다가가지 못한다. 그것이 되는 자는 진정으로 용맹한 자들이고, 그 위에 수많은 사선을 넘어가며 경험을 쌓은 자뿐이다. 그런데 이제 삼십대 초반의 라이안이 그런 움직임을 보여 스스로의 생명을 구했다. 이 이치를 아는 무인들은 그가 머지않은 미래에 최상급의 기사가 될 것이라고 생각했다.

"무로카 백작의 승리입니다!"

심판은 즉시 깃발을 들어 승부를 선언했다. 무로카 백작도 더 이상 손을 쓰고 싶지는 않았는지 순순히 물러나 자세를 취했다.

휴케바인이 급히 달려 나와 땅에 쓰러진 라이안의 몸을 살폈다. 그의 왼팔은 어깨에 뚫린 구멍으로부터 흐른 피에 완전히 젖어 있었고, 팔뚝 중간은 크게 부어 있었다.

"라이안 경, 무리를 하다니!"

휴케바인은 화가 난 듯 외치면서도 조심스럽게 라이안의 몸을 안아 올렸다. 전신 갑옷을 입은 기사를 가뿐히 안아 올리는 그의 힘에 무로카 백작은 적지 않게 놀란 표정으로 그들을 주시했다.

라이안은 아직 정신이 있는지 힘없는 얼굴로 웃었다.

"하하하, 그래도 한 번은 성공했지. 경에게 배운 변칙 공격이 꽤 쓸 만한걸? 충고 들은 대로 방패 아래쪽에 단검을 박아 넣어둘 걸 그랬지?"

"멍청한 소리군. 단검을 안 박았으니까 성공한 거야. 실전에서는 전혀 소용이 없다고! 경은 그저 정식 검법을 파고드는 게 좋겠어. 변칙과 암수에는 소질이 없거든."

휴케바인은 라이안에게 그렇게 잔소리 겸 농담을 하며 대기실로 안고 들어왔다. 적어도 죽지는 않을 것이라고 생각하니 놀란 마음이 가라앉는 것 같았다.

"신관, 어서 치료를!"

발렌이 급히 외치자 신관도 그의 기분에 부응하듯 서둘러 라이안의 상처를 막고 팔의 갑옷을 벗긴 후 뼈를 맞추었다. 그리고는 긴장한 얼굴로 보고 있는 사람들을 돌아보며 말했다.

"다행히 힘줄과 신경은 다치지 않았습니다. 치료만 한다면 왼팔은 원래대로 돌아갈 것입니다."

"휴, 다행이군. 빨리 그 친구를 위해 신성 마법을 써주시오."

"그렇게 하지요. 일단 갑옷을 모두 벗기고 잠을 재우는 것이 좋을 것 같습니다. 상처도 상처지만 완전히 지쳐 있는 상태인 것 같군요."

신관은 그렇게 말하며 천천히 신성 주문을 시전하여 어깨와 팔뚝의 상처를 치유하기 시작했다.

그사이 다른 사람들은 라이안의 갑옷을 벗겼다.

세 번의 대결 중에서 이번이 가장 심한 부상이었다. 부상의 정도가 심할수록 빠른 치료가 무엇보다 중요하다는 것을 그들은 잘 알고 있었다.

다행히 라이안은 그런 치료를 받을 수 있기에 행운이라고 모두들 중얼거리며 신성력에 취해 기절한 라이안의 머리에 꿀밤을 먹였다. 그가 완치될 수 있다는 것이 기쁜 모양이었다.

"다음 분께서 준비가 되셨으면 나와주십시오."

부상을 당한 동료를 치료하는 순간에도 시간은 가는 모양이다. 진행자가 대기실 안에 얼굴을 내밀고 그렇게 말했다.

"휴케바인, 나가라."

레오는 즉시 휴케바인을 호명했다.

"옛! 확실하게 부수고 오겠습니다."

그는 과거 레오와 같이 다닐 때 쓰던 표현을 그대로 쓰면서 예를 취하더니 큰 걸음걸이로 경기장으로 나갔다. 그의 몸 주변에서는 흉포한 기세가 피어오르고 있었다.

동료인 라이안이 부상을 당한 것이 상당히 기분이 나빴던 모양이다.

다른 사람들도 상당한 스트레스를 받았는지 모두 입구 쪽으로 가서 휴케바인을 보았다. 그들 모두는 휴케바인이 통쾌하게 상대를 이기는 모습을 보고 싶었다.

레오는 여전히 자신의 자리에 앉아 눈을 감고 명상을 했다. 그의 판단으로 승부는 매우 불안해졌다. 이 대 일의 상황이지만 휴케바인이 이겨야만 동점이 되는 것이다. 물론 휴케바인은 이길 생각이겠지만,

만약 후작이 생각을 달리한다면 이 승부는 힘들다. 라이안을 살리기 위해 승부 자체가 흔들린 셈이다. 하지만 이렇게 하기로 결정한 이상 후회는 하지 않기로 했다.

'혹시 지게 되면 저들과 함께 용병단을 세우는 것도 좋겠군. 처음부터 다시 하는 것도 나쁘진 않으니까.'

레오는 그렇게 생각했다. 적어도 영지와 어설픈 자금 따위보다는 부하들이 더욱 가치가 있다고 확신하고 있었다.

＊　　　＊　　　＊

"휴케바인 경이 나왔습니다."

스팔시온 후작의 참모인 돌룬 자작이 경기장에 나온 거구의 기사를 보며 말했다.

"그렇군. 과연 거인 기사라고 이름 붙을 만큼 거대한 놈이야. 하하하!"

스팔시온 후작은 여유롭게 웃으며 아무 생각 없이 그렇게 대답했다. 그는 이미 승리를 확신하고 기분 좋게 결투를 관람하고 있었다. 돌룬 자작은 그게 아니라는 듯 고개를 저으며 급히 말을 계속했다.

"이 대 일의 상황입니다. 상대 측에서는 이미 휴케바인 경이 나왔으니 지금 그를 내보내면 승부가 끝나지 않겠습니까?"

"흐음, 그렇게 되나?"

돌룬 자작의 말은 확실히 옳았다. 손쉽게 승부를 정할 수 있다는 생각에 스팔시온 후작도 잠시 마음이 흔들렸다. 하지만 다음 순간 그는 고개를 가로저었다.

"경의 말이 틀리지는 않지만, 그렇게 하지 않아도 마지막 전투에서 승부가 나지 않겠는가?”

“그거야 그렇겠지요. 하지만 승부는 확실하고 빠르게 결정지을수록 좋지 않겠습니까? 지금 이길 수 있는데 다음으로 미루면 그만큼 변수가 낄 확률이 늘어납니다.”

돌룬은 냉정한 눈빛으로 경기장에 서 있는 휴케바인을 보았다. 왠지 모르게 지금 저자를 이겨서 승부를 끝내는 것이 좋을 것 같다는 느낌이 들고 있었다.

그럴 가능성은 거의 없지만, 만의 하나라도 왕이 심술을 부린다면 승부가 묘하게 흐를 가능성도 있었다. 그렇기에 그는 최대한 간절한 말투로 스팔시온 후작에게 그를 지금 내보내자고 간언한 것이다.

그러나 그의 말이 끝나자마자 후작의 옆 좌석에 앉아 있던 남자가 말했다. 그는 두꺼운 후드가 달린 로브를 머리 위까지 뒤집어써서 그 정체를 알 수 없었는데, 이 자리에서 그자의 정체를 아는 사람은 스팔시온 후작과 돌룬 자작 이외에는 없었다.

“어떤 변수가 있을 수 있다는 것이지? 나의 기사는 그 모든 변수를 허용하지 않을 것이다.”

스팔시온 후작도 그 사람의 말이 무척 마음에 든 듯 크게 웃었다.

“하하하, 그 말이 바로 진리이지. 누가 이 승부를 뒤집을 수 있겠나? 서두르지 말게, 저 미친개에게 최후까지 희망을 주는 것이 좋아. 그리고 마지막 순간에 모든 것을 무너뜨리는 거지. 그놈이 과연 나와서 싸울 수나 있을까? 나오지도 않고 기권한다면, 저 발렌이나 휴케바인 같은 용맹한 부하들에게 신망을 잃겠지.”

말을 하면서 그 장면이 상상되자 스팔시온의 기분은 더욱 좋아졌다. 그는 만면에 미소를 지었지만 잔인하고 음흉한 눈빛으로 말을 이었다.

"나온다고 해도 그놈은 스스로의 손으로 모든 것을 잃는 괴로움을 맛보게 될 거야. 어쩌면 그럴 슬픔과 절망을 느낄 틈도 없이 결투에서 목숨을 잃을지도 모르지. 이런! 그렇게 된다면 정말로 안타까운 일인데? 그렇지 않소?"

스팔시온은 두 손으로 애석하다는 표현까지 하며 옆에 앉은 자를 보았다.

후작이 자신의 최후의 카드를 레오에게 직접 부딪치려는 이유는 바로 레오를 겁쟁이로 만들기 위해서였다.

과연 절대로 이길 수 없는 상대를 보고도 나올 수 있는지 궁금했다. 지는 것은 당연하고 죽을 가능성이 높은 상대에게도 용기를 보일 수 있을까? 자신에게 이빨을 드러낸 것처럼?

그렇게 하지 못한다면, 비겁자가 된다면 지금 그 애송이를 응원하고 있는 모든 귀족들은 그에게서 철저하게 등을 돌릴 것이다. 심지어는 그의 수하들조차 실망하게 될 것이다.

'영지를 빼앗고 명성을 없애고, 다시 부하도 잃게 만들어주겠다!'

후작은 속으로 이를 갈며 달콤한 복수의 상상 속에 빠져들었다. 옆에 앉은 자는 그런 스팔시온 후작을 보며 후드 밑으로 간신히 드러나는 입술을 위로 들어올려 미소를 지어 보였다.

"염려 마시오, 내 기사는 그렇게 잔인하지 않으니까. 아마 후작에게 무례한 그 애송이는 살 수 있을 거요. 어쩌면 부상을 당해 불구가 될 수도 있겠지. 하하하!"

"아! 정말 좋은 얘기요. 그렇게 된다면 본인은 그를 동정해서 아들의 원수를 갚는 것을 포기하고 그의 목숨을 취하지 않을지도 모르겠소."

결국 후작 측에서는 처음 예정대로 크루거 자작을 내보냈다.

키가 190㎝가 넘는 크루거 자작은 괴력과 광포함으로 이름을 날린 북부의 학살 기사였다. 그의 그 거대한 체격도 휴케바인의 앞에 서자 왜소해 보였다.

크루거 자작은 그것이 기분 나쁜 듯 인상을 쓰며 자신의 검을 거칠게 휘둘러 땅에 꽂았다.

두 거한은 서로를 노려보며 장내의 모든 사람들에게 상당한 압박감을 줄 정도로 팽팽한 기세로 당당하게 서 있었다.

"소문대로 거대하군."

휴케바인의 키는 210㎝가 넘는다. 190㎝가 넘는 키를 가진 크루거는 평생 자신보다 키가 큰 사람을 몇 보지 못했는데, 지금 자신보다 거의 머리 하나가 큰 사람을 보니 영 기분이 나빴다.

"그대가 작은 거겠지."

휴케바인은 이를 드러내고 씨익 웃으며 과장스럽게 내려다보는 자세를 취했다.

"이놈, 덩치가 크다고 자만하는 거냐? 네놈의 힘이 오우거를 상회한다고 하지만 나보다 더 강하다고는 믿지 않는다. 무엇보다 그 덩치에 롱 소드라니? 차라리 단검을 들고 싸우는 것이 어떠냐?"

크루거는 그렇게 말하며 자신의 무기인 그레이트 소드를 앞에 들어 시위하듯 흔들었다.

체격이 크고 힘이 강한 자는 중병기를 쓰는 것이 당연하다. 그것이 바로 스스로의 장점을 가장 잘 살리는 길이기 때문이다.

그런데 눈앞의 상대는 보통의 기사들이 사용하는 롱 소드와 카이트 실드를 들고 있었다. 생각보다 완력에 자신이 없다는 증거이다.

크루거는 그런 휴케바인을 비웃었다. 덩칫값도 못하는 놈!

"나는 성격이 섬세해서 그런 무식한 그레이트 소드나 자이언트 엑스 같은 무식한 무기는 별로 좋아하지 않는다. 그런데 그대야말로 괜찮나? 원래 중병기는 자신보다 힘세고 커다란 상대에게는 그 장점을 거의 살리지 못하는 것을 알 텐데?"

"뭐라고? 크크크, 네놈이 내 무기를 비웃다니? 이 검에 의해 몸이 둘로 갈라져도 그런 말이 나오는지 보도록 하지."

"좋은 얘기군. 나도 이렇게 수다만 떠는 것은 별로 좋아하지 않거든. 구경하는 사람들도 생각해 줘야지. 덤벼봐라."

휴케바인은 자작의 작위를 가지고 있는 크루거에게 끝까지 반말을 썼다. 이는 상당히 무례한 일이지만 휴케바인은 전혀 상관하지 않았다. 크루거 자작은 혹독한 영주로 이름 높은 자, 평민 출신의 휴케바인은 그를 상당히 미워하고 있었다.

더군다나 방금 전에 싸운 라이안의 투지를 보고 몸에 불이 붙은 휴케바인이다. 그야말로 크게 전의가 생겨 눈앞의 상대를 적당한 수준에서 끝내고 싶지 않았다. 살의를 충족하기 위해 일부러 싸움을 격하게 만들려는 의도였다.

그 도발에 맞추어 크루거의 거대한 대검이 거센 기세로 허공을 가르며 휴케바인의 몸을 노리고 떨어져 내렸다.

"재앙의 까마귀! 저주받은 불길한 이름을 가진 평민 놈!"

위이잉, 쾅.

휴케바인이라는 이름은 원래 재앙을 부르는 까마귀를 뜻한다. 사람에게는 붙을 수 없는 이름인데, 휴케바인의 경우 그것이 별명도 아닌 본명이었다.

공격을 하면서 일부러 그것을 찌른 크루거의 욕은 일종의 부록과도 같은 것인데, 기합 속에 욕을 섞어 내지르는 모양이었다.

휴케바인은 의도적으로 피하지 않고 정면에서 방패를 들어 막았다. 보통 사람이라면 방패를 든 팔이 부서질 정도의 강격이었건만 흘리지도 않고 막아서 멈춰 세운 것이다.

"거봐. 네놈 정도의 힘으로는 대검을 써도 소용이 없다니까?"

히죽 웃어 보이며 얼굴을 내밀고 말하는 휴케바인의 목소리에 크루거의 얼굴이 불에 타듯 붉게 변했다.

"이건 어떠냐? 까마귀!"

바아앙.

과연 그의 실력은 진짜라고 할 수 있었다. 한 번 막힌 검을 회수하지도 않고 방패를 타고 흐르듯 옆으로 돌면서 순식간에 휴케바인의 왼쪽 다리를 노렸다. 1.5m 정도나 되는 긴 검날이기 때문에 하단을 노리기가 쉬웠다.

"피하고 방패치기!"

휘익, 쾅.

휴케바인은 갑자기 훌쩍 뛰어오르며 자신의 방패로 상대의 머리를 내려쳤다.

크루거는 기겁해서 급히 검을 끌어당겨 위로 치켜 올렸지만 휴케바인의 전 체중이 실린 공격이었기에 다리가 휘청 하면서 꺾였다. 급히 뒤쪽으로 물러나며 중심을 잡으려 했지만, 지금까지 움직이지 않고 있던 휴케바인의 롱 소드가 독사의 이빨처럼 날카롭게 그의 빈틈을 노리고 찔러 들어왔다.

"어헉!"

크루거는 검으로 막을 수 없다는 것을 느끼자 바로 몸을 옆으로 던

저 땅 위를 두어 바퀴 구르며 검을 사방으로 휘둘러 휴케바인의 접근
을 막았다.

"잘 구르네? 쓸 만하긴 한데 난 어지러워서 못하겠다. 흐흐."

휴케바인은 물러서는 상대를 쫓으려는 동작도 취하지 않고 재미있
다는 듯이 이죽거렸다. 사실 그는 크루거가 자신의 이름을 가지고 욕
을 할 때부터 크게 화가 나 있었다. 하지만 휴케바인은 게임의 법칙상
화가 나면 날수록 냉정해야 한다는 것을 알고 있었기에 참았을 뿐이다.

불행히도 휴케바인과는 달리 커다란 덩치와 어울리게 단순무식한
크루거는 화를 참을 줄 몰랐다.

"이, 이놈!"

가까스로 일어나 다시 자세를 잡은 그는 크게 괴성을 지르며 검을
머리 위로 치켜 올린 채 휴케바인을 향해 돌진했다.

휴케바인은 냉정하게 살짝살짝 뒤로 물러나며 방패로 그의 공격을
흘렸다. 결코 만만한 상대가 아닌 것을 알기 때문에 그를 흥분시키고
공격을 가하게 하면서 시간을 끌고 있었다.

상대가 이성을 되찾을 만하면 날카로운 말과 변칙적인 공격으로 다
시 흥분시키고 자신은 수비만 하게 만들었다.

순식간에 경기장 안은 크루거의 대검이 일으키는 기세로 가득 차게
되었다.

"잘하는군요. 곧 승부가 끝나겠습니다."

발렌이 입구에서 그 광경을 보다가 레오에게 보고하듯 말했다.

"휴케바인은 빠르고 교활하다. 힘이 강한 것은 그에게 별 자랑거리
가 못 되지. 그런데도 상대는 언제나 그것을 오해하더군."

겉모양에 속으면 안 된다고 생각하며 레오는 웃었다.

“휴케바인 경도 18세까지는 자신의 힘을 자랑으로 생각했다고 합니다. 그런데 어떤 사건 이후 힘에 대한 미련을 버리고 섬세하고 빠른 검법을 수련하기 시작했다더군요.”

물론 그 어떤 사건이라는 것은 12세의 레오에게 팔씨름으로 패한 일이다. 발렌도 지금은 그것을 안다.

오우거와 힘 싸움을 해도 지지 않는다는 휴케바인은 그날 이후로 세상에는 결코 믿을 수 없는 일도 일어난다는 것을 깨닫고 힘에 의지하는 마음을 버렸다.

그 후로 휴케바인은 천성의 뛰어난 재질을 모두 살려 힘과 변화, 그리고 속도와 잔머리에 의한 임기응변까지 모두 차별없이 수련했다.

강해질 수 있다고 생각되면 무조건 시험했고, 수련했으며, 정말 그만큼 강해졌다.

사실 그 이면에는 레오에게 단 한 번이라도 이겨보고 싶다는 욕망이 깃들어 있었다. 물론 아직까지 그 소망은 성공하지 못했다.

레오도 이 사실을 알고 있었는데, 그야말로 기특하지만 말도 안 되는 소망이어서 농담거리라 할 수도 없었다.

그들이 그렇게 나름대로의 생각에 잠겨 있는 사이, 경기장의 대결은 절정에 다다르고 있었다.

크루거의 공격은 점점 더 흉포해졌다. 그는 마치 지치지 않는 광전사처럼 날뛰고 있었다.

휴케바인은 과연 왕국 중에 이름을 날릴 만한 자라고 속으로 감탄하며 더욱 신중하게 그를 유인했다.

“정말 행운이군. 그대와 같은 자를 만나서!”

“곧 불행이라고 생각하게 될 것이다!”

"아니, 아니, 그럴 리가? 사실 난 평민 출신이라서 앞으로 귀족이 되도 잘해 나갈 수 있을까 걱정하고 있었거든? 그런데 그대를 보니 자신감이 저절로 생기는 것 같아. 이렇게 품위없는 자도 자작까지 되잖아."

"저주를 받아라! 내 검에 의해 죽어서도 마계로 떨어질 까마귀 놈아!"

"착각하지 말라고, 휴케바인은 상대를 불행에 빠뜨리게 하는 까마귀지만 스스로는 나름대로 행복하게 산다는 전설이 있어."

검의 움직임도 격렬했지만, 그와 함께 오가는 욕설과 비웃음은 더욱 치열했다.

이렇게 같이 욕설을 퍼부을 경우 대검을 휘두르는 크루거보다는 휴케바인의 체력 소모가 훨씬 적었다.

그 위에 휴케바인의 욕에는 격렬함과 날카로움, 그리고 때때로는 상대를 헷갈리게 만드는 칭찬까지 섞여 있어서 듣는 사람을 더욱 열 받게 만들었다. 마치 휴케바인 자신의 검법처럼 변화무쌍한 화술이었다.

'이제 된 건가?'

입과 손이 쉬지 않고 움직이는 것처럼 휴케바인의 머리도 끊임없이 움직이고 있었다. 그는 크루거의 체력이 이제 한계에 달했다는 것을 알았다. 아직 스스로는 느끼지 못하고 있겠지만, 소금만 더 있으면 몸을 사릴 가능성이 높았다.

'최후의 힘은 내가 소모시켜 줘야겠지.'

휴케바인은 그렇게 생각하며 갑자기 오른손으로 왼손을 포개어 잡았다. 그리고는 전신을 회전시켜 공격해 오는 크루거의 대검 안쪽을 자신의 왼손 팔꿈치 쪽의 방패 부분으로 후려 갈겼다.

쾅!

"크윽!"

크루거의 대검이 뒤로 튕겼다. 이번에도 상대가 흘릴 줄 알았던 그
는 당황해서 뒤로 두어 걸음 물러났다. 그러나 이미 공세로 전환한 휴
케바인의 움직임은 날카로웠다.

슈슈슉, 카카캉.

검을 상하로 번갈아가며 연속으로 찔렀다. 무서운 속도였다. 그리고
파괴력도 강했다. 순식간에 경기장 구석까지 크루거를 몰아넣은 휴케
바인은 다시 방패로 그를 후려쳤다.

쾅, 카카캉, 쾅!

뒤쪽에 경기장의 벽이 있기 때문에 크루거는 자신의 검을 마음껏 휘
두를 수 없었다. 계속해서 빠져나가려 했지만 상대의 검과 방패가 그
것을 허용하지 않았다.

뒤늦게 그는 깨달았다. 지금까지 눈앞의 건방진 까마귀가 자신의 공
격을 기술로 흘리기만 한 것은 자신의 힘을 감당할 수 없어서가 아니
었다는 것을!

자신의 그 강력한 연속 공격에도 힘을 사용하지 않고 몸놀림만으로
피하고 흘려내는 기량의 인간이 오히려 자신보다 힘이 강하다!

그리고 이제 상대의 전력이 담긴 연속 공격이 퍼부어지고 있었다.
방패의 공격은 대검으로 막아도 몸이 밀릴 정도이고, 검은 한순간에 서
너 번을 찔러 들어온다.

제대로 휘두르지도 못하게 된 대검의 움직임으로는 반격을 하지 못
한다. 막는 것도 힘들다.

"이놈! 이제 보니 생긴 것답지 않게 머리가 좋은 놈이었구나!"

크루거는 속았다는 생각에 이를 갈며 외쳤다.

"원래 까마귀는 영리한 새라니까!"

쾅, 파파팍.

휴케바인이 질세라 대답한다.

이미 크루거는 움직임을 봉쇄당했다. 검을 완전히 막아내지 못해 팔과 다리에 상처도 몇 개 생겼다. 그러자 그의 눈빛이 더욱 흉악해지는 것이 보였다.

그러나 공격하는 휴케바인의 눈은 여전히 냉정했다. 반드시 이기겠다고 맹세했다. 승부가 결정지어지기까지 절대로 방심하지 않는다.

"크아아악!"

크루거가 비명을 지르며 앞으로 튀어나왔다.

그레이트 소드를 높이 치켜들어 휴케바인의 머리를 두 쪽으로 가를 기세였다. 그의 왼쪽 허벅지에는 휴케바인의 검이 박혀 있었다. 한 번의 반격을 위해 방어를 포기한 것이다.

살을 주고 뼈를 깎겠다는 의지! 그러나 그의 이런 최후의 발악이야말로 휴케바인이 노리던 것이었다.

휴케바인은 미련없이 검을 놓았다. 그리고는 그 역시 앞으로 뛰어들며 두 손으로 크루거의 그레이트 소드 아래쪽을 움켜잡았다. 검의 안쪽은 그다지 날카롭게 벼려져 있지 않기 때문에 그의 건틀렛 가죽이 충분히 버틸 수 있었다.

다음 순간 휴케바인은 몸을 돌리며 허리와 한쪽 다리를 크루거의 몸 안쪽으로 밀어 넣었다.

팍.

"어억!"

크루거의 몸이 공중으로 떠 휴케바인의 반대쪽으로 날았다. 등으로 걸어 던지는 기술에 미처 반응하지 못했다.

쿵!

갑옷을 입은 채 위로 2m 이상을 떴다가 떨어지면 그 충격이 말에서 낙마한 것과 비슷하다. 크루거의 입에서 피가 흘러나왔다. 내상을 입은 모양이다.

하지만 그는 검을 놓치지 않았다. 두 손은 여전히 대검을 쥐고 있었다. 역시 검을 놓지 않았던 휴케바인이 그 검을 틀었다.

우두둑.

손가락이 부러지며 검이 이상한 방향으로 휘었다. 그 검의 날이 노리는 곳은 바로 크루거의 몸통이었다.

퍽.

"크흑!"

자신의 검이 자신의 몸에 박혔다. 크루거는 믿을 수 없다는 눈으로 머리 위에서 자신을 보고 있는 휴케바인을 보았다. 입에서 피가 뿜어져 나왔다.

휴케바인은 상대의 그런 눈을 담담한 시선으로 받으며 아직도 그의 다리에 꽂혀 있는 자신의 롱 소드를 뽑았다. 그리고는 그 검에 묻은 피를 이제는 죽어가는 크루거의 몸에 닦으며 중얼거렸다.

"전장에서는 미친놈들이 많아서 내 검을 움켜잡고 늘어지는 놈도 있지. 같이 죽자는 소린데, 난 그러기 싫거든? 이기기 위해서, 살기 위해서는 어떤 상황에서든 냉정해야 한다. 그대는 그걸 모르는 것을 보니 지난번 전쟁에서 선두에 서지 않았나 보군."

그는 그 말을 끝으로 몸을 돌려 대기실로 걸어갔다. 대기실의 입구에는 발렌이 미소 지으며 그를 기다리고 있었다.

크루거의 몸에서 흐르는 피비린내가 경기장 안을 메웠고, 그 향기에 취한 귀족들은 차마 승자에 대한 박수도 치지 못했다.

그들은 마지막 순간 일어난 그 파격적이고도 잔인한 장면에서 휴케바인의 기세에 압도된 듯했다.

시합은 이 대 이의 상황, 최초의 사망자가 나온 상태이다.

이제 모든 것을 결정짓는 최후의 결투만이 남아 있었다.

"이겼습니다."

"쉬어라."

"예."

별로 말이 없었다. 두 사람 다 이긴 것이 당연하다고 여기는 듯했다.

휴케바인은 자잘한 상처 하나 입지 않았다. 거의 비슷한 실력의 상대와 싸워 이렇게까지 이길 수 있었다는 것은 놀라운 일이다. 정신력과 지혜에서 휴케바인과 크루거의 차이가 많이 나지 않았다면 불가능했을 것이다.

발렌은 그런 이치를 이해하고 있었기에 조용히 자신의 자리에 앉아 갑옷의 고정대를 느슨하게 풀고 있는 휴케바인을 향해 다시 한 번 미소를 지어 보이고는 고개를 돌려 경기장을 보았다.

이번에는 후작 측에서 먼저 사람을 내보낼 차례다. 보나마나 몬순 자작이 나오겠지. 후작이 동원할 수 있는 기사 중 실력이 있는 자는 몬순 자작밖에 남지 않았으니까. 발렌은 그렇게 생각했다.

그런데 상대편의 대기실 입구로부터 걸어 나오는 남자는 몬순 자작이 아니었다. 몬순 자작은 듬직한 덩치이기는 해도 키가 작다. 화려하지는 않지만 견실한 체격에서 나오는 단순한 연속 공격을 장기로 한다.

지금 나온 남자는 건장하면서도 약간 마른 듯한 체격이었다. 나이는

50세가 넘어 보였는데, 두 눈이 날카롭고 방패도 없이 오른손에 롱 소드 한 자루만을 들고 있었다.

"누구지?"

발렌이 한 번도 보지 못한 기사였다. 저 정도 나이라면 당연히 자신이 알고 있어야 한다. 그런데 정말로 처음 보는 사람이었다. 방패 없이 롱 소드만 사용하는 기사 중 강한 자는 들어본 기억도 없다.

웅성웅성.

갑자기 관람석 쪽이 소란스러워지기 시작했다. 누군가가 그의 정체를 알아본 것 같다. 고개를 돌려 스팔시온 후작 쪽을 바라보니 그는 의기양양하게 웃고 있었다.

왕의 시종이 뛰어와 경기 진행자에게 뭐라고 말했다. 그러자 경기 진행자도 크게 놀란 표정으로 그 남자에게 말했다.

"타니아 왕국의 샤이넨 백작이십니까?"

"그렇소."

"뭐라고!"

발렌은 크게 놀라 소리를 질렀다. 관람석에 있는 귀족들의 웅성거림도 더욱 심해졌다.

"타니아의 수석 기사인 그대가 어째서 이곳에 나오셨습니까?"

경기 진행자는 다시 물었다. 이 일은 결코 작은 일이 아니다. 눈앞의 상대는 동맹국인 타니아 왕국의 최강 기사이자 대륙에 열두 명밖에 없다고 알려진 마스터인 것이다.

슈란 왕국 내에서 이자와 대등하게 겨룰 수 있는 사람은 오직 같은 마스터인 바로크 백작뿐이 아닌가?

샤이넨 백작은 고개를 돌려 턱으로 스팔시온 후작 쪽을 가리키며 말했다.

"후리안 후작께서 명하셨소. 경의 외조카를 살해한 자에게 복수를 하고 오라고 하시더군."

"후리안 후작!"

스팔시온의 옆에 있던 남자가 천천히 후드를 벗었다. 사람들은 드러나 그의 얼굴을 똑똑히 볼 수 있었다. 예순 정도의 나이에 쥐처럼 턱이 가늘고, 보기 흉한 가는 콧수염을 기른 남자였다.

이 자리에 있는 사람들 중 몇몇은 그의 얼굴을 알아볼 수 있었다. 그는 틀림없이 타니아의 최고 권력자인 후리안 후작이었다.

정체를 드러낸 후리안 후작은 천천히 자리에서 일어나 경기장 위쪽에 있는 타카 2세를 향해 예를 올리며 말했다.

"인사가 늦었습니다. 타니아의 후리안입니다, 폐하."

타카 2세는 자신의 오른손을 들어올려 그의 인사를 받으며 물었다.

"동맹국의 재상이 방문한 것을 환영하네. 그런데 어찌하여 이곳까지 오게 되었나?"

후리안 후작은 옆에 앉아 있는 스팔시온 후작을 가리켰다.

"제 여동생이 스팔시온 후작의 처가 됩니다. 죽은 베그달은 제 외조카가 되지요. 이번에 베그달이 억울한 죽임을 당했다는 전갈을 받았습니다. 분노와 슬픔이 저를 이곳까지 오게 했습니다."

"음, 그렇게 된 것이군. 알았네. 어쨌든 그대는 동맹국의 귀족이니 조약에 따라 왕국 내에서의 안전과 작위에 대한 권위를 인정하겠네."

"호의에 감사드리옵니다."

후리안 후작은 그렇게 말하고는 자리에 앉아 옆에 있는 스팔시온과 뭐라고 대화를 나누기 시작했다. 스팔시온 후작은 의기양양한 표정을 숨길 생각도 않고 연신 웃고 있었다.

발렌은 눈앞에서 벌어진 일에 잠시 굳어 있다가 갑자기 얼굴색이 변해 급히 레오의 앞으로 걸어갔다.

"영주님, 후작 측이 음모를 꾸몄습니다. 이번 상대는 바로 타니아의 마스터인 샤이넨입니다!"

늘 침착한 발렌이었지만 이 순간만큼은 격한 감정을 제어하기 힘들었다.

"발렌, 조용히 해라."

레오는 사태의 심각성을 모르는 듯 담담하게 대꾸했다.

"항의를 해야 합니다! 대전사 결투에 외국의 기사를 초빙하는 경우는 없었습니다. 왕국의 위신에 관계되는 문제이니 폐하께서도 항의를 받아주실 겁니다."

"듣자 하니 그의 주군인 후리안 후작은 스팔시온 후작의 처형이라고 하더군. 그 정도면 충분히 참가할 이유가 된다."

발렌은 레오의 말에 기가 막혔다. 이 정신 나간 주군이 지금 우리 편인지 아니면 후작 편인지 모를 정도였다. 더군다나 저 마스터 샤이넨과 싸우는 것은 다름 아닌 레오 그 자신이 아닌가?

'혹시?'

발렌은 입을 다물고 탐색하듯 레오를 찬찬히 살펴보았다.

'설마 이 젊은 영주님이 샤이넨 백작보다 강하단 말인가? 마스터보다?'

그럴 리 없다. 발렌은 곧 고개를 저었다. 있을 수 없는 일이다. 선천적으로 강한 것에도 한계가 있다.

마스터란 존재는 그렇지 않은 자와는 차원이 다른 강자이다. 그야말로 인간의 한계를 뛰어넘었다고 할 수 있다.

단 한 사람으로 왕국의 전력 평가를 변화시킬 수 있는 자! 기를 모아 실체화시킬 수 있는 능력을 깨달은 자를 어찌 이길 수 있단 말인가?

천재적인 재능을 가진 자가 오십 년에서 육십 년 정도를 끊임없이 수련했을 때 운 좋게 깨달음을 얻을 수 있다면 마스터가 된다.

발렌 자신만 해도 마스터로 가는 길목이라는 검사의 경지에 도달해 있었지만, 앞으로 몇십 년을 더 수련해야 그런 경지를 깨달을 수 있을지 예측할 수조차 없었다.

이 자리에 있는 전원이 한꺼번에 덤벼도 마스터 한 명을 이기지 못한다.

마스터가 몸 전체에 방어의 기를 두르면 웬만한 공격은 아예 통하지도 않는다. 반면 마스터의 검은 상대의 무기와 함께 모든 것을 벨 수 있다.

레오가 아무리 강해도 이십대, 아무리 빠르게 마스터가 된다고 해도 기대조차 할 수 없는 나이다. 그렇다면 승산은 없는 것이나 마찬가지이다.

"영주님."

발렌은 다시 레오를 불렀다. 그러나 레오는 대답하지 않았다.

그는 천천히 자신의 갑옷의 조임쇠를 하나씩 조이며 경기장으로 나갈 준비를 했다.

발렌이 굳게 결심을 하고 다시 레오를 부르려 할 때 대기실 뒤쪽에 있는 문으로 한 사람이 들어왔다.

"레오 가이안 자작."

사람들은 일제히 고개를 돌려 그 사람을 보았다.

"바로크 백작, 무슨 일이십니까?"

레오가 자리에서 일어나 정중하게 인사를 하며 물었다. 들어온 사람은 왕국의 최고 기사인 바로크 백작이었다. 그는 레오가 나갈 준비를 하고 있었다는 것을 깨닫고는 한숨 섞인 웃음을 지었다.

"과연 그대는 물러설 생각이 없었던 모양이군."

"제가 나갈 차례입니다. 상대가 누구든 상관없습니다."

"가이안 가문의 사람은 모두 그런 성격을 지닌 것인가? 그대의 가문에 경의를 표하오."

바로크 백작은 그가 들고 있던 검을 앞으로 내밀어 기사의 예를 취했다. 싸움에 있어 적을 따지지 않는 가이안 가문의 무모할 정도의 용기에 대한 진정 어린 마음의 표시였다.

그는 자신이 오기를 잘했다고 생각하며 바로 용건을 말했다.

"폐하께서 본인이 그대를 대신해서 출전하는 것을 허락하셨소. 내가 샤이넨 백작과 겨루고 싶으니, 그대의 가문의 명예를 잠시 나에게 맡겨 주시오."

"바로크 백작님!"

발렌이 크게 감동한 나머지 자신도 모르게 부르짖었다.

왕국 최고의 기사가 나선다! 그라면 샤이넨 백작과 대등하게 겨룰 수 있다. 아니, 일단 그가 나선다면 결투 자체가 무효화될 가능성이 높았다.

스팔시온 후작이 아무리 악에 받쳐 있다고 해도 마스터들의 사투를 지켜볼 수는 없을 것이다. 그렇게 된다면 승패와 상관없이 치명적인 궁지에 몰리게 될 것이 뻔했기 때문이다.

발렌은 기대에 찬 표정으로 레오를 주시했다. 그가 승낙하기만 한다면 최소한 무승부는 따놓은 당상이었다.

레오는 잠시 바로크 백작의 눈을 바라보았다. 그리고는 차분한 목소리로 말했다.

"본인이 보기에 그대는 샤이넨 백작과 비교했을 때 결코 절대적인
우위에 서 있지 않은 것 같습니다. 싸운다면 목숨이 위험할 수도 있습
니다."

그는 오히려 바로크 백작을 걱정하는 눈치였다. 감히 마스터의 실력
을 논하다니! 누가 보아도 무척 건방진 일이라 할 수 있었다. 다행히도
바로크 백작은 실력이 아깝지 않은 호걸이었다. 그는 전혀 불쾌한 기
색없이 오히려 소리를 내어 크게 웃으며 말했다.

"하하하하, 그거야 그렇소. 샤이넨 백작은 나와 거의 비슷한 수준일
것이오. 하지만 레오 경."

그는 잠시 입을 다물고 대기실의 천장을 응시했다. 어떻게 보면 과
거를 회상하는 것처럼 보였다. 그리고는 다시 입을 열어 말을 이었다.
그의 목소리에는 힘이 들어가 있었다.

"나는 왕국의 무력을 대표하는 마스터이지만 지난 전쟁에서 왕국이
패퇴할 때에 아무런 도움이 되지 못했소. 십만의 적 앞에서는 마스터
도 일반 병사나 다름이 없더군. 그때 왕국을 구한 것은 내가 아닌 다인
자작이오. 그대의 형과 그 개인 사병 오천이 모든 것을 버리고 적과 맞
서 싸웠소. 이제 나는 그 빚을 갚기를 원하오."

"음, 그렇습니까."

레오는 그에게서 형의 이름이 나오자 고개를 끄덕였다. 아버지의 영
지, 그리고 형의 명예, 어쩌면 자신이 이어받은 것은 작은 것이 아닐지
도 모른다는 생각이 들었다.

바로크 백작의 말에 발렌은 더욱 희망을 가지게 되었다. 저 바로크
백작이 저토록 정중하게, 확연한 이유를 들어 부탁을 하고 있었다. 그
의 주군이 충분히 체면을 지키면서 승낙할 상황을 일부러 만들어주고

있는 것이다.

레오는 두 손을 들어 바로크 백작에게 정중하게 예를 표한 후 입을 열었다.

"바로크 경의 호의는 잊지 않겠습니다. 하지만 가문의 명예를 외인에게 부탁할 수는 없으니 이 싸움은 저에게 맡겨주십시오."

"영주님!"

이번에는 발렌뿐만이 아니라 주변의 기사들까지 놀라 한 목소리로 소리쳤다. 하지만 레오는 한 손을 들어 저어 보임으로써 기사들의 입을 막았다. 더 이상의 반박을 용인하지 않는 강한 기세가 모두의 입을 막았다.

단지 휴케바인만이 멀뚱하게 이 광경을 보고 있었을 뿐이다. 물론 휴케바인도 상식적으로 레오의 나이에 마스터가 될 수 없음을 알고 있었다. 더하여 마스터를 이길 수 있는 것은 마스터뿐임도 알고 있었다. 다만, 휴케바인에게는 상식보다는 레오가 우선이었을 뿐이다. 휴케바인이 아는 레오는 절대 강자였다. 또한 질 것이 뻔한 싸움을 할 정도로 어리석은 존재도 아니었다.

바로크는 나무랄 데 없이 정중한 거절에 속으로 한숨을 쉬었다. 이 정도까지 해도 본인이 허락하지 않는 데야 수가 없다.

"경의 의지에 신의 도움이 있기를."

그는 그렇게 말하고는 대기실을 나섰다. 상대는 명예를 위해 목숨을 던졌다. 이제 자신이 할 수 있는 일은 그의 최후를 지켜봐 주는 것뿐이었다. 슬픈 일이었지만 막을 수는 없었다.

'저런 기백과 정신을 가진 가문이라면 결코 망하게 해서는 안 된다.'

그는 이미 레오의 죽음을 기정사실로 받아들이고 있었다. 다음 대의 가이안 자작이자 다인의 아들인 로엔이 레오의 의지를 이어받아 가문을 재건해야 할 것이다. 저런 가문의 정신을 받았다면 그 후계 또한 도와줄 가치가 있다.

바로크 백작은 지금의 안타까움을 그 후대에 대한 지원으로 상쇄하기로 결심하고 있었다. 물론 국왕에게도 그의 생각을 적극적으로 표명할 작정이었다.

다른 사람들이 어떻게 생각하든 레오는 별로 관심이 없었다. 그는 바로크 백작이 나가자 다시 갑옷을 꽉 조이며 중얼거렸다.

"이제 내가 나가기만 하면 되는 거군."

부하들은 할 말이 없는지 그의 모습을 지켜보기만 했다.

팍, 팍, 팍.

몸통의 앞뒤를 보호하는 흉갑 부분의 이음쇠를 조이자 그의 검은 갑옷은 완전히 몸에 밀착되었다. 이 가죽 갑옷은 항상 부드럽게 그의 몸을 감싸 조금도 불편하지 않았다. 그러면서도 검은 광택을 발하는 표면은 지극히 단단하여 얼핏 보면 금속으로 된 전신 갑옷처럼 보일 정도이다.

우연히 이 갑옷을 얻었을 때, 레오는 마치 운명의 상대를 만난 것처럼 이것에 빠졌다. 그 뒤 싸움이 있을 때마다 이것을 입었다. 십여 년간의 여행 중 가장 기뻤던 일이 바로 이 검은 갑옷을 얻은 것이라고 레오는 생각했다.

준비가 끝났다. 그는 마지막으로 자신의 투구를 머리에 썼다. 갑옷과 한 세트인 검은 투구는 사자가 포효하는 모양의 투구였다. 사람들은 레오의 투구를 보고 그에게 별명을 지어주었다.

얼굴을 가리는 바이저를 쓰자 레오의 얼굴은 두 눈만 남고 보이지 않게 되었다.

몸을 이리저리 움직여 갑옷이 여전히 움직임에 전혀 방해가 되지 않

는다는 것을 확인한 레오는 자신의 바스타드 소드를 들고 경기장으로
나갔다.

이제 그의 머리 속에는 상대를 치는 일 이외에는 아무런 잡념도 남
아 있지 않았다.

*　　　　*　　　　*

"늦는군요."

"겁먹었을 것이오. 하하하!"

스팔시온과 후리안은 즐겁게 담소를 나누고 있었다. 이미 십 분이
지났다. 그런데도 상대의 대기실에서는 사람이 나오지 않고 있었다.

"안에서 울고 있는 것은 아닐까요?"

"그럴 것이오. 나와도 끝이고, 나오지 않아도 끝이니 어떻게 할지 판
단이 안 서겠지요."

"하하하하!"

두 사람은 서로를 보며 웃었다. 스팔시온은 눈앞에 펼쳐질 통쾌한
복수의 장면을 생각만 해도 기뻐서 몸이 떨릴 지경이었다. 이 순간을
상상하며 모든 모욕을 참아 넘기지 않았던가?

그들의 옆에 있던 돌룬 자작이 작은 소리로 스팔시온에게 속삭였다.

"바로크 백작의 모습이 보이지 않습니다."

"뭐라고?"

"어쩌면 바로크 백작이 레오를 대신해서 나올지도 모르겠습니다."

대답을 하면서도 돌룬은 가장 우려하던 사태가 벌어질 것 같은 불길
한 예감이 들었다. 그래서 아까 승부를 내자고 했던 것인데, 후작이 욕

심을 부렸다.

"그럴 리가? 있을 수 없는 일이다."

스팔시온 후작은 갑자기 기분이 상한 듯 인상을 찌푸렸다. 말로는 부정을 했지만 타카 2세가 정말로 그를 보호하려 마음을 먹었다면 충분히 가능했다.

으드득.

그는 이를 갈았다. 자신은 왕의 친척이다. 그런데 자신보다 저 악마 같은 애송이의 편을 들다니? 타카 2세는 북부 귀족들의 지지가 필요없다는 것인가?

순식간에 최상에서 최하로 떨어지는 기분은 정말 더러웠다. 바로 그때 타카 2세의 곁으로 바로크 백작이 돌아오는 모습이 보였다.

"저것 봐라. 그럴 리가 없다고 했지? 하하하."

후작은 다시 웃었다. 우려했던 일이 그야말로 우려로 끝났다. 이제 상대는 살아날 구멍이 없다! 나와라! 나와서 패해라!

후작은 그가 도망가는 것보다 나와서 패하는 모습을 보기를 원했다.

하늘은 그의 편이었다. 우려하던 일이 무위로 돌아가자 그의 희망도 곧바로 현실로 이루어졌다. 상대편의 대기실 입구에서 검은 갑옷을 입은 한 명의 기사가 걸어 나오고 있었다. 틀림없이 레오 본인일 것이다.

"하하하, 역시 나왔군. 이제 저놈이 얼마나 발악을 하는가를 감상하면 되겠지. 그렇지 않소, 후리안 후작?"

스팔시온은 상대 진영을 주시하면서 후리안에게 말을 걸었다. 그와는 언제나 말이 통했다. 그의 여동생인 자신의 처는 별로 좋은 아내는 아니었지만, 그래도 그와의 관계가 이렇게 가깝게 유지되는 연결 고리이기 때문에 만족했다.

후리안 후작은 타니아 왕국의 재상 즉, 왕을 제외한 최고 권력자가 아닌가? 거기에 금상첨화 격으로 마스터의 충성을 받고 있는 자였다. 그야말로 최고의 인맥이라고 할 수 있었다.

스팔시온은 곧바로 나올 줄 알았던 맞장구가 없자 고개를 돌려 후리안 쪽을 바라보았다.

"왜 그러시오? 어디 아픈 곳이라도?"

후리안의 얼굴을 본 스팔시온이 다급하게 물었다. 그 짧은 시간 동안 후리안의 얼굴은 완전히 변해 있었다. 시체처럼 창백하다 못해 푸른 기가 도는 안색에 눈동자는 끊임없이 흔들렸다. 스팔시온은 후리안이 갑자기 발작이라도 일으킨 것은 아닌가 하여 급히 신관을 불러야겠다고 생각했다.

'후리안 후작이 아프면 그야말로 큰일이지.'

스팔시온은 온화한 표정으로 후리안에게 걱정하지 말라고, 신관을 부르기 위해 막 입을 열었다. 하나 다음 순간 입을 연 채로 아무 말도 하지 못했다.

"켁, 이게 무슨……."

느닷없이 멱살을 잡히는 바람에 둘의 시선이 마주쳤다. 순간 스팔시온이 후리안의 눈에서 느낀 것은 공포였다. 그것도 마치 악몽을 꾸는 듯, 절대적인 대상에 대한 무력감을 느끼는 듯한 깊고 깊은 공포. 멱살을 쥔 손을 끊임없이 떨어대며 후리안이 비명처럼 외쳤다.

"이게 무슨 짓이냐? 너희 왕국이 음모를 꾸미고 있는 것이냐? 우리 타니아 왕국을 침략하려 하는 것이냐?"

"켁, 켁켁, 무, 무슨 소리요? 진정하시오. 무슨 일인지 사정을 설명해 주시오! 그래야 나도 말을 할 것이 아니오?"

스팔시온은 크게 당황하여 자신의 멱살을 잡고 있는 상대의 팔목을 잡아 풀려고 애쓰면서 간신히 대꾸했다.

예순이 넘었음에도 후리안 후작의 힘은 나이답지 않게 강했다. 어쩌면 거의 광기에 가까운 그의 상태가 그런 힘을 내는 것인지도 모른다.

"무슨 일이냐고? 네놈은 그걸 정말로 몰라서 묻는 거냐?"

후리안은 스팔시온의 몸을 앞뒤로 흔들기 시작했다. 졸지에 험한 꼴을 당하게 된 스팔시온은 후리안이 노망이 든 것은 아닌지 의심스러워졌다. 그래도 그는 상대를 진정시키려는 노력을 포기하지 않고 다시 반복해서 물었다.

"으으윽, 도대체 무슨?"

스팔시온의 한결같은 반응에 후리안도 약간 정신을 차린 것 같았다. 그는 번들거리는 눈으로 뚫어지게 스팔시온을 쏘아보았다. 스팔시온의 눈에서는 영문을 모르겠다는 당혹감만 느낄 수 있었다.

그는 진정 모르고 있었다.

그것을 깨달은 순간 후리안은 온몸에서 기운이 쑥 빠져나감을 느꼈다. 멱살을 잡고 있던 손이 저절로 툭 떨어졌다.

겨우 해방된 스팔시온은 숨을 진정시키고 있을 때 후리안의 비명 같은 일성이 울렸다.

"이 멍청아! 저자가 바로 흑사자란 말이다!"

그는 울고 있었다.

『흑사자』 2권에 계속…